# 小林秀雄の思想

## より自由な人生のために

西石垣見治

NISHIISHIGAKI Kenji

幻冬舎 MC

# 小林秀雄の思想

―より自由な人生のために―

# はしがき

小林秀雄を学ぶことは、言葉との豊かな付き合い方を学ぶことであり、より多くの自由を手に入れることである。

本書には、その学びのために、五つの小論と一つの付録を収めていて、この世界的な天才の思想を少しでも明らかにすることに努めた。

第一は、核心論ともいうべき『小林秀雄論――方法としての常識』である。これは、難解《なんかい》で有名な小林の批評は、実は「難解《なんかい》なる平明《へいめい》さ」ともいうべきもので、我々の言語習慣の側にこそ、本当の深い理由がある。その事例として、「美しい花はあるが、花の美しさはない」という有名な言葉を、初めに検討した。他方、小林の批評自体はといえば、デカルト同様、〝常識〟に根差しているのである。しかし、〝常識〟といっても、そのはらむ光には、究《きわ》め難い深さがあって、それが小林の『本居宣長《もとおりのりなが》』では、『古事記伝』の神々の真実の照明へと投げ掛けられるのである。又、プラトンの『パイドロス』でも、ソクラテスがやはり、神話の神々の実在《じつざい》をそっくり信じていることが明らかにされる。そして、神々の物語を架空《かくう》の作り事とする、同時代人へのソクラテスの反撃《はんげき》は、文字の発明という文明の利器《りき》に対する批判へと、そのまま反転《はんてん》するのである。これは、実は、宣長においても、まったく同様なのである。文字言葉は、世界経験に対する我々の知の在り方――その生得《せいとく》の、全人的な可能力を一面《いちめん》化・貧困《ひんこん》化して、〝考える〟という行為を、単なる外的な記号処理の機能にまで、堕落《だらく》させているのである。それが、宣長の言う「漢意《からごころ》」や「さかしら」でもあり、神々の存在が架空《かくう》の作り事に見えるのも、そのせいであり、高いツケを払っているのである。

そして、この小論では、この問題に、今日的事例の照明を当てるために、レヴィストロースの神話学を検討した。それは一見、神話を肯定《こうてい》してみえながら、実は、ソクラテスや宣長の神話観と、真っ向から対立するのである。その構造主義こそは、文字言葉の弊害《へいがい》が、文明の爛熟《らんじゅく》を襲《おそ》った、精神の衰弱《すいじゃく》の一形式、思考のデカダンスなのである。その反動《はんどう》、補償《ほしょう》作用として、いわば論理の繊維質《せんいしつ》が浮き出た、意識の鬆《す》立ち現象なのである。その皮相《ひそう》な論理性が、そのまま実在へと投影《とうえい》されて、神々の内実《ないじつ》の死と引き換《か》えにされているのである。

第二の『ベルグソンと本居宣長――小林秀雄が取り結ぶもの』は、以上のことを、更《さら》に、東西の文明を代表する最高の知性が、互いに遠く離れてみえながら、実は、その内奥《ないおう》の本質において、いわば瓜《うり》二つであることを明らかにすることで、新たな切り口から照明を当てるものである。小林のいわゆる、本居宣長の〝認識論〟としての「もののあはれ論」と、ベルグソンの「哲学的直観」は、その思想の直接的源泉《げんせん》において同一なのである。そうであるがゆえに、前者の「漢意《からごころ》」や「さかしら」批判にしろ、後者の、例えばゼノンのパラドックスに代表される、知性の無意識の空間化としての記号化・概念化作用への批判にしろ、認識論的ないし存在論的な意味合いは同じなのである。いずれも行き着く先は、自由論であって、その批判が日常的意識のこわばりから解放するものは、自由本来の純粋な意識なのである。その全人性《ぜんじんせい》について、小林は、我々の眼は、「肉眼と心眼《しんがん》の複眼《ふくがん》」だと言ってみたりもする。

さて、第三は、『菊池寛対夏目漱石――小林秀雄の見立て』である。菊池寛をはじめに持ってきたのは、小林の見立てによれば、我が国の近代文学を代表するのは、漱石ではなくて、菊池寛だからである。しかし、それは、「婦女子のみを喜ばせる作家」としての菊池の定評ばかりでなく、近代日本文学史の通念的理解を覆《くつがえ》すもので、文学とは何か？　ということにまで及《およ》ぶ、深刻《しんこく》な問題をはらんでいるのである。しかし、小林が、漱石への否定的評価で引き合いに出した、菊池寛の作家凡庸《ぼんよう》主義にせよ、今日なお、正しい思想的理解や文学史上の位置づけを得ているわけではない。その洞察《どうさつ》の光には、凡庸《ぼんよう》主義の外見とは裏腹《うらはら》の、並々ならぬものがあって、知られざる威力《いりょく》をはらんでいたのである。それは例えば、ドストエフスキー文学の光源と一つであって、その有名なプーシキン生誕《せいたん》百年記念祭講演のテーマも、実は、作家凡庸主義の視野のうちにあったのである。

そして第四は、『絶筆《ぜっぴつ》の正宗白鳥《まさむねはくちょう》論について――〈自己〉とは何か』である。小林によれば、わが国の近代批評において最も優《すぐ》れた批評家は、正宗白鳥なのである。しかし、両者は、かつて、トルストイの家出をめぐって、「思想と実生活論争」で真っ向から論戦したのである。とはいえ、白鳥の実生活暴露《ばくろ》的な自然主義と、小林の理想主義は、その対立にもかかわらず、実は、その内面深くにおいては、〝魂の双生《そうせい》児《じ》〟に似た精神的血縁《けつえん》があったのである。白鳥は、その犬儒《けんじゅ》主義としての世評《せひょう》にもかかわらず、小林をして、「西洋本場のクリスチャンよりも更に純粋な」と言わしめるほどに、その内奥の実存において、ほかならぬ純粋な理想主義者であったのである。それは、しかし、その自己意識の一種特異な屈折《くっせつ》が、いわば白鳥自らにも謎めいた、逆説的な内的現れ方をしたのである。それが、白鳥ならではの若年《じゃくねん》期における、キリスト教の入信といわば世俗的な棄教《ききょう》、懐疑や絶望、ニヒリズムをもたらして、その内的生涯に決定的な影響を与えたのである。しかし、キェルケゴールの『死に至る病』によれば、それはその自己意識の透《とう》徹《てっ》した純粋さにおいて、〝天使の反抗〟であったのである。それが、小林にすでに見抜かれていたのである。かくして、白鳥の謎は、小林の批評が投げ掛ける照明の深みにおいて、自己ないし究極の自己をめぐる問題として、現れたのである。それは又、ショーペンハウアーやフロイト、ユングといった無意識の大家との、小林独自の思想的格闘のうちに、自己についての真に興味深い光を投げ掛けるのである。そして、白鳥に寄せる敬愛《けいあい》の念も手伝って、この絶筆はそのまま、小林自らの白鳥の歌ともなったのである。

最後は、『柄谷行人論――批評のデカダンス』である。その記号主義的な文芸批評は、一種の言語ゲームであって、先程のレヴィストロースの構造主義の、日本バージョンであり、その文芸批評的ヴァリエーションなのである。これは、我が国の文明文化も、文芸批評の分野においては、鬆《す》の入った果物《くだもの》のように、爛熟期《らんじゅくき》を迎えているということであろう。しかし、それはやはり、批評精神の衰弱の形式であり、その弛緩《しかん》や空隙《くうげき》を狙《ねら》って、ちょうど、エアポケットに空気が流れ込むように、言葉の自動作用が侵入《しんにゅう》しているのである。その空虚な概念化作用であり、それゆえに又、記号主義へと上滑《うわすべ》りする根強い傾向的な論理作用をはらんだ、批評のデカダンスなのである。

なお、付録として、以上に関わる問題の一つの焦点《しょうてん》である、知性のいわば自動投影的な空間化作用について、実用的なコンピュータ分野での実例を挙げた。それは、ユークリッド幾何学に代表されるように、元々進化の過程で獲得《かくとく》した、認識や思考の型、根強い傾向的な在り方なのである。そのため、批判的知性によって、特定の科学の分野で、都度《つど》の是正《ぜせい》や改革はなされても、それは元来が、知性の根強い本能化した傾向に根差《ねざ》すものなので、いずれブーメランのように舞《ま》い戻《もど》ってくるのである。それが、とりわけ空間情報を扱うコンピュータの実用的分野において、典型的に表象《ひょうしょう》して、根深くはびこっている様子を批判的に明らかにした。非ユークリッド的な『新しいコンピュータ幾何学の原理について』である。

＊

小林の批評世界を経験することは、言語以前というべき、その経験世界のうちに、自ら直接に、親しく参入《さんにゅう》することなのである。その限りで、多少なりと言葉を離れて、その批評のヴィジョンに直接に与《あずか》り、その誕生に何がしか立ち会い、その経験を享受《きょうじゅ》することなのである。これは、実際には、見知らぬ土地にも似た、その目覚《めざ》ましい広がりや果《は》てしなさといい、比喩ではなしに、内面世界への旅行そのものなのである。その批評の言葉は、単なる伝達《でんたつ》手段としての言葉を超《こ》えて、表現の、言語以前の世界にまで入り込み、つながっているのである。それゆえ、未知の世界ならではの、冒険《ぼうけん》とスリルに満ちて、打ち勝ち難い魅力《みりょく》があるのである。山や川も、樹木《じゅもく》や花も昆虫もあれば、危険な密林《みつりん》や断崖絶壁《だんがいぜっぺき》も、極地《きょくち》の氷や火山もあるのである。

かくして、小林を批評することは、我々自身も又、小林が先人《せんじん》として道筋《みちすじ》をつけた、とはいえ依然《いぜん》として危険といばら、あるいは発見や啓示《けいじ》に富《と》んだ世界経験に踏《ふ》み入ることなのである。それは、稀有《けう》の貴重な経験であって、その獲得の労苦《ろうく》に十分に値するのである。

最後に、拙作《せっさく》を契機に、一人でも多くの読者が、小林秀雄の批評世界を、その表現にじかに接《せっ》して、多少なりと実地《じっち》に経験することによって、文学や哲学、芸術、あるいは考えるということの、素晴《すば》らしさや本当の奥深《おくふか》さ、凄《すご》さを、少しでも感じ取っていただければと思う。〝本物〟を求める読者の期待に少しでもお応《こた》えできれば、望外《ぼうがい》の幸せである。

——著者より

## 小林秀雄論――方法としての常識

## ベルグソンと本居宣長――小林秀雄が取り結ぶもの

## 菊池寛対夏目漱石——小林秀雄の見立て

## 絶筆の正宗白鳥論について——「自己」とは何か

## 柄谷行人論――批評のデカダンス

# 小林秀雄論――方法としての常識

## 小林作品の〝難解さ〟について

考えるという行為は、衣食住《いしょくじゅう》に加えて、人間存在の四大必要ないし条件を形成するのであろう。のみならず、それこそは又、人間を動物から唯一区別する、特徴的な営《いとな》みでさえあるのだろう。とはいっても、それは、衣食住とは異なって、その過不足《かぶそく》が肉眼《にくがん》に見えたり、当事者に必ずしも自覚されるわけではない。又、その行為の場所についても、外部世界にとどまらず、内面世界の広がりにも及ぶのである。そのため、その充実や有無《うむ》についても、はっきりした物差《ものさ》しがあるとはいえず、その判定は決して容易とはいえないのである。

とはいえ、その行為は、社会に及ぼす影響力の大きさや、精神の自由ないし人間的自覚に関係することといい、その判定の必要性や要請《ようせい》には、不可避《ふかひ》のものさえあるのである。それが、歴史社会の内面を突き上げる衝動《しょうどう》となって、人類の精神思想史の原動力を形成してきたといっても過言《かごん》ではない。そして、その応答《おうとう》の形式が、例えば、ソクラテスや仏陀《ぶっだ》の例のように、哲学的問答体《もんどうたい》を取るにせよ、あるいは近代的批評の形式を取るにせよ、人類の歴史にその顕現《けんげん》を必然たらしめてきたのである。

ところで、それは、時代の所与としての「考える」という行為の一般性に対して、批判的な関係に立つもので、考えるという行為が反省的に徹底されたものなのである。反省の意識が、〝考える〟と言う行為の隅々《すみずみ》に至るまでを貫《つらぬ》き流れるなかで、いずれ方法の明確な意識へと高められ、洗練《せんれん》されて、その理想的な自覚のうちに、方法としての統一性や支配を自ずと実現しているのである。その及ぼす効果は、日常的に見知っているはずの事物や世界を、反省の光の思いもよらぬ照明のうちに、いわば言語以前の裸の姿において浮き彫りにするのである。既知性《きちせい》という、自明性の無意識の殻《から》に覆《おお》われた、言葉や事物、存在の日常的なアイデンティティが、破壊され、根こそぎにされるのである。

しかし、そのことは、そのような最上の精神的、思想的経験をめぐっては、その理解や解釈の行為自体が、自らの経験に躓《つまず》いて、往々に面食《めんく》らうことなのである。

例えば、ソクラテスは、同時代のギリシア人にとっては、その日常的な思考を根底から震撼《しんかん》させるために、「触《ふ》れれば痺《しび》れる電気ウナギ」との評言を以《もっ》て迎えられたのである。

*

小林の批評作品は今日、古典の殿堂《でんどう》入りして久しい。しかしながら、その作品には依然《いぜん》として〝難解〟の評が付きまとうのである。

しかし、文壇デビュー作「様々なる意匠《いしょう》」から始まって、晩年の大作「本居宣長《もとおりのりなが》」、そして絶筆《ぜっぴつ》「正宗《まさむね》白鳥《はくちょう》」へと至《いた》る生涯の業績をざっと見渡《みわた》すとき、むしろ次のことこそは明らかなのであろう。それは、初期作品のレトリック上の難解さはともかく、その高度の思想性や哲学、精神性に鑑《かんが》みると、その生活者としての平明な言葉こそが際立《きわだ》っているのである。その難解さは、むしろ、難解なる平明さともいうべきなのである。本当の問題は、我々の思考習慣や日常的な知の在り方にこそあるのである。

実際、それは、その作品がもたらす言葉の経験が、我々の思考との間に惹き起こす、ある種の軋轢《あつれき》を思わせるのである。概念的な既成《きせい》の意味経験に慣《な》れっこになった、我々の知が、いささか勝手《かって》の違う言葉との関係や意味経験の深みへと引きずり込まれることで、混乱し、面喰《めんく》らっているのである。

## 「美しい花」と〝花の美しさ〟

例えば、小林に次の有名な言葉がある。

「美しい『花』がある。『花』の美しさといふ様なものはない。」（『當麻』小林秀雄全集第八巻「無常という事・モオツァルト」新潮社』）

「美しい花」とは、現前《げんぜん》する経験そのものであり、その美的な経験やそれを形容する言葉は現実のもので、そこに嘘《うそ》があるわけではない。それは、すでにそれ自体が個性化された、個別的、審美《しんび》的な経験なのである。それゆえに、美しい花は、「ある」のである。

しかし他方、「花の美しさ」は、花弁《かべん》やおしべのように、花に「属性《ぞくせい》として」付属しているわけではない。せいぜい、花に接して、それを美しいと感ずる人間経験があって初めて、その観念性が了解されるにすぎない。それは、習慣的な概念化作用《がいねんかさよう》が、言葉の上に作り出した幻影、錯覚なのである。かつて経験された「美しい花」の記憶から、「美しい」の形容詞が抽出《ちゅうしゅつ》されて、逆に、「花」の概念に投げ返されたのである。そして、そのもたらす部分的な同一視《どういつし》がそのまま、凝固《ぎょうこ》、属性化して、「花の美しさ」へと体言化《たいげんか》したのである。そうであるがゆえに、それは、生きた経験の裏付《うらづ》けや実体《じったい》から遊離《ゆうり》した、言葉のバブルにすぎず、虚偽意識に照応《しょうおう》するのである。――かくして「花の美しさ」は、現実には「ない」のである。

## 言葉の自動作用がもたらす、言葉と現実との同視《どうし》

小林の難解さとは、自らの言語経験に対して批判的な距離を取ることの難しさなのである。言葉の本能的機制《きせい》が、自らの自動作用のうちに形成、沈殿《ちんでん》させた、言語意識の習慣的軌道《きどう》から、思考が抜け出すこと

の難しさなのである。あげく、単なる言葉の上だけの存在や事物が、往々に現実と混同《こんどう》、同一視《どういっし》されて、行為や判断の前提や手掛かりとされるのである。

しかし、「花の美しさ」のように、言葉は、その示唆《しさ》する事物や存在を、現実に担保《たんぽ》しているとは限らないのである。かえって、〝知っているつもり〟の言葉が、内実《ないじつ》を欠いたり、似ても似つかぬものであることは、ごく普通にあるのである。これは、言葉の現実の意味は本当は知らないにもかかわらず、あたかも知っているかのような錯覚に、思考が陥《おちい》っていることなのである。それは、書籍《しょせき》やインターネットで調べれば片が付くような、単なる知識の問題ではない。逆に、知識に巣食《すく》った、哲学的無知の問題なのである。思考が、言葉の貧寒《ひんかん》なパターン化した所与性《しょよせい》のなかに、牢獄《ろうごく》のように閉《と》じ込められて、自己の可能性や自由から隔絶《かくぜつ》されているのである。これは、夢や妄想《もうそう》に陥って、現実から遊離《ゆうり》しているのと似ていないわけではない。

このような無知は、文字言葉を宿主《やどぬし》としているため、かえって知の装《よそお》いを得て、社会的な流布《るふ》のうちに、あたかもエアポケットさながらに、思考の日常的空間の至る所に潜伏《せんぷく》しているのである。そのなかには、「花の美しさ」といった、さほど罪のない類いもあれば、政治的神話のバブル現象となって、社会をのみ込むまでの勢《いきお》いを得て、深刻《しんこく》な社会的害悪《がいあく》を及《およ》ぼすものもあるのである。その結果、悪貨《あっか》は良貨《りょうか》を駆《く》逐《ちく》する譬《たと》えの通り、本物の経験や現実に担保された真実の言葉や思考を、日常知の空間から駆逐さえするのである。

このことからも、正しく考えるためには、少なくとも次のことが求められるのである。それは、言葉の日常的な所与性を鵜呑《うの》みにせずに、批判的距離を取って、いわば言語以前の経験に多少なりと思考の軸足《じくあし》を置くことである。しかし、それも、いざ実践《じっせん》となると、現実の大きな困難にぶつからざるを得ないのである。それは、言葉の持つ、コミュニケーションの道具としての役割を否定さえするからである。社会的な意志疎通《いしそつう》の道具としての、その本質的機能と衝突《しょうとつ》さえするのである。

実際、言葉は、その意味の日常的な所与性が自明であればこそ、会話を基調《きちょう》とした社会的コミュニケーションに役立つのである。そして自明さとは、ほかならず、言葉の意味を鵜呑みにすることなのである。

例えば、コップという言葉は、〝飲む道具〟としての意味ないし概念が自明なものとして与えられているのである。仮にも、それが自明でない場合には、意味の確認が、その都度《つど》必要となって、日常会話自体が成り立たなくなるのである。しかし、コップはもともと、実用的なモノとして、人為的に制作され、存在するのであろう。そうであればこそ、コップとの関係に入る行為においても、〝飲む道具〟としての実用性を超えては、言葉の意味経験は一般に求められないのである。そこでは、経験の意味は、対象の実用性と等価《とうか》で、置換《ちかん》的な関係にあるのである。それゆえに、「便利なコップ」の経験を、まるごと「コップの便利さ」という言葉に置き換えても、先の「花の美しさ」をめぐる経験とは異なって、言葉のバブルに陥る恐れはないのである。

## 言葉と現実との同視は、実用的領域以外では成立しないこと

ところで、コップの例のように、その意味経験が、その一般性において実用的にあらかじめ規定ないし充足《じゅうそく》された――それゆえに、それ自体に透明な――事物や存在は、世界経験においてむしろ例外に属するのであろう。

自然や歴史にしろ、社会的、政治的問題にしろ、あるいは人生論や芸術文化にしろ、そこにあるのは、言葉の意味経験について、コップを相手にするのとは、まるで勝手《かって》の違う世界なのである。かえってそのほとんどは、意識の経験への懐疑の力が相応《そうおう》に成熟《せいじゅく》、発達していれば、ソクラテスのいわゆる「明晰《めいせき》なる

無知」の自覚に照応《しょうおう》する世界なのである。

ちなみに、「明晰なる無知」との比較でいえば、先ほどの〝花の美しさ〟は、「混濁《こんだく》した無知」が、意識の反省の光がたまたま届いていない存在の一隅《いちぐう》において、「花」という言葉ないし知識に寄生し、巣食っているのである。

これは、我々の思考は、せいぜい自然や歴史、社会、あるいは精神世界といった、実在の無限の広袤《こうぼう》のごくわずかな上《うわ》っ面《つら》を、ともかくも意識の経験として擦過《さっか》するにすぎないからである。そのゆえに、その反省のもたらす認識作用は、十分に明晰であれば、本源的無知《ほんげんてきむち》の自覚へと必然に向かうのである。そして、それが「明晰なる無知」と呼ばれるのは、分からないことも分からないなりに、徹底した知的探求のうちに自《みずか》らを反省、自覚すれば、それ自体が認識的努力の極限の産物として、思考が置かれた意識の明晰な状態を物語るからである。それはちょうど、測深鉛《そくしんえん》が深海《しんかい》の底に達したように、実在をめぐる日常的言語のもたらす認識の所与性《しょよせい》を突破して、「説明できないもの」に衝突、停止した、その手応えの反省的直《ちょっ》覚《かく》なのである。それがまた、そのまま思考の日常的な知や論理、言語との関係の意識にはね返って、その自体的無知が、それらの関係を根底から照射《しょうしゃ》する認識の底知れぬ深淵《しんえん》として、かえって、各々の本質的制約や限界、相対性を浮き彫りにするのである。

それは、認識上の紛れもない経験でありながら、日常的なあれこれの意味付けへと還元《かんげん》し得ないのである。そのため、実用的な概念的・言語的資源の豊富化に寄与するわけでもない。その意味で、その認識は、非実用的で、いわば余計者《よけいもの》の認識なのである。

かくして、それは、己《おのれ》の認識を根底から動機づける〝真知《しんち》〟への徹底した志向《しこう》性や、それに相応《そうおう》する懐疑の精神のゆえに、かえって、ある種の謙虚さや自制を余儀《よぎ》なくされるのである。「明晰なる無知」は、世界における己の認識的位置を、「知」ではなく「無知」の側に分類するのである。そしてそれは、「自覚された無知」として、ソクラテスのように、対世俗的《せぞくてき》なイロニーを背後に引き連れつつも、その行く手の自覚ないし憧憬《どうけい》の極点《きょくてん》において、〝真知〟の導きの星をひそかに信仰していないわけではない……。

## 「明晰なる無知」とアインシュタインの科学の仮説の位置づけ

なるほど、近代自然科学は、「折《お》り紙付きの知」を世界にもたらしたかに見えないわけではない。そのいわば常に成功する方法が、自然の分野における知を飛躍的《ひやくてき》に進歩させてきたのであろう。しかし、それも、周知《しゅうち》のように、いわゆる自然を操作《そうさ》し、再現《さいげん》する能力としての知の獲得にとどまるもので、〝物同士《どうし》の〟関係の域《いき》を出ないのであろう。それは、すでにカントの批判が明らかにしたように、物自体としての知ではない。その知としての地位も、〝再現性〟と言う行為の手続き能力に担保されているだけで、自体的な対象知に根差しているわけではない。それは、自然科学の最先端《さいせんたん》の知が、自然という名の実在と、深く、鋭く交わるほどに、いよいよその認識の相対性を露《あら》わにしつつあることにもうかがわれるのであろう。

そして、重要なことは、このような知や無知といい、あるいは両者の関係の相対性といい、その自覚や認識の内実には、雲泥《うんでい》の差があり得ることなのである。

例えば、アインシュタインは、カントの「世界の永遠の神秘はその了解可能性である」という認識の偉大さに、全面的な賛同《さんどう》を表明する。これはしかし、裏返《うらがえ》していえば、世界は、その了解可能性自体が、「永遠の神秘」とならざるを得ないまでに、その所与性の普遍的な深みにおいて、思惟《しい》との間に根源的な分裂を有しているということでもある。そして、その分裂の意識の深さは、——あたかも、その深さに応じて、創造の困難や大きさが決まるもののように——アインシュタインの認識においてはよほど徹底《てってい》していたのである。そのため、思惟が、その分裂のうちに横たわる深淵を超えて、言葉や論理の世界に投げ掛ける、科学の仮説の架橋《かきょう》行為は、次の奇怪な比喩《ひゆ》をもって、実在との関係性を位置づけられるのである。

**「両者の関係に類似しているのはビーフにたいするスープの関係ではなく、むしろオーバーコートにたいする衣装戸棚《とだな》の番号の関係なのです。」（『物理学と実在』世界の名著第66巻「現代の科学Ⅱ」、井上健訳、中央公論社）**

アインシュタインによれば、自然や実在を「オーバーコート」に譬《たと》えれば、科学の仮説が立たされている認識論的関係は、「衣装戸棚《いしょうとだな》の番号」の関係なのである。素朴実在論者《そぼくじつざいろんじゃ》たちのように、経験の直接性に訴えて、そこから仮説を、――「ビーフにたいするスープの関係」のように、〝抽象〟し、〝帰納《きのう》〟する余《よ》地《ち》はないのである。明らかなのは、外的な経験世界との、認識上の直接的連続性の脱落《だつらく》なのである。換言《かんげん》すれば、我々の思考や概念は、外界という〝感官体験《かんかんたいけん》の全体〟から元来が論理的に――但し、「論理的」という言葉にまだ意味があるとしてのことなのだが――独立しているのである。しかし、実際には、そう見えないのは、我々の思考が、ユークリッド的世界に代表されるように、日常的な感官体験に癒着《ゆちゃく》、同化《どうか》しているからなのである。その無意識的一体性の覆《おお》いの下に潜《ひそ》んでいるのは、日常的感覚からかけ離《はな》れて、想像を絶した、二元論《にげんろん》的な本源的分裂の深淵なのである。その哲学的洞察《どうさつ》が、奇想天外《きそうてんがい》な比喩的表現をもって表現されているのである。

## 〝真知〟への芽生《めば》えとしての「明晰なる無知」とデカルト哲学

それゆえ、「明晰なる無知」はもはや、単に明晰なだけの、不毛《ふもう》の、石胎《せきたい》の無知とはいえないのであろう。それはむしろ、〝真知〟へと向かう知が、芽生え、成長する胚子《はいし》であり、無意識の土壌層《どじょうそう》ですでに始まりつつある芽ぐみなのである。

実際、それは、懐疑の精神を己の養《やしな》いとする、それ自身が一種の目覚《めざ》めた全体的認識ないし意識なのである。その自覚された自体的認識において直知《ちょくち》されるヴィジョンそのものが、精神や自由の無限の光を湛《たた》えた、実存の限りない広がり、奥行《おくゆ》きをはらむのである。そのため、その照明性は、既知性《きちせい》への反省作用が背景に退《しりぞ》いて、その積極的な意識性が前面に評価されると、〝内観《ないかん》〟や〝観照《かんしょう》〟、〝知的直観《ちてきちょっかん》〟という名前で呼ばれてきたのである。——そこにあるのは、思惟の最前線において常に尖端的《せんたんてき》に存在してきた、知の極限の双面的《そうめんてき》在り方であって、科学や芸術、哲学、宗教すべての普遍世界に通底《つうてい》するのである。

そのゆえに、小林は、例えば、デカルトを論じ、その『方法叙説《ほうほうじょせつ》』から引用するなかで、やはり「明晰なる無知」の自覚に言及する。そしてそれが、デカルトが絶対に手放《てばな》さなかった〝不思議な利益〟でもあったという。それというのも、それは、いわば返す刀さながらに、——同じ自覚の意識の深みから、かつ同一の根源的《こんげんてき》な光を以て——知の既成《きせい》の秩序や権威に対し、批判の自由ないし自由の新しい能力をもたらすからである。

「『私が、私の審判者と望むものは、常識を学問に結びつける人達だけである。』と。彼は、廿歳で、学問は一通り身に付けて了った。ヨーロッパ最上の教師を擁する最上の学校で、学べるだけの事は、悉く学んだ、（中略）学問に励んでみたが、無駄だった、何の利益もなかった、『たった一つの利益は、学問すればする程、いよいよ自分の無智を発見した事であった』。彼は、このたった一つの不思議な利益を、絶対に手放さない。（中略）彼は、當時の学問を疑い、至る所にその欠陥を見て迷ったのではない。根を失って悉く死んでいると判断できる自分の自由を信じたのである。（中略）学問は、抱え込んだ知識という財産の重荷で死んでいる。」（『常識について』小林秀雄全集第九巻「私の人生観」新潮社）

## 「明晰なる無知」と学問は同根《どうこん》で、常識に根差していること

大切なことは、デカルトの「無智の自覚」は、学問遍歴《へんれき》の過程でいよいよ深まったことであり、当時の学問が「根を失ってことごとく死んでいると判断できる自分の自由」の自覚と、コインの表裏《ひょうり》にあることである。事物や秩序の所与性の無意識的自明さが照破《しょうは》されて、その暗黒に没《ぼっ》した内実深くへと、批判の照明が投げ掛けられるのである。浮き彫りになったのは、時代の学問や知の、外見とは対照的《たいしょうてき》な陳腐化《ちんぷか》した無稽《むけい》さや、因襲的《いんしゅうてき》な無意識性なのである。認識が、その場所で初めて純粋に客観的たり得るはずの、意識ないし存在の普遍的な深みにおいて、当事者的な確信や合理的・理性的な根拠が何一つ存在しないのである。

その隠れた内情が、デカルトの内部の眼にひそかに照射《しょうしゃ》、暴露《ばくろ》されて、その容赦《ようしゃ》のない認識の光の下に、それらを逐一《ちくいち》検証し、判断する自由ないし自由の機会がもたらされるのである。

そして、これは単に過ぎ去った、歴史の知の一コマの問題ではなくて、今日においても小林の眼に映じる、知の旧態《きゅうたい》依然《いぜん》たる光景なのである。知が、常識との結びつきを断たれて、根《ね》無《な》し草《ぐさ》さながらに、意識の表面世界を漂《ただよ》っているのである。あげく、己の本質的欠陥《けっかん》を埋《う》め合わせるべく、科学の権威に筋違《すじちが》いの補償《ほしょう》を求めて、肥大化《ひだいか》した、異様《いよう》な科学観さえ生み出すのである。

「科学の発達は、単に科学的技術を発達させるのではない。思想を大きく変えます。周知の様に、十九世

紀も半ばごろになると、科学万能の時代が到来します。デカルトの『普遍数学』の観念が、異常にふくれ上がって、世界観という名で世界を覆うという事になる。そういう事については、彼にはただ自分が夢にも考えなかった『無法極まる哲学』だという言葉しかないに違いない。」（同）

「私は屡々思ふ事がある、もし科学だけがあって、科学的思想などという滑稽なものが一切消え失せたら、どんなにさばさばして愉快であろうか、と。合理的世界観といふ、科学といふ学問が必要とする前提を、人生観に盗用なぞしなければいいわけだ。科学を容認し、その確実な成果を利用している限り、理性はその分を守って健全だろう。」（『偶像崇拝』小林秀雄全集第十巻「ゴッホ」新潮社）

小林は、科学への理性の貢献《こうけん》を、限定的、二次的なものに見ているのである。理性は、科学者が、その発見や創造の霊感《れいかん》を汲み上げる、〝水源《すいげん》〟としての物自体《ものじたい》ないし実在の世界には、直接、その支配を及ぼすことはできないのである。可能なのは、そこから科学者が多少なりと直観的《ちょっかんてき》に捉えて、自ら漠然《ばくぜん》と意識に浮上《ふじょう》させつつある心的イメージに対して、科学化の過程を及ぼすことなのである。つまり、科学以前の直観的、イメージ的産物に対して、進化の過程で理性が獲得した、概念的な抽象化作用を及ぼすことなのである。そのことによって、仮説という言葉や論理・数式への置換《ちかん》によって、当該産物を、いわば時間や空間、因果律《いんがりつ》という認識の形式のうちに嵌《は》め込むことで、行為やその手続きに還元し、行為の能力としての知の資産を増加させることである。

しかし、それは、発生期《はっせいき》の沸騰《ふっとう》する創造的な状態は別として、成果《せいか》としての科学が、行為の延長線《えんちょうせん》上の道具的能力として、広義《こうぎ》の技術であることを否定するものではない。しかし、常識による制御《せいぎょ》が欠落していると、ちょうど、ロープの切れたアドバルーンか何かのように、科学の位置付け自体が、人生論的支配への野望《やぼう》で膨張《ぼうちょう》したままに、世界観のはるか高みにまで、代償的《だいしょうてき》、妄想的《もうそうてき》に上昇《じょうしょう》するのである。

ちなみに、以上の検討から明らかなように、「明晰なる無知」は、自然科学に代表される〝実用的な〟それと、哲学に象徴される〝非実用的とはいえ、有用な〟それに分けられるのである。それに対し、「混濁した無知」は、その混濁のゆえに、弊害《へいがい》をもたらすだけの、単なる無用《むよう》の無知なのである。

いずれにせよ、問題は、日常的な知の在り方一般――自然科学も、しょせんはそこから洗練《せんれん》され、枝分《えだわ》かれしたにすぎない――の問題であるから、歴史や社会、批評、その他の知や学問の分野にも共通に見られるのである。かえって、その洗練や厳密《げんみつ》が、実験といった方法それ自身によって外部から強制、担保されない分、問題は内攻化《ないこうか》、複雑化して、深刻《しんこく》とも考えられるのである。いわば、玉石《ぎょくせき》を篩《ふるい》にかける方法上の手立《てだ》てもないままに、知自体が、未分化《みぶんか》の原始の混沌《こんとん》たる状態のままに放置《ほうち》されているのである。さらには、追《う》い討ちをかけるように、自然科学の目覚ましい成功が、ジャーナリズムの氾濫《はんらん》と相俟《あいま》って、疑似《ぎじ》科学《かがく》や形骸化《けいがいか》した実証主義といった、見当違《けんとうちが》いの模倣《もほう》を無意識のうちにもたらして、その日常的な混乱の拡散《かくさん》に拍車《はくしゃ》をかけているのである。

かくして、「明晰なる無知」は、時代の知の秩序や在り方が、その旧弊《きゅうへい》の混沌たる実相《じっそう》において、いわば懐疑の火に燃えて、うずたかい灰と化した中から、新たに蘇《よみがえ》り、誕生すべき〝不死鳥《ふしちょう》〟に似ているのである。――人間的自由の高度の現実や内的生《ないてきせい》の新たな覚醒《かくせい》であり、第二の視力《しりょく》の誕生を告《つ》げるのである。

## 「明晰なる無知」の根差した〝常識〟は、省《かえり》みられて〝自覚〟となること

そして、それは、本源的無知《ほんげんてきむち》とのほかならぬ反省的な関係を物語ることから、科学にしろ、文学や学問、芸術にしろ、およそ考えるという行為に関わる一切は、〝自覚〟の問題を抜きにしては成り立たないのである。

そもそも小林自身が、その文壇《ぶんだん》デビュー作『様々《さまざま》なる意匠《いしょう》』において、詩人のボードレールの批評の魔《ま》力《りょく》を、その〝自覚〟に求めたのである。

**「彼の批評の魔力は、彼が批評するとは自覺する事である事を明瞭に悟つた點に存する。批評の対象が己れであると他人であるとは一つの事であつて二つの事ではない。」（『様々なる意匠』小林秀雄全集第一巻「様々なる意匠」新潮社）**

これは、「明晰なる無知」と同一の起源《きげん》の光に負《お》う〝自覚〟が、批評の実践《じっせん》の個別性に投げ込まれているのである。しかし、それは、その内実において、通念《つうねん》の「自覚」との間に大きな懸隔《けんかく》をはらんでいるのである。後者では、自己を多少なりと突き放して、第三者的な関係を求めるにしても、その基準は、自己の判断や裁量《さいりょう》に委ねられざるを得ないからである。そのため、その判断自体が、先入見《せんにゅうけん》や因襲的《いんしゅうてき》な通念《つうねん》に浸《つ》かって、その無意識の枠組《わくぐ》みから抜け出さないことは、普通にあり得るのである。あげく、その枠内での関係のみが、スポットライトを当てられたように、反射的《はんしゃてき》に浮き彫りになるのである。

それに対し、ボードレールの自覚においては、作品鑑賞《かんしょう》という具体的な認識経験への、本物の他者の参加が前提にされているのである。

いったい、作品制作において、読者と「自他が一つになる」ことを期《き》するのは当然としても、しかしそれは、読者によって追体験《ついたいけん》される必要があるのである。それは、作品制作から始まって、読者の鑑賞にいたるまでの、自他の相対立《あいたいりつ》さえする、一連の内的過程を包括《ほうかつ》した、批評の全体的営為《ぜんたいてきえいい》なのである。そしてそれが、作品に「自他が一つになる」認識経験をもたらすのは、それが、遠慮《えんりょ》のない他者にとっても、明《めい》証的《しょうてき》――つまり、直接的な確実性ないしリアリティをもって存在するからなのである。

ところで、注意すべきは、このような〝明証性〟に関する事実上の定義は、文学作品に限らず、いわば経験則《けいけんそく》としてあまねく確立されていることである。これは、実は、ほかならぬその充足に関する判断の物《もの》差《さ》しが、本来、万人に備わっているということなのである。又、そうであればこそ、十分に反省された思考は、己の判断や認識の普遍性を、対外的《たいがいてき》にも現して、広く受け容《い》れられるのである。――我々は、万人に共通な、その判断の普遍的な働き自体を、〝常識〟という名前で呼んできたのである。ある認識的経験が、「明証的」なのは、常識の光のうちに捉《とら》えられて、その直接的確実性ないしリアリティが、全人的《ぜんじんてき》に浮き彫りになり、了解されるからである。

そしてそれが、あえて批評の魔力と呼ぶほどに、作品世界に普遍的に実現されているのは、ほかならぬ常識が、その制作過程に干渉《かんしょう》し、参加しているからである。それが、小林の言う、「批評するとは自覚する事」の意味であって、その自覚が省《かえり》みて、根底から浴びているのは、常識の光なのである。それが、効験《こうけん》あらたかな批評の通力《つうりき》をもたらして、「自他が一つになる」明証性、リアリティを、作品創造に実現しているのである。

しかし、そのことはもはや、常識という言葉に対して、通念的な意味水準を超えて、〝賢者《けんじゃ》の石《いし》〟さながらに、いささか過大《かだい》な役割と意味を与えてみえないわけではない。それゆえ、方法として捉え直《なお》された常識こそは、その改めての在り方や、そのはらむ通念との微妙な距離において、小林を論ずるうえで避けては通れないのである。

## 小林の一連の批評作品は、常識から〝逆引《ぎゃくび》き〟が可能なこと

小林の批評活動そのものが、文学から哲学、詩、音楽、絵画、あるいは自然科学や学問全般へと及ぶ、

膨大《ぼうだい》な領域を踏破した、その生涯《しょうがい》の作品コレクションにおいて、常識をキーワードに逆引きが可能な、人間作物の一大百科事典の観《かん》を呈《てい》しているのである。

その批評の生涯は、社会に向かって、常識を、いかに解放し、放出《ほうしゅつ》し、広く浸透《しんとう》、普及させるかということにこそ、その方法上の徹底した眼目《がんもく》があり、一切の企てや工夫があったのである。

また、そうであればこそ、小林の作品においては、思想の同じ深さが扱《あつか》われる場合でも、哲学の難解な用語は極力排《きょくりょくはい》されて、平明《へいめい》な作品作りが自明とされているのである。これは、思想の批評的実践においては、常識が通じる言葉の一般性や平明さがあれば、十分であるはずだからである。それはちょうど、デカルトが、自らの哲学を、格式《かくしき》ある伝統的なラテン語ではなく、日常の生活感覚になじんだ、俗語《ぞくご》のフランス語で著《あらわ》したのと似ているのである。

実際、小林作品の「難解なる平明さ」は、むしろ、常識に通ずることの困難なのである。我々の知の自覚の形式ないし習慣的な在り方が、その反省的な営為《えいい》に参加することを妨《さまた》げているのである。——常識は、いわば一旦《いったん》手に入れれば、文字通り常識で、自明でさえあるにせよ、しかし、それを手に入れるまでの間は、常識が、必ずしも容易とも、明らかともいえないのである。

## 文明開化の造語《ぞうご》である「常識」は、それ以前から歴史的に格別視《かくべつし》されてきたこと

このような、常識の反省的本質の奥深さについては、明治の文明開化において、〝常識〟という造語を当てる以前から、その照応《しょうおう》する意味内容に関し、洋の東西を問わず、格別な注意が払われてきたのである。

そもそも原語である、欧米の「コモンセンス」がそうなのである。それは、ギリシア哲学の理想主義の

伝統の流れから、その理念を汲んでいて、デカルト哲学が「高邁《こうまい》の精神」とペアで有名にしたこともあって、すでに、人心《じんしん》に広く訴えるものであったのである。そのため、例えば、アメリカ独立戦争の引き金《がね》となった、トマス・ペインの著作において、その題名に利用されるほどであったのである。そこでは、常識は、めいめいが努力して己自身の内部に新たに発見すべきものとして、それゆえ、第三者的には、その内面的な努力を呼びかけ、あるいは手助けることがせいぜい可能なものとして、位置づけられているのである。

**「人間としての真の本性を身に付けて、いなむしろそれを捨て去らないで、現在を乗り越えて大きく視野を広げていただきたい。」（『コモンセンス』小松春雄訳、岩波文庫）**

又、一見遠くに離れて見える「神智学《しんちがく》」の分野からも、秘教《ひきょう》めいた照明を〝常識〟の側に投げ掛けて、その精神的鉱脈《こうみゃく》の通底が内々に照射されたのである。

これは、東洋の精神思想史においても同様で、それが、周知の「中庸《ちゅうよう》」という言葉なのである。わが国でも、「常識」といういわば欧風《おうふう》の受け皿《ざら》に引き継《つ》がれるまでの間、その別格《べっかく》の意味のアイデンティティが、伝統的な位階秩序《いかいちつじょ》において、事実上の〝玉座《ぎょくざ》〟を占めてきたのである。

**「天下国家も均《ひと》しくすべし、爵禄《しゃくろく》も辞すべし、白刃《はくじん》も踏むべし、中庸は能《よ》くすべからざるなり」（『中庸』）**

中庸という名の常識の玄妙《げんみょう》な働きは、多様かつ深浅さまざまな照明の光にさらされつつ、孔子以来、二千数百年にわたって、東洋思想の伝統の流れの深みを支配してきたのである。

## 思想の源泉としての常識

かくして、常識は、思考に対して、試金石《しきんせき》というよりは、その本物の生成そのものに根底的、源泉的に与《あずか》るのである。思考は、常識に復帰することによって、何ほどか思考自身であることを得るのである。つまり、人間らしい自覚ないし自由を、思考の源泉的な在り方として回復《かいふく》することで、初めて本来の思考たり得るのである。

この関係について、小林は、デカルトに関する先の引用箇所で、〝正しく考えること〟を、次のように定義する、——**「常識をどういう風に働かすのが正しく又有効であるかを問ふ事（だと）」（『常識について』小林秀雄全集第九巻「私の人生観」新潮社）**

そこに、デカルト哲学の「コギト＝われ思う」の本質があるという。

それゆえ、小林はまた、次のデカルトの独白《どくはく》めいた宣言を引用、紹介する。

審判が委ねられるのは、特権的な知識階層ではなく、常識という、人間性一般の自覚に対してである。**「私が、私の審判者と望むものは、常識を学問に結びつける人達だけである」（同）**と。

誰でも、常識を自ら敷衍《ふえん》して、「学問に結びつける」努力や工夫をすれば、その結び付け得た自覚の限りで、知や学問の真贋《しんがん》を照らし出す、判断の自由が手に入るのである。——常識こそは、デカルトにおいて、時代の学問に及ぼすその批判作用はもとより、自らの学問をも、内面の深みから迎《むか》え撃《う》って、その営《えい》為《い》の自明な核心《かくしん》を形成すべき、方法の一切の源泉であったのである。

これは、小林の批評においても同様なのである。常識を己《おのれ》の心のうちに尋《たず》ねて、いかにそれを、「考える」という行為に結び付け、活用するか、ということにこそ、その批評の方法——あえて〝方法〟の名において言及に値する——の一切があり、その核心があったのである。その作品の「難解なる平明さ」も、ほかならぬ〝常識の扱い方〟であり、あるいは一歩踏み込んだ、方法としての常識の困難である。

## 常識の〝方法としての困難〟

小林の批評の方法とは、考えることが、自覚することと一つで、かつそのまま、常識と通底《つうてい》した〝三位《さんみ》一体《いったい》〟の方法世界なのである。しかし、それらは、思考の日常性においては、互いにバラバラで、一つの認識経験に結ばれないのである。求められるのは、認識というよりは、言葉の自明さに置換《ちかん》可能な、理解ないしその延長線上の行為なのである。対象を既知《きち》の事物や概念に還元して、その同一視のうちに、取るべき態度や行為の手掛かりを得ることなのである。

しかし、小林作品のもたらす認識経験は、そのあふれるばかりの三位一体的な内実において、そもそもが、理解という性急《せいきゅう》な認識要求に抗《あらが》うのである。既知性《きちせい》への本能的な還元的要求に、かえって逆行《ぎゃっこう》するがごとく、その作品表現がはらんだ、いわば自体的認識の底知《そこし》れぬ深みへと誘《さそ》い込むのである。――そこにあるのは、もはや、散文経験《さんぶんけいけん》というよりは、詩的経験なのである。

実際、それは、往々《おうおう》にいわれるように、散文を〝歩行〟に、詩歌を〝舞踊《ぶよう》〟に譬《たと》えた意味で、そうなのである。舞踊は、踊《おど》るという行為それ自体に目的があるのに対し、歩行は、それ自体は手段であって、ほかに目的を持つのである。散文も、理解という目的が達成されると、その場限りで廃棄《はいき》される、一回限りの、いわば概念的な消耗品《しょうもうひん》なのである。

しかし、小林の批評の表現世界は、繰り返しの玩味《がんみ》に堪《た》えて、わずか数行の文章でさえも、そのはらむヴィジョンの啓発《けいはつ》的な照明のうちに、内省《ないせい》と沈思《ちんし》の果てしない内的経験の深みへと引き込むのである。その眺望《ちょうぼう》のうちにもたらされるのは、自他に共通の意識の普遍的な深みにおける、新しい認識経験なのである。それは、歴史や自然、実在との関わりにおける意識の視野を、――その選択の可能的広がりや自由の能力において、飛躍的に押し広げ、深化《しんか》させるのである。

それゆえ、小林の批評作品は、文学のジャンルにおいて、とかく非創作の分野に分類されがちな批評の概念を、根底から打ち破るものでもあったのである。その及ぼす創造的、発見的な影響力の大きさや徹底した深さは、近代日本文学史上類を見ないのである。そして、そのもたらす破壊作用にしても、側面的、二次的なものにすぎない。例えば、地下で実を結んだ根菜類《こんさいるい》を白日《はくじつ》下に引き上げると、その表面を覆《おお》っていた泥土層《でいどそう》が破壊されるのに似ているのである。破壊は、〝常識〟が、新しい自覚のうちに、因襲通念的《いんしゅうつうねんてき》な現実意識の覆いを突き破って、意識の明るい、普遍的な高みへと上昇、顕現《けんげん》する際《さい》に、必然に付随《ふずい》する周辺的現象なのである。

## 常識への一大回帰《かいき》としての小林の『本居宣長』

常識をめぐる問題こそは、年月を追うほどに、小林の批評の人生がそこに収斂《しゅうれん》し、集約《しゅうやく》されるかのように、その一連の作品制作の流れにおいて、いよいよ顕著《けんちょ》に現れるのである。そしてそれは、その批評の方法としての常識が、もともと根源的にはらんでいた言葉との関係の問題が、それだけ先鋭化《せんえいか》して、主題的に浮き彫りになることでもあったのである。その照射された意識ないし存在の深みにおいては、言葉の伝《でん》達性《たっせい》が、言葉の表現性《ひょうげんせい》に真《ま》っ向《こう》から衝突するのである。その相克《そうこく》は、コミュニケーションの道具としての言葉の自明性にとどまらず、概念の一般的深みにまで及んで、実在や精神世界に対する、言葉の有効性を、争わせさえするのである。――かくして、その言葉をめぐる問題は、意識の経験における最前線《さいぜんせん》の問題として、尖鋭化し、焦点化《しょうてんか》するのである。

そこに、小林の批評的生涯の集大成《しゅうたいせい》である『本居宣長』を、一貫《いっかん》して底流《ていりゅう》し、基調音《きちょうおん》さながらに鳴り続ける、その生きた主題があり、その方法としての常識をめぐるドラマの核心を形成するのである。

## 常識の源光《げんこう》の発見としての古事記

本居宣長によれば、古事記の神々の物語は、単に真実であるというばかりでなく、その言葉のはらむ現実性、リアリティは、丁度、プリズムに分解される以前の自然の原光のように、源泉的で、限りなく豊かなのである。これは、デカルトにとって、常識の光によって捕捉《ほそく》、裏打《うらう》ちされたリアリティ、現実性が、同時代の学問の無稽《むけい》さに、批判の光を浴びせる基準として、余《あま》りあったのと同じなのである。小林は、宣長の経験について、次のように言う。

「物のたしかな感知という事で、自分に一番痛切な経験をさせたのは、『古事記』という書物であった、と端的に語っているのだ。更に言へば、この『古への傳説（ツタヘゴト）』に関する『古物語（コトドヒモノ）』が提供している、言葉で作られた『物』の感知が、自分にはどんなに豊かな経験であったか、これを明らめようとすると、学問の道は、もうその外にはない、という一と筋に、おのずから繋がって了った、それが皆んなに解って欲しかったのである。」（『本居宣長』新潮社）

言葉で作られていようがいまいが、「物の感知《かんち》」で感知される「物」は、ほかならぬ経験の対象としての「物」なのである。「感知」とは、経験を意識の先端ないし自覚面から捕えた言葉として、いずれ経験と実質同義だからである。ところで、認識や思考にせよ、経験こそが、一切の出発点であり、土台なのだろう。とすれば、右引用で述べている所は、単に神話の真偽や、古代人の未開《みかい》ないし特異な心性といった、限定された前提に立っているわけではない。いわゆる認識論や存在論に及ぶ普遍的な性質のものなのである。

神々の経験世界は、我々自身の方法の根本に関わる問題として、かえって、今日の思考や認識の在り方に、批判の照明を浴びせるのである。それが架空《かくう》の作り事に見えるのは、我々の側にこそ原因があって、「物のたしかな感知」ができなくなっているからというのである。その微妙な奥深いリアリティを、意識の視線のうちに捉え、経験できないために、神々の姿が、天地《てんち》やその間から立ち消えて、目に見えなくなっているのである。——小林や本居宣長の言わんとしていることは、分かりやすく言えば、そういうことなのである。

そうであれば、それらの「神々の死」は、いずれ認識作用の跛行《はこう》化の反面現象なのである。そのもたらす視野狭窄《しやきょうさく》による一種の自閉化《じへいか》が、意識の浮草《うきくさ》的な上滑《うわすべ》り、——その衰弱《すいじゃく》、退廃《たいはい》をもたらしているのである。

## 神々の死は、文字の発明時点で、すでに予言されていたこと

しかし、問題が決して容易でないのは、そもそも問題の認識自体に大きな困難があるからなのである。問題は、技術文明の発達と根底的に分かち難い、無意識の合理主義的衝動《しょうどう》に発しているからである。しかも、文明の発祥《はっしょう》と同根《どうこん》の「文字の発明」にまで遠く遡《さかのぼ》るのである。そのため、今日では、文字の利用の意識と骨肉《こつにく》のごとく相絡《あいから》んで、問題自体に批判的な距離を取ることが困難なのである。

そのことについて、小林は、プラトンの『パイドロス』のソクラテスの話を紹介する。技術の発明で有

名だった神様が、今度は文字を発明したというわけで、エジプト王の神様に会って自慢《じまん》したところ、およそ次のような予言めいた反論にあったという。

**「書かれたものに頼る人々は、物を思ひ出す手段を、自分達の外部を探って、自分達には何の親しみもない様々な記号に求めている。自分達の内部から、己の力を働かせて思ひ出すという事をしなくなる。」（『本居宣長補記』新潮社）**

文字言葉への倒錯《とうさく》した依存や過剰適応《かじょうてきおう》が、認識をして、経験の単なる記号処理の機能にまで、堕落《だらく》、貧困化《こんか》させて、意識の一面的な皮相化《ひそうか》をもたらしているのである。それが、全人的《ぜんじんてき》な意識性の深くへと侵入、絡《から》みついて、あたかも寄生したヤドリギが、宿主《やどぬし》から光合成《こうごうせい》をも奪《うば》い取って、遂《つい》には枯死《こし》に追いやるように、精神をも窒息《ちっそく》させかねないのである。

大切なことは、この文字言葉の弊害《へいがい》は、ソクラテスとパイドロスとの対話のなかで、神々の伝説の真実が言問《ことと》われるなかで、言及されていることである。

この問題に、いささかなりと照明の光を投げ掛けるためには、今日の神話研究の代表的事例である、レヴィ・ストロースの「野生の思考」が格好《かっこう》の反面的材料を提供するのである。

この著書は、神話に対して、一見小林や本居宣長と同じく、肯定的な立場を取っているように見えながら、その内実はまったく異なるのである。

**構造主義は、文字言葉の先兵《せんぺい》であり、神々の殺戮《さつりく》に加担《かたん》していること**

レヴィ・ストロースによれば、神話世界が一見了解し難いのは、文明の側に原因があるのではなく、それが呪術的《じゅじゅつてき》思考《しこう》の産物だからなのである。とはいえ、それは実は、科学的思考と連続的な関係にあって、互いに翻訳《ほんやく》可能なのである。そして、実在ないし現実は唯一、科学的な思考の所与として存在するのである。そのため、呪術的思考は、現実的有効性《ゆうこうせい》においても、科学的思考に対し、いささか粗野《そや》でせっかちにせよ、いずれ血肉《けつにく》を分け合った弟分《おとうとぶん》として存在するのである。そのことを、レヴィ・ストロースは、思考の最前線で両者が張《は》り合うように見える、〝因果律《いんがりつ》〟の捉え方に即《そく》して、次のように言う。

「ユベールとモースの言うごとく、呪術的思考とは『因果律の主題による巨大な変奏曲』なのであって、それが科学と異なる点は、因果性についての無知乃至はその軽視ではなく、むしろ逆に、呪術的思考において因果性追求の欲求がより激しく強硬な事であって、科学の方からは、せいぜいそれを行きすぎとか性急とか呼びうるにすぎないのではなかろうか？」（『野生の思考』大橋保夫訳、みすず書房）

そして、或る男が、アフリカ水牛の角《つの》に引っ掛けられるという「偶然のいたずら」で死んだために、「妖術《ようじゅつ》理論」が持ち出された事例について、その分析的報告を紹介したうえで、次のように言う。

「この観点からすれば、呪術と科学の第一の相違点はつぎのようなものになろう。すなわち、呪術が包括的かつ全面的な因果性を公準とするのに対し、科学の方は、まずいろいろなレベルを区別した上で、そのうちの若干に限ってのみ因果性のなにがしかの形式が成り立つ事を認めるが、ほかに同じ形式が通用しないレベルもあるとするのである。しかしながら、さらに一歩を進めて、つぎの様に考える事はできないだろうか？　すなわち、呪術的思考や儀礼が厳格で厳密なのは、科学的現象の存在様式としての因果性の真実を無意識に把握している事のあらわれであり、したがって、因果性を認識しそれを尊重するより前に、包括的にそれに感ずき、かつそれを演技しているのではないのだろうか？　そうなれば、呪術の儀礼や信仰はその儘、やがて生まれ来たるべき科学に対する信頼の表現という事になるであろう。」（同）

レヴィ・ストロースは、因果性追求の「欲求」を、科学的精神と等価《とうか》の関係において見ているのである。呪術的思考は、科学的思考とせいぜい、その欲求の〝激しさや適用の広狭《こうきょう》、緩急《かんきゅう》〟が相違するだけなのである。

しかし、「未開人」にしても、「因果性追求の欲求」が、常時〝激しく強硬《きょうこう》〟であったり、あるいは、必要もないのに「妖術理論」を持ち出すわけではないのだろう。

例えば、壁を伝わっていた蟻《あり》が、ふとした弾《はず》みで油壺《あぶらつぼ》に落ちて溺死《できし》したとしても、「未開人」は、敵の妖術のせいにしたり、その原因を〝激しく強硬に〟追求するわけではない。一匹の蟻の死は、「未開人」にとっても、存在の安全や重大な利害に関わらないからである。その〝事故〟が、仮に注意を惹《ひ》いたとしても、文明人並に、せいぜい「脚《あし》を踏《ふ》み外した」ことに〝原因〟を見いだすだけで、その因果性追求の欲求は満たされて、終止符《しゅうしふ》が打たれるのである。その限りで、未開人も科学的に思考したのである。

それに対し、部族《ぶぞく》の成員や肉親《にくしん》の偶然死が、敵方《てきがた》の妖術のせいにされるのは、失ったものへの愛惜《あいせき》の度合いが大きければ大きいほど、その喪失《そうしつ》には〝相応《そうおう》の原因〟がなければならないからである。それが情念《じょうねん》の論理なのである。アフリカ水牛《すいぎゅう》の角《つの》に引っかかっただけで、偉大な酋長《しゅうちょう》を、――〝世界〟とも考えていたものを、失うことにどうして納得できようか？

そして、このような情念の論理が、支配的な作用を及ぼすのは、「未開社会」においては、自然の脅威《きょうい》がそれだけ剥《む》き出しで、生活空間の因果的支配への知識や能力が限定されているからなのである。我々は、意識しようとしまいと、原因不明の現象に、己の存在の安全が曝《さら》されることを許容《きょよう》できないのである。取りつく島もない、圧倒的《あっとうてき》な自然の脅威《きょうい》を前にした無力感《むりょくかん》が、〝原因の創作〟を強制するのである。それが迷信的《めいしんてき》なものにせよ、ともかくも原因が分かれば、思考の上で〝対応の見通し〟が可能となって、心的な安定を回復させるのである。――かくして、その原因ないし黒幕《くろまく》を、敵方の悪意《あくい》の及ぼした妖術に求めたとしても、何ら不思議ではない。それが、与えられた状況の中で最も手応《てごた》えあるもの、つまり、情念の捌《は》け口が得られて、最も納得のできる説明なのである。

ちなみに、いわゆる文明社会でも、歴史の大きな不幸があると、容易に〝悪玉化《あくだまか》〟がなされて、原因や責任がなすりつけられるのである。これが、妖術理論の文明版《ぶんめいばん》であるのはいうまでもない。

しかし、因果性自体は、そもそもカントも言うように、思考のアプリオリ（先験的《せんけんてき》）な形式として、意識にいわば影のようにつきまとう、その本能的な所与性にすぎない。思考が、その身に因果性を経験することは、思考が科学的であったり、その科学性が担保《たんぽ》されていることを物語るわけではない。かえって逆に、思考の科学性への志向《しこう》とは無関係に、ノイローゼや狐憑《きつねつ》きのように、迷信的表象《ひょうしょう》を以て、執拗《しつよう》かつ無意識のうちにつきまとい得るのである。

そもそもレヴィ・ストロースの言う「科学的現象の存在様式としての因果性の真実」自体が、自然界のどこにも存在しないのである。なぜなら、太陽が地平線から昇るのは、自然の現象ではあっても、科学的現象ではないからである。あり得るのは、例えば、科学的、批判的に把握《はあく》、認識された自然現象であり、あるいは、呪術的、迷信神話的に理解、説明された、それなのである。

かくして、「科学的現象」自体が、自然のどこにも存在しない以上、その受け皿としての「科学的現象の存在様式」なるものが、この世に存在するはずもないのである。ましてや、「科学的現象の存在様式」としての「因果性の真実」なるものが、無制約ないし一般的な所与性を以て存在することは、到底あり得ないのである。

## 因果律とは、それ自体が批判的に摂取《せっしゅ》すべき、思考や意識の本能的与件《ほんのうてきよけん》であること

実際、因果律とは、それ自体が批判的に摂取すべき、意識ないし思考の自然的・本能的与件でしかないのである。呪術的思考は、因果律の適用を、夢のように際限《さいげん》なく繰《く》り広げるだけにすぎない。それが、延長《ちょう》《えん》において際限がないのは、その内包《ないほう》において或る本質的なものを失っているからなのである。それが、〝実証精神〟なのである。科学が因果的で、論理的であるにせよ、その逆は真であるわけではない。すなわち、因果的で論理的であることは、科学的であることとは、何の関係もないのである。そのためには、実証性のふるいに掛ける必要があるのである。そのためにも、〝オッカムの剃刀《かみそり》〟で、日々氾濫《はんらん》する理論を絶えず選別して、「因果的、論理的なだけ」の理論を削《そ》ぎ落とす必要があるのである。さもなければ、因果性自体が、社会意識のうちに雑草《ざっそう》のように生《は》え放題《ほうだい》になって、その視界を遮るのである。

かくして、因果律を抱懐《ほうかい》すること、それだけでは、科学的に思考したことにはならないのである。犬でさえも、鞭《むち》打たれそうになると、因果律を素早《すばや》く察知《さっち》して身をかわすのである。犬は、「因果性に感づき、かつそれを演技している」のである。だからといって、それが、「やがて生まれくるべき科学に対する信頼の表現ということになるであろう」か?

レヴィ・ストロースにあっては、「物のたしかな感知」の力が衰弱して、意識の水準が低下、堕落しているのである。ソクラテス流にいえば、文字言葉との馴《な》れ合いが、思考自身の習《なら》い性となって、知らず識《し》らずのうちに、思考を思考自らに外在化《がいざいか》させて、単なる記号処理機能にまで堕落、形骸化させているのである。結果として、文字言葉の記号性が、現実と同一視されるに至っているのである。そのため、たまた

ま思いつきや妄想レベルで表象した因果性が、文字言葉の記号性において、現実ないし科学的真実と同等に扱われて、思考の絶対的所与、出発点とされているのである。しかしそれは、反省作用の欠落した、意識の衰弱した形式であり、それに乗《じょう》じ、つけ入った、――先の「花の美しさ」同様――言葉のバブルなのである。一見、法則めいた必然性を帯びた、その関係の構造性も、丁度、緊張が切れてずり落ちた紐《ひも》が、己《おのれ》自身と交差《こうさ》し、重なり合った模様を描き出すように、一群の自閉的な弛緩的《しかんてき》表象にすぎない。

それが、文字の発明に伴い、エジプト王の神様によって、すでに予言されていたのである。ちょうど、ある種の果実が熟《じゅく》すると、繊維《せんい》だらけに筋張《すじば》るように、文明の爛熟《らんじゅく》を襲う、いわば構造主義的必然なのである。文字言葉による意識の廃用的萎縮《はいようてきいしゅく》が、補償的、相対的に露出《ろしゅつ》させた、残滓《ざんし》的論理の支配的浮上なのである。

## 文字言葉による堕落から免《まぬか》れた、源泉的かつ純粋な経験としての古事記の世界

その対極《たいきょく》にあるのが、『古事記』の神々の豊かな経験世界なのである。「物のたしかな感知」という、いわば果汁《かじゅう》をたっぷり含んだ、経験の瑞々《みずみず》しい果肉《かにく》が味わえる――天地創造のほとぼりもまださめやらない世界が、目《ま》の当《あ》たりに湧《わ》き出るように経験される――、純粋意識の初々《ういうい》しい世界体験なのである。

小林の『本居宣長』で扱われている『古事記』は、神々のリアリティや実在が、古代の純粋な話し言葉といういわばタイムカプセルに、そっくりそのまま閉じ込められた世界なのである。それこそは、天使が存在論的に完璧《かんぺき》（『ランボオ』ジャック・リヴィエール）という意味で、逆に、その円満具足《えんまんぐそく》した実在性のゆえに、今日の人間の意識の度合いや大きさ、存在量の目方《めかた》を量る〝神々の計器〟たり得るのである。その充溢《じゅういつ》に伴う啓発性《けいはつせい》は、「物のたしかな感知」において、目から鱗《うろこ》の落ちる〝一番痛切《つうせつ》な経験〟を、宣

長にもたらしたほどなのである。

とはいえ、その経験の今日的享受にあっては、大きなハンディがないわけではない。そこに又、『古事記』の撰録《せんろく》が、歴史の大事業《だいじぎょう》として急《いそ》がれたゆえんがあり、すでに見越《みこ》された危機の側面があったのである。

漢字という文字言葉の移入《いにゅう》は、文明の発明品として、仏教その他の目覚《めざ》ましい文物《ぶんぶつ》を携《たずさ》える一方で、我国の精神文化の世界に、両刃《もろば》の剣のように、未曽有《みぞう》の外寇《がいこう》をもたらしたのである。ソクラテスが見抜いた、まさしくその記号性が、文明の圧力を背景に、日本語の意識世界への支配を徐々《じょじょ》に押し広げ、その勢《せい》威《い》を陰《いん》に陽《よう》に振《ふる》って来たのである。かくして、日本語の意識環境は、千数百年の歳月にわたって、文字言葉のもたらす変化にさらされてきたのである。そのため、今日では、古事記の神々の世界をめぐる経験は、そのありのままの享受において著《いちじる》しく困難になっているのである。それは丁度、外気《がいき》に触れると、一瞬《いっしゅん》にして化学反応が惹き起こされて、急激に腐食《ふしょく》し変質する、繊細《せんさい》で不安定な物質を思わせないわけではない。

そもそも、古事記の撰録自体が、小林によれば、「(稗田《ひえだ》)阿禮《あれ》の誦《よ》み習《なら》う古語を、忠実に傳《つた》える」——つまり、純粋な話し言葉である古語を、保存、継承することに、その目的があったのである。そして、その方法としての表記法《ひょうきほう》は、漢字の和訓《わくん》を基礎としたのである。しかし、両者の関係は、文字言葉を自明とする今日の言語意識からは想像し難いもので、到底一筋縄《ひとすじなわ》でいくような関係ではなかったのである。問題の本質は、〝漢文訓読《くんどく》〟のように、いわば言語の地峡《ちきょう》に運河を開削《かいさく》して、外洋の文明に連絡することで済《す》ませる問題ではなかったのである。そこに、日本書紀には見られない、古事記独自の問題意識の世界があり、そのジレンマがあったのである。

なぜなら、古語の保存継承は、〝漢文訓読〟の技術を一種逆用して、「文字言葉」への変換《へんかん》を、いわば事実のうえで語義的《ごぎてき》に過不足《かぶそく》なく行えば、片付く問題ではなかったからである。その話し言葉の内水面《ないすいめん》自体が、文明の外圧《がいあつ》をはらんだ文字言葉の外洋を前にして、複雑な言語地形も相俟《あいま》って、意識の一種の水位差《すいいさ》の下に置かれていたのである。その落差《らくさ》は、近代の西欧化現象の勢いのように、そのまま莫大な運動エネルギーに転化して、文字言葉の洪水《こうずい》となり得たのである。あげく、ソクラテスの言う記号性が、収拾《しゅうしゅう》の付かないままに氾濫することで、いわば日本語の内水域《ないすいいき》や言霊《ことだま》の源流、及びその淡水の貴重な生き物たちに、壊滅的《かいめつてき》な打撃《だげき》を与え得たのである。

その未曽有の危機に対処すべく発明されたのが、ほかならぬ『古事記』なのである。

## 言語の地峡に開削された、閘門《こうもん》付き運河の発明としての『古事記』

それは、外洋との暴力的な水位差という、特異な治水環境《ちすいかんきょう》に対応可能な、言語世界における閘門付き、の運河なのである。話し言葉の内水面を基準に〝水位調整《すいいちょうせい》〟を行うべく、漢語の和訓を基礎としつつも、「音訓の並用《へいよう》」等の中継的な閘門機能を設《もう》けたのである。それが、話し言葉の直接性を取り入れる余地をもたらし、その自由の緩衝帯《かんしょうたい》において、〝水位差〟の制御《せいぎょ》、吸収が可能になったのである。――開削一本槍《いっぽんやり》では、外洋から水路伝《すいろづた》いに襲来《しゅうらい》し得た、文字言葉の記号性の洪水が未然に防止されたのである。かくして、日本語の誕生のうちに産声《うぶごえ》を上げた〝言霊〟は、その発祥《はっしょう》以来の流れの、あるいは伏流化《ふくりゅうか》した持続において、古代の純粋な世界経験を、今日に引き継いでいるのである。

そして、その発明にいたる格闘と克服の軌跡が、ほかならぬ、古事記の「複雑な文体（カキザマ）」なのである。

また、そうであるがゆえに、小林によれば、その「複雑な文体（カキザマ）」に対応した、

**「訓法（ヨミザマ）を判定する仕事は、そのまま上代人の努力の内部に入込む道を行って、上代文化に直かに推参する事に他ならない」（同『本居宣長』）**

小林が、古事記の世界経験と双璧《そうへき》さながらに、源氏物語に関する宣長の「もののあはれ」論を取り上げるのも、根底の理由は一つなのである。それが厳密には、「もののあはれを知る」認識論として、繰り返し言及されるのは、感情論の狭い枠から大きくはみ出して、「物をたしかに感知」する力で「鉢切《はちき》れないばかり」になっているからなのである。そして、その照明の返《かえ》す刀《かたな》で、文字言葉の弊害を、その内面の空虚な在《あ》り方のヴァリエーションにおいて、剔抉《てっけつ》し、批判するのである。それが、「漢意《からごころ》」であり、「さかしら」であり、あるいは、通俗《つうぞく》道徳の「戒《いまし》め方《がた》」から、「源氏」を理解し、解釈しようとする、意識の在り方なのである。その理張った、言葉ないし意識の皮相性《ひそうせい》は、本質的に、レヴィ・ストロースの事例と同じなのである。

## 精神世界全般への言語の領域を超えた、文字言葉の洪水的侵入と弊害

ところで、そもそも文字言葉は、世界中で使われていることから、その弊害は、元来が、世界普遍的な問題であるはずなのである。のみならず、小林は、言語表現の領域外にまで及んでいることを、『モオツァルト』で言う。

**「自分は音楽家だから、思想や感情を音を使ってしか表現出来ない、とたどたどしい筆で、モオツァルトは父親に書いている。処が、このモオツァルトには分り切った事柄が、次第に分らなくなって来るといふ**

**風に、音楽の歴史は進んで行った。彼の死に続く、浪漫主義音楽の時代は音楽家の意識の最重要部は、音で出来ているという、少なくとも當人にとっては自明な事柄が、見る見る曖昧になって行く時代とも定義出来る様に思ふ。音の世界に言葉が侵入して来た結果である。」（小林秀雄全集第八巻『無常という事・モオツァルト』新潮社）**

モオツァルトの「意識の最重要部」は、言葉以前の意識ないし経験の世界に属し、かつ表現の行為を根源的に掌《つかさど》りながら、自らは音からできているのである。意識が、その最重要部において存在するためには、必ずしも言葉を必要としないのである。しかし、今日では、文字言葉との馴《な》れ合いがもたらした、皮相な言語意識の広がりの光景のうちに、世界経験の表現が求められるのである。

ちなみに、小林は同著で、モオツァルトの天才を、「肉体の占める部分は能《あた》うる限り少なかった」と定義したスタンダールについて、その魂の透徹《とうてつ》した深さへの関心のゆえに、次の想像を禁じ得ない。――仮に、彼が作曲の才能に恵まれて、表現の媒体《ばいたい》を変えたとすると、その「意識の最重要部」は、どのような音を発しただろうかと。

いずれにせよ、『本居宣長』のもたらす批判や問題提起は、言語表現の領域や時空を超えて、ソクラテス以来の精神文化史全般に及ぶのである。

それゆえ、興味深いのは、似たようなことが、フランスの象徴派詩人たちに起こったことである。言葉の本家本元の詩歌のその運動が、〝復権《ふっけん》〟を目指《めざ》したのは、実は、ほかならぬ文字言葉の弊害のうちに埋もれた、「意識の最重要部」なのである。それが、自覚の光を投げ掛けられ、渇仰《かつごう》されて、他ならぬ言語領域に、いわばその表現があえて求められたのである。小林は言う。

「詩人は自ら創り出した詩といふ動かす事の出来ぬ割符に、日常自らもはっきりとは自覚しない詩魂といふ深く隠れた自己の姿の割符がぴったり合ふのを見て驚く、さういふ事が詩人にはやりたいのである。これはつまる處、詩は詩しか表現しない、さういふ風に詩作したいといふ事だ。これは、まさしく音楽に固有な富である。」（同）

「音楽に固有な富《とみ》」は、その奪回《だっかい》、表現が渇望《かつぼう》されながら、現代では言葉との逆説的な関係において象徴的に顕《あらわ》れるしかない「詩魂《しこん》」を源泉とするのである。それは、モオツァルトの「意識の最重要部」と同じなのである。——そして、そこに、古事記の神々の真実の在り処《ありか》もあるのである。ちなみに、詩人のマラルメも、自己一流の表現を以て、ランボーの千里眼《せんりがん》が捉えた「古代の厳密な戯《たわむ》れ」に言及している。

## 「文は人なり」の知られざる言霊的意味

思想は、言葉のバブルの寄せ集めでなければ、その出発点を、「たしかに感知された物」に置く必要があるのであろう。思想自体が、論理的な体系性に関わりなく、考えるという行為の、一つひとつの積《つ》み上げで成り立つからである。

このことは、時代の学問へのデカルトの批判や、ボードレールの批評の魔力等に関して検討したところからも、明らかなのだろう。そこでは、常識の光が、言葉の実相ないしリアリティの真実を浮き彫りにしたのである。結局は、「物を感知する」力が、そのピンからキリまでの力量《りきりょう》や精神的努力に応じて、言葉の虚実《きょじつ》、深浅《しんせん》さまざまな、当事者的在り方を決定するのである。そこに又、「文は人なり」という言葉の、深い、知られざる意味がある。

実際、我々が言葉と結ぶ関係の在り方は、言霊という〝国語の最深の働き〟から逃《のが》れ得ないのである。ちょうど、宇宙から降《ふ》り注《そそ》ぐ放射線が、地球の表面の地殻《ちかく》を貫いて、内部深くに作用や抵抗の跡を遺《のこ》すように、「文」の一般的意味を貫いて、その無意識の媒体層にまで達するのである。その深みで、所与としての言葉との間にはらんだ、意識ないし自由の関係、つまりは人間性の深浅や在《あ》り方が、余さず透過《とうか》されて、記録されるのである。それが、常識の反省作用のうちに再び捉《とら》えられると、あたかもネガを現像液で洗い出すように、その存在の深みで意識化＝可視化《かしか》がなされて、「文は人なり」を浮き彫りにするのである。そこに、言霊によって、「天網恢恢疎《てんもうかいかいそ》にして漏《も》らさず」捉えられた、あるいは自己自身にも知られざる自己の在り方があり、「文は人なり」の天網的意味がある。

まさしくそのゆえに、思想たらんとする営為は、その自覚の形式やいかんにかかわらず、言葉という不可視の自己の広がりとの戦いを避けられないのである。それは、思想の誕生や攻防《こうぼう》をめぐって生き死にする、――あるいは勝利し、あるいは討《う》ち死にし、あるいは酔生夢死《すいせいむし》し、あるいは月足《つきた》らずのまま流産《りゅうざん》する、内面の凄惨《せいさん》たり得るドラマなのである。

かくして、小林は、本居宣長の究極の思想を、次のように述べる。

**「言葉が一切の思想を創り出しているといふ事を見極めようとする努力が、そのまま彼の思想だったのである。」（同『本居宣長』）**

あるのは、思想と言葉とのいわば主従関係を打ち破る、下剋上《げこくじょう》のダイナミックな方法の意識のみである。名もない言葉が、裸一貫《はだかいっかん》からのし上がる、その実力においてのみ、その思想たらんことを評価され、その実現の一切を許されるのである。そのことが、当事者的実践において見極《みきわ》められて、そのまま、思想のドラマとなり、新しい内的秩序の創造のはじまりとなるのである。思想たらんことの新しい国是《こくぜ》であり、それをおいては、当事者的思想は存在し得ないのである。そして、言葉の裸の力への、その徹底した信頼を、己の内深くに捉えて、存在の地平に照明を投げ掛ける認識の光こそは、その純粋な深さにおいて底が知れないのである。それは、思考の日常性が、概念や理解のうちに訴える、素朴で皮相な光に比すれば、信仰が、迷信と違うほどに違うのである。

そして、それは、己の光を見極めようとする、その努力の果てに、ほかならぬ「言霊」にまみえるのである。

**「言葉には『言霊』が宿つてゐるといふ古人の思想の意味するところを、宣長ほど、深く考えた人はゐなかった。言葉は言霊といふ己自身の衝動を持ち、世の有様を迎えて、自発的にこれに處している。事物に當つて、己を験し、己を鍛えて、生きてゐる。彼はそこまで考えてゐた。」（同『本居宣長補記』）**

言霊は、超越的意志としての〝己自身の衝動〟を持っているのである。その働きは、宣長によってよほど深く信じられていて、その思想的営為にしても、ちょうど、川の流れに沿《そ》って舟を漕《こ》いだり、灌漑《かんがい》用の水路《すいろ》を作って田畑に水を引くように、言霊との協働作業として捉《とら》えられていたといっても、間違いではない。

〝言霊〟の根源性は、ボードレール的意味で批評的であり、叡智的《えいちてき》なのである。

## 一笑に付し得ない、地球生命史的記憶の結晶としての象徴的叡智性

そうであれば、言霊は、国語の誕生の恩寵的賜物《おんちょうてきたまもの》にせよ、その叡智性の持続する起源については、言語を超えた空想をあながち一笑には付し得ないのだろう。それは、国語の誕生以前の、はるか太古以来の、人類を含む地球上の生命進化にまつわる、記憶の一大資源と関係しているのであろう。その悠久《ゆうきゅう》の時間の流れのうちに凝縮《ぎょうしゅく》されて底流《ていりゅう》する、その持続の内実については、それが何がしかの意味を萌《きざ》したとしても、もはや言語や日常的意識、人智を超えた〝象徴性〟を帯びているのであろう。それが、例えば、モオツァルトの「意識の最重要部」の象徴的叡智性であったとしても、もはや驚くべきことではない。その潜在的な膨大な生命の記憶資源は、それをわずかに掘《ほ》り起こすにせよ、いわばルーチン化した日常言語との間には、せいぜい謎めいた象徴を析出《せきしゅつ》して見せるだけの、超え得ぬ意味的懸隔《けんかく》をはらんでいるのである。それはちょうど、遺伝子情報が、その受肉《じゅにく》の徴《しる》しのＤＮＡに、己の働きかけの足がかりや形跡《けいせき》をとどめつつも、依然として謎に満ちた、神秘の深淵を湛えているのに似ているのである。――我々は、造化《ぞうけ》の業《わざ》については結果しか知らされていないのである。

ソクラテスが、先の引用箇所で求めたのも、言霊のはらむ象徴的叡智性を、「真知」へのよすがとして、意識の光のうちにいささかなりと捉えることなのである。そのために、文字言葉の記号性に惑《まど》わされず、「自分達の内部から、己の力を働かせて思ひ出す」必要があるのである。しかも、その見いだすところのものは、まさしく魂が求めていたところにピッタリ一致するのである。その高度に理念的な了解性といい、自己の内奥深《ないおうふか》くから由来するとしか考えようがないのである。かくして、プラトンが、イデア説を唱えて、その起源の由来を「前世の記憶」に求めたとしても、何ら不思議ではなかったのである。

## 歴史の鑑《かがみ》としての小林の批評作品

小林の批評作品は、人間的自由ないし自覚の高度の現実において、時代の実相《じっそう》を映《うつ》し出して、〃歴史の鑑〃たることに成功しているのである。常識が、歴史の現実との苦闘《くとう》の末《すえ》に獲得した、認識の偉大な勝利の軌跡《きせき》であり、「社会化された私」の、完成された最高度の典型なのである。

実際、それは、社会や人間、時代の実相に及ぼす、その照明の深さにおいて、底が知れないのである。それはもともと、強い世界観的、哲学的関心を帯《お》びていることといい、小林が唯一、無条件に認めた哲学者であるベルクソンに倣《なら》って、次のように言ってもいい。「その作品のもたらす認識の光は、人間性一般の限界を突破して、精神と物質の二元論的な深みにまで達しているのだ」と。しばしば否定的にいわれる、その作品制作の生涯にわたる壮大なトートロジーに見えるのも、実は、元素の周期律《しゅうきりつ》に似て、その創造の根源性を暗示しているのである。精神的自然への根源的回帰を、遠目《とおめ》からでも聖別《せいべつ》できるように、作品から滲《にじ》み出た太初《たいしょ》の光が、それぞれの作品を光輪《こうりん》さながらに取り巻いているのである。

それゆえに又、その批評作品は、意識に最後まで執拗《しつよう》にまつわりついた物質性、——仏教でいう「色即《しきそく》是空《ぜくう》」の無明《むみょう》のヴェールを、照破《しょうは》しているのである。そのヴィジョンのうちに、無意識の因襲的な関係性が、世界像に絡《から》みついたその膏肓《こうこう》の深みに至るまで、ことごとく粉砕《ふんさい》、克服《こくふく》されているのである。

かくして、小林は、そのヴィジョンの偉大な現前《げんぜん》のうちに、当然といえば当然な、宗教的ともいうべき謙虚《けんきょ》さに捉えられるのである。その生涯の批評活動のことごとくを、常識の布教師《ふきょうし》に、、、、甘んじるが、、、、ごとく、、、、自らを位置づけて言うのである、——「演奏家《えんそうか》で十分だ」と。

これは、ニュートンが、自らの世界史的な科学的業績を、「大海が浜辺に打ち上げた貝殻《かいがら》」に譬《たと》えたのに通じるのである。いずれも、宇宙的なヴィジョンの意識のうちに捉えられ、その巨大な自覚の一隅《いちぐう》のうちに形成され、成熟した、秩序の意識への深い信頼と信仰において初めて可能なのである。いわば、究極の自己知であり、常識との通底のうちになし遂げられた、精神的自然への回帰であり、そのうちに自ずと形成された偉大な謙虚さなのである。――そこに、また、若年期の小林が、文学を以て、「男子一生の仕事として余りある」と看破《かんぱ》したヴィジョンに底流《ていりゅう》するものもあったのである。

## 精神文化史的頂点への登攀《とうはん》、聖地巡礼《せいちじゅんれい》としての小林作品のまねび

小林作品を鑑賞することは、言葉や認識、文化を、その誕生の現場に立ち会って、己の存在の足下に掘り下げることなのである。そのゆえに、その経験はそのまま、精神文化史上の世界的天才たちが、言語や表現媒体以前の、意識の地下水脈で互いにつながった、普遍的な源泉に通じて、その恩恵に与《あずか》ることとなのである。そして、それこそは又、わが国の思想伝統の隠れた流れを、その源泉の深みにおいて、西欧近代の燦然《さんぜん》たる陽光《ようこう》下で、再発見することでもあったのである。それはしかし、己の存在の隠れた深みにおいて在《あ》る所のものが、いわば伝統の装《よそお》いも新たに、西欧の文明思想を迎え入れることでもあったのである。かくして、「西欧の超克《ちょうこく》」は、小林において初めて、キリスト教文明等の外来に物差しを求めず、あるいは東洋の神秘や韜晦《とうかい》を必要とせず、ついには溢《あふ》れ出る勢いをも帯《お》びて、あるがままに、自然になされたのである。

その言葉は、幾十世紀かけてもなお汲み尽《つ》くし得ぬ、無限に豊かで、日に新しい源泉の言葉なのである。その照明は、文学や哲学、芸術にとどまらず、政治の領域にも及ぶのである。それが、表立《おもてだ》って注意されないとしても、その言葉は元々、政治的な言語ではないからなのである。つまり、「カイザルのもの」ではなく、それゆえに又、ソフィストの〝説得する言語〟ではないからである。そうではなく、「神のも

の」に由来して、権力への意志や、世俗的動機が完全に脱け落ちた、ドストエフスキーやニーチェのいわゆる〝白痴的言語《はくちてき》〟なのである。それは、神と人間とを仲介《ちゅうかい》する言葉として、理想主義の純粋な血筋《ちすじ》を引いて、模範的、教化《きょうか》的な、〝指《さ》し照《て》らす言語〟なのである。しかし、その照射《しょうしゃ》するものこそは、人間が人間であるゆえんの、ほかならぬ自由が、その尊厳において自覚されて、唯一存在する場所なのである。それゆえに、その言葉は、ほかならぬ預言の光ともなるのである。――自由が、その最深の存在点から、現在と未来を照らしつつ、かつは、己の社会的行方を、自ら問い、問われる、歴史の羅針盤《らしんばん》でもあるのである。

そうであれば、我々に求められるのは、小林の作品経験からいささかなりとも汲《く》み上げた言葉の意味を、常識の反省的本質において、歴史のさまざまな文脈のうちに明らめ、それぞれに同定《どうてい》し、広く普及させることなのである。そのための、常識の啓発された努力や工夫なのである。それこそは、一つの民族や国家、社会にとって、壮大な精神文化史的頂点への登頂《とうちょう》を目指《めざ》した、営々《えいえい》たる文化の伝統を形成するのである。そして、その及《およ》び難《がた》い頂上こそは、いわば人類の精神文化史の造山運動《ぞうざんうんどう》が、その崇高な山脈のはるか高みへと押し上げた、〝星の頂上〟でもあって、小林秀雄も又、自ら、その霊峰《れいほう》の一つとして連《つら》なるのである。

――了

# ベルグソンと本居宣長――小林秀雄が取り結ぶもの

## 小林秀雄が捉《とら》えた本居宣長の本質

　小林秀雄にとって、本居宣長の業績は、国学の範疇《はんちゅう》を大きく超え出て、本質的に哲学的、普遍的なものである。有名な「もののあはれ」論自体が、「情緒論」を超えた「認識論」であるばかりではない。目が見える、見えないということが、我々の自由やその在り方に根底的《こんていてき》に関わるという意味で、実は、〝自由論〟なのである。小林は、ベルグソン論のなかで、**「人間の眼は、言葉を弄《ろう》する事なく肉眼と心眼の複眼だと言える」（『感想（上）』小林秀雄全作品別巻Ⅰ、新潮社）**と述べて、「認識論」をそのまま、「自由論」に直結、融合一体化させている。宣長に、ベルグソン哲学の先駆《せんく》を見ているのである。両者は、その広がりの核心において、同一の思想の地下水脈圏《ちかすいみゃくけん》に属し、互いに底流し合っていて、その発する源泉の自由論が同一なのである。また、そうであればこそ、宣長の独自の尚古《しょうこ》性はそのまま、〝自由の救済論〟へと逆《ぎゃく》流《りゅう》するのである。そして、後年、小林自らが畢生《ひっせい》の大作『本居宣長』で、その世界的な先端的意味を明らかにすることとなる。自由論こそは、ベルグソン、宣長を論じる小林の批評作品の一切を貫いて、通奏低《つうそうてい》音《おん》さながらに、その行間《ぎょうかん》の沈黙の深みで絶えず鳴り響くのである。

　小林によれば、「自由」は、政治的自由その他にせよ、「認識」によって担保《たんぽ》されるのである。認識が欠《けつ》落《らく》していると、外見上は自由に動いているように見えても、肝心の選択の自由は存在しないのである。選択は、現実や実在との顕在的、潜在的な無限の関係からなされるからで、その選択自体が、自ら選択した関係の認識を前提とし、媒介とするからである。選択をしているという認識があって初めて、当該関係への働きかけや交渉が可能になるのである。それに反して、当該認識が存在せず、あるいは締め出されている場合には、そもそも選択すべき関係の対象的な広がり自体が存在しないこととなって、結果的に、選択する能力としての〝自由〟も存在しようがないのである。

このような自由論が、尖鋭《せんえい》な現実的問題として存在するのは、次の理由による。それは、我々の認識は、日常世界を覆《おお》う実用性のヴェールのために、そもそも実在から疎外《そがい》されていて、その関《かか》わり自体が、表面的なものにとどまっているからである。そのため、実用的な物差《ものさ》しでは、いかに無視し得るものにせよ、実在と関わる自由の機会が、それだけ奪われているのである。そうであれば、例えば、ソクラテスが哲学の目的として考えた、〝人間としてよりよく生きる〟うえに、影響が考えられないわけではない。なぜなら、〝よりよく生きる〟ためには、人間としての〝自覚〟が前提となるはずだからで、そしてそれは、内面や認識の自由がなければ、そもそも成り立つはずがないからである。求められるのは、我々の内的生命が、認識を媒介《ばいかい》として、より大きな自由ないし実在の中で存在すること、つまり、より多く自覚し、より多く存在することなのである。

## 小林が論じるベルグソン

小林は、ベルグソンについて、未完《みかん》に終わったものの、「感想」という題名で、五十六回にわたって論じている。作品の冒頭《ぼうとう》からして、母の死にまつわる二度の怪異《かいい》が、「或る童話《どうわ》的経験」という断《ことわ》りで紹介されている。初めは、母の死後、数日経った夜分、近所にろうそくを買いに行ったときに遭遇《そうぐう》する。

**「当たり前だった事を当たり前に正直に書けば、門を出ると、おっかさんという蛍が飛んでいた、と書く事になる。後になって、私が、『或る童話的経験』という題を思い附いた所以《ゆえん》である。」（前掲書）**

第二の怪異は、それから二カ月たってのことで、駅のプラットホームから転落した事件に関してである。終戦間もないため、鉄柵《てっさく》が爆撃《ばくげき》でなくなっていたところを、酔っぱらって、数メートル下の空き地に墜落《ついらく》したのである。

**「かすり傷一つなかった。一升瓶は、墜落中、握っていて、コンクリートの塊に触れたらしく、微塵になって、私はその破片をかぶっていた。私は、黒い石炭殻の上で、外灯で光っている硝子《ガラス》を見ていて、母親が助けてくれた事がはっきりした。」(同)**

以上の経験を、小林が、「或る童話的経験」と呼んだのは、無論、大人のさかしら世界では、そのような怪異は起こらないからである。かといって、後年の大作『本居宣長』に倣って、「或る神話的経験」と呼んだところで、大して変りばえがしないのであろう。いずれも、人類の未開や幼児期の特異な心性《しんせい》や迷信《めいしん》といった、しょせんは、作り物のあるいは集団主観的な経験世界としての位置付けを出ないからである。

小林は、二つの〝怪異〟の経験を振り返って言う、──「**いろいろと反省してみたが、反省は、決して経験の核心には近附かぬ事を確かめただけであった**」と。

とはいえ、反省は又、その過程において、〝怪異〟のいわば一石《いっせき》を、日常的経験の意識世界に内々に投じることでもあったのである。その試みは、早速、その一隅《いちぐう》に合理主義の波紋《はもん》を惹《ひ》き起こし、小林は、それを見逃《のが》さない。その反応は、今日《こんにち》知からの反射作用ともいうべく、怪異の経験を「一偶然事」として片付けることで、経験自体への接近をはぐらかそうとするのである。小林は、そこに、隠れた合理主義の通《つう》弊《へい》を見抜《ぬ》く。そして、逆に、ベルグソン論の展開の切っ掛けに利用するのである、――**「そういう考えに通っている条理は見掛けに過ぎまい」**と。のみならず、「偶然」を、「人間の無知の尺度」とするポアンカレの定義をも、その延長線上にあるものとして暗に批判する。いずれも、小林が取り上げた「経験の核心」に対しては、何も説明しないばかりか、かえって〝臭《くさ》い物にふた〟をすることだからである。

## 「偶然」は、〝無関心の尺度〟でもあること

実際、「偶然」が、「人間の無知の尺度」であるのは、ごく大ざっぱな統計的、一般的意味合いにおいてでしかない。その限りで、偶然の支配する大きさが、無知の大きさを表しているにすぎない。しかし、それが、上《うわ》っ面《つら》をなでた一般論でしかないのは、経験の個別性、つまり、我々が経験と取り結ぶ関係に立ち入ってみれば、容易に明らかなのである。次の定義も、ポアンカレの定義に対抗して、同等の真理性を十分に持ち得るのである、――「偶然は、人間の無関心の尺度である」と。つまり、生起した経験が、偶然として片付けられるのは、その程度にしか関心を引かないからなのである。そのため、その経験の内容に比すれば、無関心としかいいようのない、通り一遍《いっぺん》の関心を引くにとどまったのである。

そのことは、例えば、災害のような経験をめぐって浮き彫りになるのである。それまでは「偶然」で済ませた類似の自然現象が、いったん、社会集団の安全や秩序を破壊する形で襲来《しゅうらい》し、経験されるとなると、もはや同じ「偶然」では済まされないのである。科学的究明《きゅうめい》や人災論はもとより、〝天罰《てんばつ》〟その他あれこれの迷信的説明までが持ち出されて、その原因や自体的な説明を、つまり「偶然」ではない、「生起の必然性」が求められるのである。「偶然」の観念的基準は、元来が、その置かれた個別的および集団的な状況に大きく左右されて、多分に場当《ばあ》たり的で、流動的、相対的なものなのである。それは、日常的な

生活経験にも明らかであって、知的好奇心《こうきしん》があれば見逃されなかったはずが、そうでないために、「偶然」で片付けられる例は、ざらにあるのである。

実際、「偶然」の観念は、「無知」の独壇場《どくだんじょう》ではなく、その線引きをめぐっては、「無関心」との間で綱《つな》引《ひ》きがあるのである。

それは、古典的な決定論的宇宙観を検討しても、首肯《しゅこう》し得るのであろう。その宇宙論によれば、「偶然」は、宇宙から追放されるはずだから、生起する経験はすべて「必然」であって、今日にいう「偶然」は、いわば当座《とうざ》の無知の産物として、過渡的《かとてき》な、克服《こくふく》されるべき迷信の類いでしかないのである。いずれ科学が「究極の進歩」を遂げた暁《あかつき》には、「必然」が「偶然」に取って代わって、必然性の網《あみ》の目が無限に張りめぐらされた知の光景が、宇宙ないし実在に眺望《ちょうぼう》されるのである。その知の光景下では、「偶然」はもとより、「無知」の観念もともどもに、かつて地上を我が物顔に跋扈《ばっこ》した恐竜のように絶滅して、言葉自体も死語《しご》と化しているのである。それは、もはや知の化石的様態《ようたい》でしかないのである。その未来の超絶的《ちょうぜつてき》高みから、今日の「偶然」や「無知」を眺《なが》めれば、本来知り得たはずの必然性が、今日段階ではたまたま知られていなかったということである。しかしそれは、その一切を透視《とうし》する見晴《みは》らしにおいては、知ろうとすれば、ともかくも知ることができた「必然性」でもあり得るのである。それを、知らずに「偶然」としたのは、時代の蒙昧《もうまい》や知的怠惰《たいだ》によったにせよ、結局は、それ以上に関心を持たなかった、つまり〝無関心〟のせいであったのである。かくして、決定論的宇宙観の是非はともかく、その可能知《かのうち》の仮定に照らしても、「偶然とは、無関心の尺度である」との定義は、少なからず成り立つのである。

このように、「偶然」が、「無知の尺度」であったり、「無関心の尺度」であるのは、「無関心」と「無知」が関係し合う、実在のいわば比較的に浅《あさ》いレベルでは、多少にせよ、両者の間に、鶏と卵の循環的《じゅんかんてき》な関係が存在するからである。その本質相《ほんしつそう》は、それ以前の、ソクラテスのいわゆる〝明晰《めいせき》なる無知〟の対象的深みにおいて初めて捉えられるのである。

## 〝偶然〟の観念は、元来が、疑似知《ぎじち》であること

「偶然」の観念は、世界経験への中身のある、積極的な認識的産物であるわけではない。その対立する「必然」の観念が、曲がりなりにも因果的認識《いんがてきにんしき》を内容としているのに対し、何か積極的な認識内容を備えているわけではない。そうではなく、「無知」ないし「無関心」との相補的《そうほてき》な一体的関係のうちに初めて誕生する、場当《ばあ》たり的な観念なのである。その中身《なかみ》は、「無知」や「無関心」同様、実際には、〝空っぽ〟なのである。それは、我々人間の〝本源的無知《ほんげんてきむち》〟がもたらした本能的な防衛的《ぼうえいてき》、反射的《はんしゃてき》な反応であり、知がいわば偽装《ぎそう》された、心的擬制《しんてきぎせい》上の観念的産物なのである。「偶然」とは、むしろ〝知の擬態《ぎたい》〟であって、その内実は、「偶然」という名で知られた、それゆえ、ともかくも「知」の体系のうちに還元、分類された「疑似知」なのである。

そもそも、世界経験の対象としての森羅万象《しんらばんしょう》は、「必然」はもとより、「偶然」とされる程度にすら関心を引かない現象をも含んで、日々刻々と無数、無限に生成《せいせい》、表象《ひょうしょう》しているのであろう。「偶然」とされた経験ないし現象は、その微視的《びしてき》な一端《いったん》を表しているにすぎない。しかし、その森羅万象における位置づけにしても、相応《そうおう》に認識処理されて「必然」と呼ばれている現象と、いわばそれ自体として格別に異なるわけではない。違いは、すでに見たように、人間側の都合《つごう》が少なからず与《あずか》っているのである。その生起が、因果的連関《いんがてきれんかん》のうちに——実証的にあるいは迷信的・妄想的に——捕捉《ほそく》されて、その再現性が当事者的に担保や説明、あるいは納得《なっとく》ができるのが、「必然」とされるのである。それに対し、「偶然」は、我々の関心を呼ぶほどに、意識のスポットライトを浴《あ》びながら、その経験に対応ができないのである。そのために、

生じた意識の空白《くうはく》を狙って、いわば本能知《ほんのうち》の暗がりの世界から、「偶然」という名のからくり用語が飛び出して、魔法のレッテル貼《は》りによって、差し当たって知のメッキを施《ほどこ》したのである。

　小林が、批判している本当の問題も、実は、そこにこそある。「偶然」とは、偶然とされるほどには関心を引いて、偶然という虚名《きょめい》で〝上っ面《うわつら》が既知化《きちか》された〟経験なのである。〝偶然〟として片付け、済《す》まし得る程度には知られた、それゆえ、その限りで日常的な知の秩序に組み込まれて、その一隅に位置づけられているのである。とはいえ、その内実は、イソップのコウモリのように、「知」とも「無知」とも、どっちつかずの、半端《はんぱ》な疑似知として宙ぶらりんになっているのである。そして、その中身は単に「無知」のままであるばかりでなく、始末《しまつ》に負《お》えないのは、それが「偶然」の甲冑《かっちゅう》で身を固めた「無知」だということなのである。その「無知」の在り方自体が、自己のうちに閉ざされた無知、――ソクラテスの「不知の知」（＝明晰なる無知）に対する、「不知の無知」（＝自覚のない、混濁した無知）なのである。そこに、〝偶然〟という疑似知で自らの経験を処理して、肝心《かんじん》の内容を無知のままに棚上《たなあ》げして怪《あや》しまない、時代の知的精神的風潮《ふうちょう》がある。しかし、それは、言葉の虚名、レッテル貼りに流されて、経験の実体《じったい》を見失うこととなのである。その限りで、〝偶然〟という、いわば空っぽの、架空《かくう》の事物に心を奪われて、世界との関係や取り得る態度、言動が決定されていることなのである。これは、現代風《げんだいふう》の神話に捉えられて、自由意志とは無関係に、外部から突き動かされていることである。

## 〝偶然〟という名の神話作用

　実際、「神話」とは、今風にいえば、その架空性にもかかわらず、あたかも「事実」や「真実」のごとく、人心《じんしん》を支配し、突き動かす観念的な出来事、と定義できるのであろう。そうであれば、「偶然」やそれをめぐる知の一般的事情も、又、現代の神話を形成しているのである。その神話世界では、「偶然」の観念自体が、「無知」のいわばクローンとされるなど、合理主義的な無意識の風潮のなかで、多分に偏頗《へんぱ》な規定を被って来たのである。しかし、その正しい認識には、すでに明らかにしたように、外的実証であれ、内的・形而上《けいじじょう》的実証であれ、そもそもが、より突っ込んだ、より客観的な、ほかならぬ実在の吟味《ぎんみ》や検討が必要とされたのである。しかし、その基礎的な批判の過程が省《はぶ》かれた結果、「無知」が、「無関心」の配偶《はいぐう》を必要としない、単性生殖《たんせいせいしょく》を可能にしたのである。いわば神話作用のもたらした〝処女受胎《しょじょじゅたい》〟ともいうべく、さしずめ、主宰神《しゅさいしん》である「論理性＝客観性」の等式の神が、夢のお告《つ》げか何かで、「無知」を懐妊《かいにん》させ、「偶然」のクローンを生み落としたのである。

その絶大な通力《つうりき》においては、「論理性」と同一視された「客観性」は、実在性にそっくり通じるのである。そのため、「客観性」は「実在性」でもあり、したがって又、「実在性」の経験的概念としての「実証性」をも含んで同義とされるのである。かくして、「論理性＝客観性＝実証性」の三位一体《さんみいったい》的な関係が、無意識のうちに誕生したのである。――その神話作用にのみ込まれた、時代の認識や思考にとっては、実証性は事実上、論理性と置き換えが可能なのである。

かくして、その手軽《てがる》さが受けて、この等式の神は、とかく利便性が優先される今日では、多くの知識人の信仰を集めたのである。そして、あまたの神々があるなかで、今や、一神教の高みにまで昇りつめ、その秘跡《ひせき》の儀式においては、神の子の〝肉と血〟が象徴された、パンとブドウ酒さながらに、〝論理性〟が聖体拝領《せいたいはいりょう》されるのである。その信仰にあるのは、「神の子＝聖霊《せいれい》＝神」の三位一体ともいうべき、人智《じんち》を超えた「論理性＝客観性＝実証性」の位格《いかく》の関係なのである。

しかし、「論理性」にもピンからキリまであって、贅沢《ぜいたく》さえ言わなければ、言葉があるところには、どこにでも潜伏《せんぷく》し、転《ころ》がっているのだろう。おのずと思い浮かべられ、連想されるイメージの広がりを点検《てんけん》、吟味《ぎんみ》すれば、「こすり絵」のように、言葉と渾然《こんぜん》一体となったその素白《そはく》の闇《やみ》の中から、一種アプリオリ（先験的《せんけんてき》）な論理が自然と浮かび上がってくるのである。しかし、それは、先の「偶然」の例で言えば、「無知」との関係一方に偏っていて、皮相《ひそう》で部分的な論理であり、論理性であったのである。実在に更に踏み込みさえすれば、「無知」と対抗する「無関心」の存在や、両者の綱引き的関係が、おのずと、反省的、実証的に浮き彫りになったはずなのである。それが、実際には、看過《かんか》されたのである。そのため、言語の構造にすでに織《お》り込み済みの、意識ないし実在の比較的に浅い日常的な論理層での、関係の部分的発見や特定でこと足れりとされたのである。しかし、それはしょせん、トートロジー（同義反復《どうぎはんぷく》）的な近視眼《きんしがん》的寄せ集めであって、実在つまり〝全体としての客観性の検証〟に多少とも耐えるはずもなかったのである。

ところで、以上の「偶然」をめぐる問題は、小林によって、「或る童話的経験」に対する妨害的状況として批判的に言及されたのである。「反省」の機能作用が、言語の自動性と相俟《あいま》って、合理主義的風潮《ふうちょう》のうちに、上滑《うわすべ》りの理解による典型的な妨害をもたらしたのである。とはいえ、そもそもその「反省」自体が、〝生活体〟としての不可避の理屈付け（＝概念化作用）であって、「偶然」の理解作用も、性急かつ皮相に流れがちとはいえ、その日常的に有用な一環として、一種必然的な産物なのである。なるほど、自然科学では、仮説による概念化作用は、実験によって篩《ふるい》に掛けられるなど、方法的な洗練《せんれん》を遂げているのであろう。しかし、小林が、「或る童話的経験」をめぐって問題としているのは、詮《せん》ずる所、概念化作用としての反省の機能自体であり、その無効性についてなのである。しかし、自然の設計に欠陥《けっかん》があるはずはないのだから、それは「反省的機能」のせいというよりは、「或る童話的経験の核心」にこそ由来《ゆらい》するというべきなのである。その異次元《いじげん》的な特異性のゆえに、反省の概念化作用がもたらす言語化一般、つまり、既知の事物や概念への還元《かんげん》作用が、原理的に空転《くうてん》するしかなかったのである。

## 小林批評の「真のテーマ」

実際、今の場合、問題が容易でないのは、小林自身が、言葉を求めて難渋《なんじゅう》しているというよりは、取り付く島もない状況を前に、その試み自体を断念しているからなのである。そして、その経験の圧倒する謎めいた重たさは、新たな問題提起、テーマとなって、小林の内面を襲《おそ》うのである。小林は言う、――「**以後、私の書いたものの、少なくとも努力して書いた全てのものの、私が露には扱う力のなかった真のテーマと言ってもよい。」（同『感想（上）』）**

小林が、「露《あらわ》には扱う力のなかった」ゆえんのものが、「或る童話的経験の核心」を、「真のテーマ」として、その批評努力の中心に据《す》えるのである。そこに、言語表現はもとより、思考や経験の日常性になじまない、実在のはらむ本質的な困難を見いだす。そして、それこそは又、ベルグソンの自由論が、――そのはらむ固有の必然性のうちに、人間認識の原理的な見直しを迫るテーマでもあったのである。そして、それゆえに、その問題性は、文学や哲学の領域に限られず、いずれ自然科学の分野にもそれなりに噴出《ふんしゅつ》していたのである。小林は、その端的《たんてき》な状況を明らかにするために、ベルグソン哲学が、物理学者のハイゼンベルクとすでに先行的に共有していた、「量子力学」に関する或る根本的な認識を取り上げる。それは、ゼノンのパラドックスに関する批判で、それがそのまま、人間認識ないしは悟性《ごせい》が有する〝実在〟との関係に対して、いわば量子論の深みに至るまで、徹底した照明を及ぼすのである。あたかも地中深くの鉱脈《こうみゃく》の一部が地表に露出《ろしゅつ》するように、ハイゼンベルクの「不確定性原理」（１９２５年）に先行して、ベルグソンの『物質と記憶』（１８９６年）において、量子論の認識的本質がすでに予言的に照射《しょうしゃ》されていたのである。

小林の「真のテーマ」は、言語や論理以前はおろか、生物以前の段階にまで踏み込んだ、意識と実在との――文学、哲学、自然科学の仕切《しき》りを超えた――極限の普遍的テーマであったのである。しかし、それは又、生物的な限界のうちに埋没《まいぼつ》して、それ自身を直接の問題としては扱《あつか》えなかったのである。――とはいえ、その極北《きょくほく》のテーマの、遠く仰《あお》ぎ見るような不動性は、ともかくも小林の批評に或る種の方向性を示すことによって、己の現在地の絶えざる想起《そうき》のうちに、その批評の自由を極限の彼方から保証《ほしょう》するものであったのである……。

ところで、「自由論」とはいっても、我々が、例えば、民主主義の理念のうちに思い浮かべるのは、言論統制や物理的その他、自己以外に由来する拘束《こうそく》からの自由なのであろう。外的な関係性から窺《うかが》える自由であり、まさしくそのゆえに、人権などの権利化が可能であり、外的、制度的に担保し得る「〜からの自由」なのである。そこでは、自由が問題とされるのは、その現実的享受《きょうじゅ》を妨げている妨害的状況を、排除、是正するためであって、自由の内実との関係においてではない。その自由は、対外的な否定的関係性において初めて、反射的に問題とされ、自体的な関係性において問題とされるわけではない。

しかし、小林の自由論では、自由は、そもそも何ら自明ではなく、仮にも、何らかの自明性のうちに自《じ》足《そく》し得るものでもない。そうではなく、各自銘々《かくじめいめい》が、主体的に獲得すべきものとして、「**人間には自由を掴む深浅があり、程度があるだけ**」**（同『感想（上）』）**なのである。自由が、いわば量の問題として提起されているのは、はじめに触れたように、我々は、実用性のヴェールに妨《さまた》げられて、世界ないし実在との関係が、「深浅《しんせん》」や「程度」さまざまに疎外《そがい》されているからである。

## 哲学とは、自由の獲得としての「自己の経験の拡大」であること

小林は、ベルグソン哲学を、自由の問題に、その一切が尽《つ》きるものとして、その核心を次のように言

う。

**「彼には、哲学とは、何等特殊な学ではなかった。哲学とは、自己の経験の拡大であり、その為には、つねに経験の本源への反省の努力が払われねばならぬ。従って、彼の全著作は、一貫して、ごまかしのない彼自身の姿を提供し、これによって読者にも読者自身に還る事を期待する。ベルグソンは、これ以上の事を、何も望みはしなかった。」（『感想（下）』小林秀雄全作品別巻Ⅱ、新潮社）**

しかし、我々は、哲学という言葉から、概して、何か最上位《さいじょうい》の概念から、世界を統一的、包括的《ほうかつてき》に説明する、知的に加工編成《かこうへんせい》された、知識の体系的な織物《おりもの》を思い浮かべるのであろう。そのため、ベルグソンの定義にしても、同じ延長線上で、知識や体系の新たな附加や拡大をもたらすのであれば、その理解に困難はないのであろう。しかし、実際は、単刀直入《たんとうちょくにゅう》に「自己の経験の拡大」とだけ定義されているのである。「自己」が、いささか前面に押し出される一方で、それとは対照的に、本来、相補的《そうほてき》な関係のうちに相対《あいたい》すべき「世界」が、完全に視野《しや》からかき消えているのである。あるいは、「自己の経験の拡大」が、その自足した潜勢《せんせい》的な広がりのうちに、「世界」をそっくりのみ込む勢いなのである。いずれにせよ、「世界」との関係の消失といい、その哲学の光景が一変しているのは、あたかもモグラ掘りか何かのために、地表の作物や樹木が根っ子から掘り返されて、いつもの光景が見えなくなったのと似ていないわけではない。いわば言語以前の実在への、「自己の経験の拡大」が、「自己」と「世界」との表面的その他の関係や、そのまつわり付いた知識やその担い手の言葉を、もろともに押し退《の》け、ひっくり返しているのである。——しかも、その「経験の拡大」には、**「そのために、常に経験の本源への反省の努力」**を必要とするというのである。

## 「〜への自由」について

このような自由論や哲学観は、正面切ってはともかく、ベルグソン以前に例がなかったわけではない。そのはらむ、深い内観《ないかん》的な本質は、文学や哲学、宗教、政治思想の分野において、むしろ楽屋裏《がくやうら》の中心的テーマであったのである。そのため、それぞれ特徴的な表現をもって、世界精神思想史上に登場してきたのである。

例えば、古代ギリシアの格言である、**「真理がわれらを自由にする」**という言葉が、そうなのである。「真理」は、その投げ掛ける照明の光が、選択や批判の意識の地平を押し広げ、深化《しんか》させるのである。その結果、それまでは見えなかったものが、見えるようになって、「われらを自由にする」のである。その根源的な照明性に比すれば、「言論の自由」でさえも、「真理がわれらを自由にする」ことで初めて必要とされる、ハードウエア的な箱物《はこもの》的自由というべきなのであろう。

あるいは、最近では、P・F・ドラッカーが、「からの自由」に対抗して唱《とな》えた、**「〜への自由」**ないしは**「選択の自由＝責任・重荷としての自由」**がある。これは、若年《じゃくねん》期のドラッカーが、自らも又、反ナチズムの旗幟《きし》を鮮明に掲げながら、「からの自由」ではつかみきれない、時代の自由の状況に対して、その内面深くに踏み込んだもので、いわば自己の自己に対する関係性としての自由なのである。第三者的な問題提起になじまないのはもとより、そもそもその関係性の所在自体が、本人以外にはうかがい知れないのである。それは、主体自らが、己と向き合うなかで、選び、つかみ取った自由であるがゆえに、本質的に内省《ないせい》的な自由であり、そのまま「自己の経験の拡大」へと通じるのである。

又、**「人はパンのみにて生きるにあらず」**（**『マタイによる福音書』**）という言葉も、そうなのであろう。それは、文学の格好《かっこう》の題材として、例えば、ドストエフスキーの『カラマーゾフの兄弟』の大審問官《だいしんもんかん》の有名なテーマでもあったのである。その問いかけは、自己に投げ掛ける〝気づき〟によって、新しい自由の広がりの端緒《たんしょ》となり、内的目覚めのきっかけとなり得るのである。それが、そのもたらす新たな照明のうちに、「自己の経験の拡大」がなされるのである。

　小林は、ベルグソンの「自由」について言う。

**「著者が、この試論を、敢えて自由論と呼ばなかったのは、彼が本当に言いたかった事が、自由とは如何ようにも論じられる問題ではなく、己に還るというその事、或は、己に還ってみて、経験される自我とその行為との間の或る関係だという事にあったからだ。」(同)**

## 「〜への自由」の獲得は、「自己の経験の拡大」でもあること

「自由」は、哲学本来の成果でもある。つまり、「自己の経験の拡大」としての哲学が、「経験される自我とその行為との間の或る関係」としての本来の自由をもたらすのである。そして、そのためには、両者の橋渡《はしわた》しとして、「経験の本源《ほんげん》への反省の努力」――「己に還《かえ》るというその事」が、不可欠の条件とされているのである。

　注意すべきは、その「或る関係」自体が、「経験される自我」と「その行為」という、二つの〝変数《へんすう》〟の関数《かんすう》として捉えられていることなのである。前者の変数は、「経験される」とことさらな規定を被っているように、主体に意識され、経験された限りでの「自我」なのである。その一般的な所与性《しょよせい》において、いわば真正《しんせい》の、純粋自我《じゅんすいじが》とは区別されて、批判的な距離が取られているのである。それは、他方の変数である「その行為」と一体となって、カントがすでに批判した、空間的なカテゴリー神話に浸食、汚染さ

れ、根底から変質《へんしつ》しているからである。その自我は、すでに自己経験の段階で、功利的な抽象化作用のために、自己自身やその行為自身を含んだ実在から疎外されているのである。経験が外化《がいか》され、言葉の記号的表示と同一視されているのである。そして、問題の本質は、あとで見るように、言葉以前に根を下ろしているとはいえ、しかし、言葉も又、その問題の発生の全体的過程において、それなりの媒介的《ばいかいてき》な役割を担《にな》っているのである。それが、言葉の記号性であって、文字言葉に典型的ないし特徴的に現れるのである。それは、言葉との一体的な機能のうちに、社会的な意志疎通《いしそつう》や行動、理解の手掛《てが》かりとして、あるいは、経験を記録・保存する究極の媒体《ばいたい》ないし媒体性として、人間自然の重宝《ちょうほう》な発明品であり、思考の便利な道具なのである。しかし、それは、反面《はんめん》として、経験それ自体、つまり、実在との間に割《わ》り込んで、意識との直接の接触《せっしょく》を多分に妨げてきたのである。

例えば、先の「偶然」という言葉は、直面している世界経験に対して、それ以上に深入《ふかい》りすることなく、そのまま素通《すどお》りすべきことのサインであり、記号でもある。それは、立入り無用区域の立て看板《かんばん》のようなものである。その設置には、すでに見たように、「無知」や「無関心」が、それぞれ関係していたのである。しかし、大切なことは、それが、世界との重点的に整理された関係をもたらすことで、その生起する日常的な諸々《もろもろ》の経験に対して、逐一《ちくいち》の内容にかかずらう煩雑《はんざつ》さから解放してくれるのである。

しかし、それは他方では、経験との在《あ》り得た、ほかの関係の可能性を排除《はいじょ》するのである。「偶然」という言葉ないし観念に釣《つ》られさえしなければ、実在のうち深くに入りつつ、認識の豊かな果実《かじつ》を手にし得たかも知れないのである。実際、次のことは決して不当な仮定ではない、――「偶然」という言葉が、この世に存在しなければ、人はもっと哲学者や詩人であり得たはずだと……。

## 言葉の記号性は、「自己の経験の拡大」に妨害的に作用すること

言葉は、その記号的表示と引き換《か》えに、その功利的了解性において、我々の内的存在から、より深い経験の機会を剥奪《はくだつ》するのである。それは、失われた、在《あ》り得たであろう経験の内実や了解性からすれば、いわば夢の中のことどもを相手にしているのと似ているのである。これは、ほかならぬ言葉への〝寄生《きせい》〟なのである。それが自覚されないのは、単に我々の言語習慣のうちに習《なら》い性《しょう》となって、無意識化、自明化しているからである。――それに一体、それこそは、文明の恩恵《おんけい》を享受することでもあるからである。

実際、文明は、実在と関わる生活の労苦《ろうく》から解放することにこそ、その目的があるのであろう。そのために、実在を有効かつ効率的に利用するために、言葉の実用的なネットワークを活用すべく、それを広く、深く、実在との関係において築《きず》き上げる一方で、そのネットワークの軌道《きどう》に、成員《せいいん》をいかに容易に〝ただ乗り＝寄生〟させるかに、その発明があるのである。我々の知性の役割も、文明の機構《きこう》全体に呼《こ》応《おう》して、ちょうど、歯車が噛《か》み合うように、言葉の記号的表示に巧《たく》みに渡《わた》りをつけて、その関係性に入り込むことによって、文明のネットワーク資源をうまく汲《く》み上げ、利用することなのである。それは、文明内適応のむしろ積極的な形式でさえあって、実用的世界を世界として生きる分には、何ら不自由も、不足も生じないのである。それは逆に、文明の目的や無意識の合理主義的衝動に後押《あとお》しさえされているのである。その客観性や合理性は、――自然や実在の尺度に照らしてはともかく――文明全体によって担保さえされているのである。

ところで、文明のネットワークといい、原始社会での萌芽《ほうが》状態を考えても分かるように、成員の意識や思考にとって、何かもらう一方だけの超越的関係に置かれているわけではない。その寄生にしても、昆虫のそれのように、固定し、運命づけられた関係ではなく、ある種の選択の産物なのである。なるほど、寄

生一方の意識や思考にとっては、文明は、その太い幹から枝葉《えだは》が四方八方に無数に伸《の》びて、言葉の記号的表示の花々を咲かせた、宿主《やどぬし》の巨きな樹以外の何物でもないのであろう。しかし、それは元々、生命の営《えい》為《い》レベルで捉《とら》えれば、我々の自己意識の地下に広がる無意識の深みにおいて、我々自身の生命の樹でもあるのである。その個体的な関与《かんよ》は、直接的には、細胞的、部分的でありながら、潜勢的《せんせいてき》ないし権利の上では、文明の全体性に及んで、その根源において融合《ゆうごう》一体化しているのである。

それゆえにこそ、成員の合理主義的衝動は、寄生にとどまらず、芸術その他の創造的な活動とも結びついて、文明の樹の成長に貢献《こうけん》し得るのである。

それに対し、寄生自体は、――文明が胚胎《はいたい》し、その温床《おんしょう》ともなった文字の発明が、ちょうど、プロメテウスが天上から火を盗んだように、人間社会に外部から持ち込まれたことによるのである。それが、今日では、我々の思考や意識の中心に支配的な影響力を及《およ》ぼしているのは、ちょうど、ミトコンドリアが、外来《がいらい》の生物でありながら、現在では、人間の細胞深くに侵入《しんにゅう》し、中心付近に居座《いすわ》って、エネルギー産生《さんせい》工場になっているのに似ていないわけではない。

かくして、思考や意識はもはや今日では、たいてい、その習い性となった昆虫的寄生のうちに自足しているのである。そのため、寄生の末梢的《まっしょうてき》意識から抜け出て、生命の大樹《たいじゅ》本来の、太初《たいしょ》のアイデンティティ意識への回帰《かいき》のうちに、己《おのれ》の栄養源を求め、創《つく》り出すことがないのである。いわば、〝言《こと》の葉〟の光合成作用に訴えるべく、コペルニクス的な転回《てんかい》と脱皮《だっぴ》を遂げて、実在の高みに太陽エネルギーを求める一方で、その地下深くへと、いよいよ己の根を下ろし、広げ、斯《か》くして「自己の経験を拡大」することがないのである。

## 言葉の死灰《しかい》からよみがえった、不死鳥としての哲学への開眼《かいがん》

小林は、ベルグソンの哲学の開眼について、次のように述べる。

**「作者は、三十余年の後、当時を回想して、彼が『持続』と呼んだ内的経験が、哲学の方法の真の開眼をもたらした事を書き、『それは、私が、言葉による解決を投げ棄てた日であった』と附言している。私は、彼の言葉を文字通り信じたいのだが、言葉は、彼の忘れがたい経験のうちで一ったんは死んだのである。だが、無論、言葉がなくては哲学はない。而《しか》も詩人と異なって、悟性の通路から這入《はい》って行く言葉に頼らなければ、哲学的表現はない。」**（同『感想（上）』）

これは、哲学の営為《えいい》の本質的領域を、音楽や詩的創造、絵画等の制作同様、言語以前の世界に求めることである。小林は、そのもたらす内的経験を、ベルグソンによって、「持続《じぞく》」や「直観《ちょっかん》」と呼んだりする。哲学は、いわば芸術の一部門として、その表現の媒体に言葉を用いるのである。しかし、本来の課題である「自由」＝「自己の経験の拡大」に対しては、「言葉による解決」は投げ捨てられたともいう。言葉は、**「忘れがたい経験のうちで一ったんは死んだ」**うえで、その言葉のうずたかい死灰から、ベルグソン哲学が、不死鳥さながらによみがえったのである。新しい言葉の羽ばたきのうちに、その空前の姿を世界哲学史上に現したのである。そして、その合言葉《あいことば》にして、出発点が、小林によれば、ベルグソン自らが投げ掛けた、――**「哲学者は詩人たり得るか」**という二律背反《にりつはいはん》的な、根源的な問いかけでもあったのである。

実際、「哲学的表現」が頼《たよ》りとする、「悟性《ごせい》の通路」は、元来が、科学を可能にする厳密な規定性はあるにせよ、実在との連絡を付ける有効性は、実用的な側面的関わりに限定されるのである。その通路に、

詩の曖昧《あいまい》さが受け入れられないのも、勝手《かって》が違うからである。あるいは、詩自体のほうから、実在との取引《とりひき》や交渉《こうしょう》において、「悟性の通路」を必要としないからである。詩には詩の、独自の通路があるのである。それは、在来《ざいらい》の哲学の「悟性の通路」が、実用性の支配下に置かれた、いわば統制言語下のルートとすれば、地下の組織的な抵抗や補償《ほしょう》作用として現れる、実在へのアングラなルートともいうべきなのである。事実、それは、ベルグソン哲学の「自己の経験の拡大」のうちに実現されて、実在との拡大された、つまり、実用的な関係性を超え出た、新たな接触や交流をもたらしたのである。かくして、その寄り添《そ》う言葉も又、それだけ、より拡大した意味内容で、満たされ、膨《ふく》らむこととなったのである。それは、しかし、「悟性の通路」との関係においては、その大きくなったサイズが災《わざわ》いして、通行に支障《ししょう》が出ることでもあったのである。ちょうど、寓話《ぐうわ》に出て来る鼠《ねずみ》が、お腹《なか》を一杯にしたあげくに、巣《す》に戻ろうにも、通路の壁の穴に引っ掛かるようなもので、もはやそれ以上先に進んだり、従来のように自由な往来《おうらい》ができなくなったのである。――そこに、ベルグソンが、その新しい哲学において、**「言葉による解決を投げ捨て」**たゆえんがある。

　それは、しかし、実在との交通の公式ルートを、「悟性の通路」の統制や専権《せんけん》から解放して、「詩の通路」にも明《あ》け渡《わた》すことであったのである。その解放によって、実在との関係の広がりが、一気に拡大されて、その涯《はて》しない眺望《ちょうぼう》、ヴィジョンに向かって、**新しい言葉**が解き放たれるのである。かくして、**「哲学者は詩人たり得るか」**という問いかけは、その一見越え得ぬハードルに見えた二律背反自体が、拡大された選択の自由＝意識のうちに、内部的な相互融解《ゆうかい》や一体化を遂げて、自己消滅したのである。

## 〝賢者《けんじゃ》の石〟について

以上について、小林は、ベルグソン哲学の良き理解者として、自ら必要な補完を行いつつ、その深い、徹底した思想の広がりに鮮やかな照明を当てて、明らかにするのである。それは、文学者でもある独自の視点や、その平易な説明において、ベルグソン研究に、意外な視点の気付きと、根源的なあまたの照明をもたらしたのである。又、それ自体が哲学に加えられた大胆な批判の行為として、西洋哲学史の核心を、プラトンやプロチノスに始まって、デカルト、ライプニッツ、ショーペンハウエル等の哲学の、手に取るような、知られざる単純な実相《じっそう》において明らかにするのである。そして、その内的意識の地平にはらんだ、人間認識を極めようとする哲学者たちの、多少とも共通の努力が、その果てに〝賢者の石〟ともいうべき、実在ないし意識の流れの、抗い得ぬ絶対的な相《そう》を浮き彫りにする。それが、例えば、ショーペンハウエルの哲学において明確に捉えられるのである。そして、小林は、その哲学へのニーチェ的な手放《てばな》しの評価と同時に、その批評の鷲《わし》の眼をもって、はるか上空から初めて俯瞰《ふかん》される〝地上絵〟にも似た、ベルグソン哲学との興味深い、根底的、本質的な同一性を捉え、えぐり出す。

「彼は、プラトンとカントとの、時空の形式に制約された人間認識の相対性を極めようとする努力の不思議な親近を説き、天上に引き上げられたイデアと地下に埋められた物自体とに達する通路を、地上の人間の為に取り戻そうとした。（中略）ベルグソンの仕事の基本には、哲学というものは、詮ずるところ不可分な単純な行為であり、その複雑な組織と見えるものは外観に過ぎないという考え方がある。ショーペンハウエルは、この『単純な行為』を『一つの思想』と呼ぶ。誰かが見附けるまでは、だれにも見附からぬものと決めつけられていた賢者の石とも言うべき『たった一つの思想』と呼ぶ。」（同）

小林は、ベルグソンの「単純な行為」と、ショーペンハウエルの「たった一つの思想」は同じだという。そして、ベルグソンは、その「単純な行為」を「直観」と呼んだり、「持続」と呼び、又、ショーペンハウエルも、「たった一つの思想」を、やはり「直観」と呼んだのである。本物の哲学思想に特徴的な、その単純さに比しては、言語の複雑な体系や組織は、見かけにすぎないというのである。

一体、複雑とか、単純という概念自体が、実は、何をもって「違い」とし、「同じ」とするかという、多分に比較的、相対的《そうたいてき》な物差しを前提にしているのである。なぜなら、「複雑」とは、いわば一つ以上の「違い」が組み合わさったり、寄せ集まっていることなのである。それに対し、「単純」は、「同一性」以外は含まないのである。しかし、「違い」といい、「同じ」といい、いずれも、何をもって本質的なものとし、何を末節的《まっせつてき》、付随的《ふずいてき》なものとするかという、いわば求めるところによって、大きく、決定的に違い得るのである。……例えば、砂漠で喉《のど》が渇《かわ》いて、水を求める人間にとっては、その辛《かろ》うじて見出したオアシスは、たとえ砂泥《さでい》で濁《にご》っていても、そこに湧《わ》き出て、流れる水は、もっぱら〝同じ水〟なのである。あるいは、オアシスの中に、ヤシの葉が落ちていても、そもそも眼中《がんちゅう》に入らないのである。〝水〟は、渇きに対してもたらす、そのかけがえのない癒《いや》しの効果、唯一の有効性のゆえに、その流れる持続の相《そう》は、いわばそれ自体で絶対的に自足《じそく》して存在するのである。しかも、それは、渇いた喉を潤《うるお》し、その沁《し》み入る効果において、比較を限りなく絶していて、〝無限の単純さ〟とも呼ぶべきものである。それは、やはりその比類なき顕現《けんげん》ゆえに、名前を持たない、〝唯一神《ゆいいつしん》〟に似ているのである……。同様に、ショーペンハウエルやベルグソンの「持続」や「直観」にせよ、その照応《しょうおう》する内的行為は、オアシスに屈《かが》み込んで、水を飲む行為のように、その本源的な単純さが際立《きわだ》つ「単純な行為」なのである。そして、自ら求めた「自己の拡大された経験」として、その確かな手応《てごた》えの啓発性《けいはつせい》において、「賢者の石」さながらに、人間的思惑《おもわく》を拒絶《きょぜつ》した「たった一つの思想」なのである。

## ベルグソン哲学と量子論

このような、時空の形式（＝「悟性の通路」）による認識の相対性が、ベルグソン哲学によって捉えられ、その克服《こくふく》に向かう道筋《みちすじ》が、「直観」や「持続」の投げかける光によって、実在のうちに照射《しょうしゃ》されるのである。しかし、それは又、「悟性の通路」自身については、自然科学の目覚《めざ》ましい発達が、古典力学において、実在自体との連絡や関係を先端的に迫《せま》るほどに、いよいよ、その一義的《いちぎてき》な連絡や規定の不可能性、原理的な不確定性を露《あら》わにすることでもあったのである。小林は、ベルグソン哲学と量子論の関係について、次のように述べる。

「先ず、自然が在り、次に人間の生活が在り、次に悟性の発明があった。この自然の順序を転倒してはならぬ、というのがベルグソンの考えなのだが、これは、量子論から導かれたハイゼンベルクの考えと同じ事である。彼に言わせれば、自然は人間より前から在る、という事は、古典物理学の理想に照応しているし、人間は科学より前から在ったという事は、量子論のパラドックスに照応しているのである。（中略）この根が如何に深く、抜き難いものであるかという反省は、「実用的《プラグマティック》」な世界を世界としている間は、起こらなくて済む。だが、量子論は、生活体の生物学的単元よりはるかに微細な物質の物理学的単元の説明を要求され、科学が物質を定義する以前に、人間は物質に対する態度を定義していたという事に、はっきり気附いたのである。」（同『感想（下）』）

量子論の「波」か「粒子」かのパラドックスは、同一の持続《じぞく》の実体《じったい》が、既知の存在論的観念とは相容《あいい》れない、矛盾した表象《ひょうしょう》を噴出《ふんしゅつ》することにある。しかし、それは、実在に直接に起因《きいん》するというよりは、「人間は物質に対する態度を定義していた」ために、その定義された態度では、「生活体の生物学的単元よりはるかに微細《びさい》な物質の物理学的単元《たんげん》の説明」が、不可能なために惹《ひ》き起こされているのである。しかし、小林のベルグソン論の新しさは、その根源的な「定義された態度」が、実在の物質的領域にとどまらず、文学や哲学といった精神の領域へも、すでに転写《てんしゃ》、一般化されていることの洞察にある。そして、そのもたらした空間的神話による汚染《おせん》は、一流の文学や哲学において、相応の批判意識のうちに、それなりの表現の形式をもって問題が提起されてきたのである。

## 量子論とゼノンのパラドックス

そもそも、量子論のパラドックスは、小林によれば、古代ギリシアの哲学者ゼノンのパラドックスに、すでにその論理的な起源《きげん》や原型《げんけい》があったのである。

「ハイゼンベルクが衝突したのは、あの古いゼノンの、ベルグソンが、そのソフィスムに、哲学の深い動機が存する事を、飽く事なく、執拗に主張したゼノンのパラドックスだったと言って差支えない。

このパラドックスは、周知の如く、「飛ぶ矢飛ばず」の詭弁の形を採っている。飛ぶ矢は、飛んでいる間の或る瞬間には必ず或る位置に居なければならぬ。或る位置に在る以上、地面に落ちるのは必至であるから、飛ぶ矢は飛ばない。詭弁の衣を取れば、静止の集合は運動と成るか、という質問になる。知性は、運動体に、決定的な空間的位置を与える事が出来るか。ゼノンが発見したのは、そういう本質的な難問である、とベルグソンは見たのだが、経験科学の進歩は、これを逆に見た。実在の経験に即せず、物を考えれば、詭弁に陥らざるを得ない、と見た。（中略）常数hの発見によって事態は一変した。力学的作用には連続性はない。作用は量子の形で働く。（略）作用そのものに単位があるなら、系の幾何学的配置と系の力学的状態とは、この単位のうちに一丸となり、引離す事は不可能と結論しなければならない。」（同『感想（下）』）

運動体に与えられた「空間的位置」は、「定義された態度」という生物的擬制《ぎせい》が、実在へ投射した記号的表示なのである。それが、実用性の幻影にすぎないことを、運動体の最小単位である「プランク常数h」が、量子の世界の実験のうちに暴露《ばくろ》したのである。そして、今の場合、大切なことは、その幻影の粉砕《ふんさい》の影響は、物理学の分野にとどまるものではないことである。

明らかになったのは、そもそも実在と人間認識との間には、生活体としての「定義された態度」という、不可知《ふかち》の生物的フィルターないし変換器《へんかんき》が介在《かいざい》していることなのである。それは、人間生活に有利に働く一方、反面として、実在との関係に対しては、ある種の目隠《めかく》しの役目をしているのである。ベルグソン自身の言葉を借りれば、「目があるから見えるのではなくて、目があるにもかかわらず見える」のである。

なるほど、その「定義された態度」が気づかれたのは、量子の発見と表裏一体的な関係においてなのである。とはいえ、そのからくりは、到底知りようのないブラックボックスなのである。なぜなら、物ごとを知っていると言うためには、その再現的な仕組みを、頭の中で多少なりとたどる必要があるからである。しかし、今の場合、その再現する能力を、究極で担保しているのが、ほかならぬ「定義された態度」なのである。それは、〝知〟や科学を可能にする一方で、ゼノンのパラドックスに見るように、必然に空間的たらざるを得ない記号的表示への自動翻訳《ほんやく》を不可避としたのである。しかし、それは、物はいくらでも細分化《さいぶんか》できるという、しょせんは日常的な外的経験から借りた空間的比喩《ひゆ》以上の意味は持たないのである。それが、時間の流れや運動に、帰納的《きのうてき》に投影されているのである。

## ゼノンのパラドックスの隠れた論理

実際、そこに、ゼノンのパラドックスの隠れた論理がある。それは、「時間の流れ」は、単に「瞬間より成る」ではなく、「無限に細分化できる瞬間より成る」ということである。ゼノンのもう一つの有名なパラドックス、「亀とアキレスの競争」の論理も、同様なのである。しかも、その場合は、「飛ぶ矢」のケースとは違って、運動そのものを演じるのが人間であるため、その論理を意識して、その自覚のうちに捉えられると、もはや競争せずして、自ら白旗《しろはた》を上げたはずなのである。

実際、アキレスは、亀の後からスタートすべく、片足を持ち上げるだけで、その運動の分析的意識が、その時間の流れの連続性のうちにのぞかれる〝瞬間〟のブラックホールにのみ込まれるのである。その「瞬間」は、運動の時間の連続性を果《は》てしなく構成しているという、まさしくそのゆえに、自らも又、無限の細分化が可能であって、その果てしない過程を分析的に追いかける処理にも、終わりがないのである。そのため、アキレスのいわば筋肉を動かす、随意的《ずいいてき》な意識自体が、その処理操作に引っ張られ、道連《みちづ》れとなって、そのまま果てしない細分化の無限の闇《やみ》を、落下し続け、二度と脱出ができないのである。かくして、アキレスは、片足を上げたままで、外形的にはその場で凍《こお》り付いて、運動不能症《ふのうしょう》に陥ってしまうのである。

しかし、時間が、その持続する流れにおいて、何かまとまった最小単位、例えば量子のような、持続体《じぞくたい》の集まりとして考えていけない理由はないのである。そうであれば、運動そのものは、時間の最小単位の持続内を移動する、その最小単位の運動によって構成される集合体になるのである。これは、その最小単位の時間内において、例えばアキレスは、それなりに亀との距離を――オリの中の移動のように――縮《ちぢ》めて近づくことであり、その繰り返しの融通的累積《ゆうずうてきるいせき》によって、いずれ亀を追い越すはずなのである。

## ゼノンのパラドックスから免《まぬか》れた一流文学の経験世界

ところで、ゼノンのパラドックスは、文学の伝統においては、むしろ、その弊害《へいがい》の発生以前の経験の深みで、一流の作家たちによって、それなりに処理され、暗黙のうちに克服されてきたのである。「悟性の構造」以前ともいうべき、その意識の源泉的な経験領域、直観について、小林は言う。

「読者は、絶えず各自の直観という経験に立ち戻る事を警告されている。小説家やモラリストが、真の時間が経験される内的生活のヴィジョンに於いて、哲学者達より遥かに進んでいる事を、ベルグソンはよく承知していたが、彼は、哲学者として、そういうヴィジョンの普遍的な条件を定めなければならず、直観を説いて、直観に訴えるわけにはいかなかった。（中略）其処から彼の文章の紆余曲折《うよきょくせつ》が生じている。言葉は、悟性の構造に準じて概念上いよいよ明確になると思えば、忽《たちま》ち、経験の流れに浮んで新たな映像《イマージュ》を得て変貌《へんぼう》する、という事が繰り返される。彼は、言葉による解決を放棄した時、言葉による伝達に、全く独特な照明を当てた。」（同『感想（下）』）

文学者は、ヴィジョンを言葉に表現し、直観に訴えることができるのである。しかし、哲学者としてのベルグソンは、同じヴィジョンを表現するにしても、まずは、「悟性の構造」に準《じゅん》じた、概念的な明瞭性《めいりょうせい》に訴えることが、要求されたのである。しかし、ほかならぬその規定に成功したかに見えたはなから、そのヴィジョンが、思いもよらぬ新たな本質的側面なり相貌《そうぼう》なりを噴出させたのである。それまでの概念上の同定《どうてい》作業が、反故《ほご》にされ、抜本的なやり直しを迫《せま》られるのである。それは、実在深くに捉えられたヴィジョン、直観が、その源泉の無限の豊かさゆえに、――あたかも海神《かいじん》プロテウスが、海上の光に浮上するたびに、変身《へんしん》を繰り返すように――意識の流れの表面の光のうちに、絶えず己の経験の相を新たにせずにはおかないからである。しかし、それはそもそもが、実用性を超えた実在の領域を、言葉でもって、一義的に規定し、明瞭化すること自体が、不可能だということでもある。――その概念的無力、無効の、言葉を襲《おそ》う独特の様子が、ベルグソンに気づかれるのである。そこに、「言葉による伝達」に、ベルグソンが当てた「**全く独特な照明**」がある。

それゆえ、その「**全く独特な照明**」は、自然科学の実験のように、平均的、再現的な照明に訴えるものではなかったのである。又、文学の照明に訴えるにしても、ゼノンのパラドックスのように、理屈に訴えることで、その経験の逆説性なりを照射することはできなかったのである。それは、理屈が廃棄《はいき》されることを目撃する、ほかならぬその経験そのものだからである。それにいったい、文学は、詩の世界を故郷としていて、己の経験を証《あか》しするために、「悟性の通路」に訴えることはできないのである。――結局、その経験は、秘教か何かの信仰のように、あくまでも内證、ベルグソンのいわゆる形而上学的実証に訴えることで、その直観の証しの灯《ひ》が、細々縷々《さいさいるる》と引き継《つ》がれるしかなかったのである。

**かくして、ベルグソンの「全く独特な照明」が、〝東洋の灯《ひ》〟として、精神思想史の固有の流れのうちに古代より引き継がれ、すでに存在したことの証しが、本居宣長の「もののあはれ論」なのである。**

## 「もののあはれを知る」は、「自己の経験の拡大」であること

実際、「もののあはれを知る」とは、ベルグソンが哲学の理想とした、「自己の経験の拡大」であり、その実践なのである。そこに、小林が、「もののあはれ」論を「認識論」と呼ぶゆえんのものがある。それは、ベルグソンや小林のいわゆる「**哲学というものは、詮ずるところ不可分な単純な行為**」そのものなのである。——又、そうであればこそ、宣長の「もののあはれ論」には、小林の言う「鉢切《はちき》れないばかりの意味」が盛《も》り込まれたのである。その内観のうちに湧き出る意味には、抗《あらが》い難い必然性があって、その豊かな、底知れぬ深みへと引き込まれずにはおれないのである。

かくして、宣長にあっては、「**内的生活のヴィジョンに於いて、哲学者達より遥かに進んでいる**」文学者として、「悟性の通路」に縛られずに、「自己の経験の拡大」がなされていたのである。小林のいわゆる〝歌道の本義〟における、「詩の通路」との融通無碍《ゆうづうむげ》の一体的な広がりにおいて、「もののあはれを知る」心ばえが、自ずからなる実践をもたらしていたのである。——それは、「**人間には自由を掴む深浅があり、程度があるだけ**」の、その「**自由の深化、拡大**」でもある。

ベルグソンは、「自己の経験の拡大」について、その遺言《ゆいごん》ともいうべき大著『道徳と宗教の二つの源泉』で、元来が、科学たり得るもの、ないしは科学の成果を携え得るものとして、未知の国への探検旅行にたとえている。又、その実践の最前線《さいぜんせん》で、斥候《せっこう》的かつ牽引《けんいん》的に活動する例として、「神秘主義」を挙《あ》げて、その科学性について言う、——科学自身の物差しに照らしても、遜色《そんしょく》なく科学たり得るものだと。

「**科学的実験、あるいはもっと一般的に言って、科学によって記録された観察は、いつでも反復され、あるいは検証されうるものでは決してない。中央アフリカが『知られざる大地《テラ・インコグニタ》』であったときには、地理学**

**は、一人の探検家の報告でも、もしその人が十分に誠実で、能力をそなえているとわかれば、その報告を頼りにした。リヴィングストンの旅行の道筋は、長い間われわれの地図の上に描かれていた。」（『道徳と宗教の二源泉』中村雄二郎訳、白水社）**

宣長の「もののあはれ」論は、その内的過程において、「自己の経験の拡大」における、「リヴィングストンの旅行経路」に相当するのである。「もののあはれ」という「知られざる大地」の奥深くへと踏破《とうは》し、その道筋において見たもの触れたものことごとくを、古事記研究や源氏論その他に記録し、報告した、空前の探検旅行記なのである。そして、ベルグソンの「自己の経験の拡大」が、神秘主義に通じていたという意味で、宣長のそれも、「古事記」の神々の世界に通じていたのである。

また、ベルグソンが、「言葉による解決を投げ捨てた」のと同様、「自己の経験の拡大」を妨《さまた》げるものとして排撃《はいげき》すべきが、「さかしら」や「漢意《からごころ》」であったのである。それは、文字言葉の弊害《へいがい》であり、小林は、文字の功罪《こうざい》に対する宣長の批判を紹介する。

**「文字は不朽の物なれば、一たび記し置きつる事は、いく千年を経ても、そのままに遺るは文字の徳也、然れ共文字なき世は、文字無き世の心なる故に、言傳へとても、文字ある世の言傳へとは大に異にして、うきたることさらになし、今の世とても、文字知れる人は、萬の事を文字に預くる故に、空にはえ覚え居らぬ事をも、文字知らぬ人は、返りてよく覚え居るにてさとるべし。」（『本居宣長』及び『本居宣長補記』新潮社）**

文字を知っている人は、「萬《よろず》の事を文字に預《あず》くる」のである。それは、しかし、実在の経験を、記号的表示に盛り込むことであって、それ相応《そうおう》に省略が不可避とされるのである。その結果、選に漏《も》れてか、あるいはそもそも記号的表示になじまなかったためか、いずれにせよ、文字に預け損なった、「空にはえ覚え居らぬ事」をもたらすのである。

同じ批判は、有名なソクラテスによってもなされていたのである。小林は、問題の重要さに比して、よほど、まだ言い足《た》らなかったのだろう。「本居宣長補記」では、右引用箇所の再掲《さいけい》と一緒に、プラトンの「パイドロス」から、ソクラテスの話を紹介する。技術の発明で有名だった神様が、今度は文字を発明したというわけで、エジプト王の神様に会って自慢《じまん》したところ、およそ次のような予言めいた反論にあったという。

**「書かれたものに頼る人々は、物を思ひ出す手段を、自分達の外部を探って、自分達には何の親しみもない様々な記号に求めている。自分達の内部から、己の力を働かせて思ひ出すという事をしなくなる。」（同『本居宣長補記』）**

大切なことは、文字言葉の弊害は、ソクラテスとの対話のなかで、神々の伝説の真実が、言問《こと》われるなかで、言及されていることである。「存在とは何か」、「在《あ》るとは何か」という存在論上の根本的な懐疑もないままに、若いパイドロスから発せられた、無邪気な問いかけへの回答として、なされているのである。そして小林も、「神代《かみよ》の伝説」に「あはれ」を見ることが、神々の真実にめぐり会うことであり、文字言葉の弊害から免《まぬか》れることであると言う。

**「何故『あはれ』と見る事が出来ないのか、『神代の傳説《ツタヘゴト》』の遺つたまゝの姿に、心惹かれるといふ素直**

な態度が、どうして神書に對して取れないのか。宣長に言はせれば、この理由は、基本的には、極めて簡單であつて、それは、『世ノ中にあやしき事はなきことわりぞと、かたおちに思ひとれる』ところに在る。この『さかしら』が、学者等と神書との間に介在して、神書との直かな接觸を阻んでゐる、といふのが實相だが、彼等は、決してこの實相に気附かない。何故かといふと、彼等の『さかしら』は因習化してゐて、彼等はその裡に居るからだ。」（同『本居宣長』）

すでに批判、明らかにしたように、意識が言葉の記号的表示への寄生的関係のうちに、閉じ込められているのである。言葉の所与性との相補的な関係のうちに、その記号的経験でこと足れりとして、満足しているのである。その事実が気づかれないのも、その対をなす関係性が因習化《いんしゅうか》、無意識化して、そのなかに、自己意識が「さかしら」とセットになって入り込んでいるからである。――これは、キリスト教文明のキェルケゴール流に言えば、「有限なる自己」に閉じ込められて、「無限なるもの」（＝神）から隔離《かくり》、見放されて、〝絶望〟していることであり、「さかしら」という〝死に至《いた》る病《やまい》〟に罹《かか》っていることなのである。小林は、宣長の批判的な問題提起について、次のようにも言う。

「彼の神《カミ》に関する考へは、もう充分に熟した上で、仕事は始められたのである。『玉勝間』での『あはれ』と見るという言ひ方は、『古事記伝』では『直《なお》く安らか』と見るとなつてゐる。それだけの違ひなのである。神を歌い、神を語る古人の心を、『直《なお》く安らか』と観ずる基本の態度を、彼は少しも変へない。彼は、この観照の世界から出ない。彼の努力は、古人の心に参入し、何處までこの世界を擴げ深める事が出来るか、といふ一と筋に向けられる。（中略）これを明らめる事は、この驚くほどの天眞を、わが心とする

**事が出来るかどうかを、明らめる事と離せなかった。こゝで宣長は、言葉の上でではなく、一切の『さかしら』を捨てるとはどういふ事か、といふ容易ならぬ経験を味ったのであり、これを想はないで、『漢意』を憎む彼の執拗な表現を解する事は出来ない。」(同)**

困難は、「古人の心」への参入《さんにゅう》を「擴《ひろ》げ深める事」を問いかけていることに、すでに示唆されているのである。先の、ベルグソンの〝探検旅行〟といい、内的世界内における行動としての働きや有効性が、前面に押し出されているからである。

しかし、我々は、内的世界については、行動の概念を持ち出すまでもなく、言葉ですべて用が足せるかのように、事実上考えているのである。そのため、言葉でありさえすれば、いわば猫も杓子《しゃくし》も、わが物顔《ものがお》に振舞い、居座《いすわ》っていて、それが、視界を妨げる深い霧のように、内的世界の見晴《みは》らしを悪くしているのである。——ちなみに、外的世界では、「行動」やその洗練された「科学実験」などによって、言葉の真《しん》偽《ぎ》や優劣、等級の区別が可能なのだろう。

## 言葉と行動《こうどう》価《か》

一体、言動という言葉が雄弁に物語っているように、我々の内外の世界への働きかけは、「言葉」と「行動」の二つに大きく区分されるのである。そして、我々が、「行動」を思い浮かべるのは、専ら外部世界との関係においてなのである。他方、言葉については、内外の世界に働きかけるものの、しかし、内的世界に対しては、行動が存在しない分、すべてが言葉で間に合うかのように考えているのである。

しかし、実際は、「行動」は、少々反省すれば分かるように、相応の選択や決断を必要とする場面では、内的世界においても実質的に惹《ひ》き起こされるのである。例えば、我々が、社会の善き一員として、民主主義の理念の「自由、友愛、平等」の精神を、自らの生活にしっかりと取り入れ、組み入れたいと考えたとしよう。すると、せっかくの決意を〝画餅《がへい》〟に終わらせないために、必要とされるのは、己の内的世界の変革なのだろう。そのために、一方では、歴史社会や家庭環境、学校教育から受けた影響下で、内部に巣《す》食《く》った因襲的通念や、時代の偶像《ぐうぞう》、権威に対する自己批判が求められるのである。そして、その理念の精神を、内的生活にくまなく浸透させるべく、歴史の学び等を通して、その内的な同化《どうか》吸収《きゅうしゅう》や一体化に努《つと》めるのである。むろん、そこでは、精神的な自覚や勇気、あるいは実行力といった、諸々の人間的美徳《びとく》も手伝っているのであろう。しかし、いずれにせよ、それらの一連の過程は、外界を歩き回ったり、家を建て、畑を耕したり、あるいは運河を引いたりするのと同様、それ自体が立派な行動なのである。かえって、外的行動の先導役《せんどうやく》、原動力でさえあり得るのである。その偶像破壊や権威の検証といい、因襲的桎梏《しっこく》の粉砕といい、場合によっては求められる、その大胆さや革命性は、外界の行動に比して、行動として何ら劣るものではない。

ちなみに、批評家のサントブーブは、パスカルの文体について、大行動家のナポレオンのそれと酷似《こくじ》していると述べている。

それゆえ、〝行動〟は、内的世界にも存在するのである。それはたとえ、日頃は、その姿を滅多《めった》に現さないにせよ、その人格の重みのかかった決定力はいうまでもなく、言語作用一般と並ぶ、内的世界における二大働きの一つなのである。そして、言語作用一般に対しては、直接の身体性を伴わないものの、そのいわば〝行動価〟ともいうべき能力において、対抗的、批判的な働きをするのである。それゆえに又、それは、自由の能力でもあって、その限りで、言葉の自動作用から抜け出ているのである。

## 言葉の自動作用と自由

しかし、この自由は、決して理解が容易といえるわけではない。先に触れた「からの自由」とは異なって、肉眼で見える現実や、何らかの〝関係の概念〟を物差しにして、その有無を判定できるわけではない。例えば、言葉の現実において、「言葉の自動作用からの自由」と定義したところで、その積極的な本質を捉えることはできないのである。

これは、言葉は、いわば、外界を向いたその半面《はんめん》は、概念的で、事物として存在しても、残りの半面は、意識や内面性の、つまり自由の一部や本質的側面として、ダイナミックな関係性において存在するからなのである。まさしくその概念以前、言語以前の自由こそは、他ならぬこの自由でもあって、「言葉の自動作用からの自由」はもとより、外界《がいかい》での「からの自由」にも先行《せんこう》するのである。それが、内面深くの光源となって、歴史社会の因襲的、権力的な現実に照明の光を投げかけて、反射的、批判的に、それらの自由の状況を浮き彫りにしたのである。それは、その根源性のゆえに、かえって、その所与性はもとより、その関係性においても――先に「～への自由」として検討したように――、何ら自明ではないのである。それゆえにこそ、小林は先に、**「人間には自由を掴む深浅があり、程度があるだけ」**と言ったのである。

そうであれば、そのもたらす「からの自由」にせよ、人間によってつかまれた「深浅」や「程度」がさまざまな自由の結果として、ちょうど、亀が、自らの甲羅《こうら》の大きさに合わせて穴を掘《ほ》るように、その実存的に求められる可能的広がりはすでに内々に決定されているのである。しかし、それは、言葉の現実においては、自由の運動を内的に意味しながら、その極度の内面性のゆえに、そのあるはずの軌跡との対応付けができないのである。それはちょうど、地下のモグラの運動を、地表のモグラ塚《つか》の外形から一意的にたどり得ないのに似ているのである。これは、しかし、運動の軌跡の概念は、空間の連続性を前提にしているからで、空間の概念のない所に、いわば創造の運動は発生しても、軌跡は発生しないと考えられるからである。これは、しかし、悟性にとって、理解が困難なのである。とはいえ、その空間的な相関性《そうかんせい》の欠落については、ベルグソン自身が、その著『創造的進化』で用いた比喩が、参考になるのであろう。

それは、生物の機能的に複雑を極めた、例えば眼の器官を、自然が創造する〝造化《ぞうけ》の不思議〟に関するものである。構造的、機能的な無数の要素の組み合せでありながら、奇蹟にも似て、その調和や統一がもたらされるのは、単純な運動の結果に比較できて、ヤスリ屑《くず》に手を突っ込むのに似ているというのである。突っ込む手の、努力が大きくなれば、手はそれだけいっそうヤスリ屑の奥深くへ突き進むのである。しかし、手がどの点で停止しても、微細《びさい》な粒子《りゅうし》同士は、瞬間的かつ自動的に釣合《つりあ》いがとれ、相互に調整がついて、秩序立った外形《がいけい》を呈《てい》するのである。

## 言葉の論理性は、それ自体で何かであるわけではないこと

この比喩は、言葉との関係では、小林のいわゆる「自由をつかむ深浅」や「程度」が、一方では、言葉の論理性をそれぞれに自動的にもたらすということである。他方、その自由の運動との間には、いわば一《いち》意的《いてき》な論理的対応は期待できないのである。実在の深みにおける自由の運動に、軌跡の概念を求めることは、空間的な連続性を前提にすることで、ゼノンの論理を前提にすることである。又、そのゆえに、その成果が、例えば、科学の仮説として有効、有意義であっても、それは、それをもたらした自由の創造的運動とは、論理的な照応《しょうおう》において無関係なのである。それゆえに、アインシュタインは言う。

「両者の関係に類似しているのはビーフに対するスープの関係ではなく、むしろオーバーコートにたいする衣装戸棚の番号の関係なのです。」（アインシュタイン『物理学と実在』井上健訳、世界の名著第66巻「現代の科学Ⅱ」中央公論社）

創造の運動に対して、科学の仮説は、結果として成功した実効性とは別に、言葉や論理・数式による擬制であり、後追《あとお》い的な、外面的説明を出ないというのである。

## 宣長学の正しい理解のために

宣長の思想の正しい理解、評価のためには、以上で検討したことすべてが前提となるのである。それに対し、宣長の学問思想に、実在世界との「ビーフに対するスープの関係」を期待することは、無意識のうちに、素朴実在論的・帰納的な立場に陥っているからである。その結果、アインシュタインのいわゆる「オーバーコートにたいする衣装戸棚《いしょうとだな》の番号の関係」にぶつかって、面食《めんく》らうことになり、宣長の経験世界が、眉唾《まゆつば》で怪しげに映るのである。あげく、宣長の思想の解釈が裏目《うらめ》に出て、その学問研究を、時代の先入見やイデオロギーの巣窟《そうくつ》にしかねないのである。はては、宣長を〝国粋主義の親玉〟にしたり、その古事記研究を〝神狂い〟の類いにするのである。

そもそも宣長が、「さかしら」を批判、攻撃するのは、ゼノンのパラドックスをはじめ、すでに検討、批判したように、――実在への直覚的自覚がないままに――しょせんは記号的表示にすぎぬものが、実在との間に介入、干渉して、意識の経験がそっくり皮相に流されるからである。「さかしら」は、ゼノンの詭弁と同根なのである。物の記号的表示を、実在と同視、混同して、区別できないための、自由の或る本源的側面の欠落なのである。それは、「からの自由」の選択以前の問題として、結局、――「見えるか、見えないか」という、認識の単純な作用の問題に帰するのである。必要なのは、そのための内的視力を、鍛《きた》え、獲得することである。

とはいえ、その〝教材〟を、その微妙な性格上、言葉による解説に求めることはできないのである。言葉は、悟性と概念的に通じていることといい、結局、「理屈」や「理」に訴えることとなり、ミイラ取りがミイラになるからである。

かくして、宣長は、我々自身が最も親しい、銘々《めいめい》の内面性に直接に訴えることで、問題の所在を自ら経験するように仕向《しむ》けるのである。そのための〝実物教材〟を、一見、耽美《たんび》的な言語至上主義《しじょうしゅぎ》が支配して見える、「歌道《かどう》」――ただし、「本義《ほんぎ》」における「歌道」に求めるのである。その言語意識の尖端的《せんたんてき》な経験では、意識の重心は、明確な自覚をもって、言葉以前に立脚《りっきゃく》しているのである。小林は言う。

「宣長は、『歌といふ物のおこる所』に歌の本義を求めたが、既述のやうに、その『歌といふ物のおこる所』とは、即ち言語といふもの丶出で来る所であり、歌は言語の粋であると考へた事が、彼の歌学の最大の特色を成していた。（中略）『物のあはれにたへぬところよりほころび出て、をのずから文《あや》ある辞』といふ言ひ方で、あやといふ言葉が目指してゐるのは、『辞のあや』ではなく、むしろ『あやとしての辞』である事を、合点するだらう。」（同『本居宣長』）

「をのずから文《あや》ある辞」になるのは、「言葉（＝辞）のあや」としてでなく、「あやとしての言葉（＝辞）」においてであり、〝心のあや〟としてなのである。そして、それが、「物のあはれにたへぬところよりほころび出」て来る場所こそは、「歌といふ物のおこる所」、「言語といふもの丶出で来る所」なのである。

そうであれば、その言葉以前の働きは、すでに見たように、その批評としての行動の有効性（＝行動価）が、言葉のうちに、「歌」という心のあやを、誕生させたのである。そして、その自ずからなる働きは、宣長学の源流として、その持続の流れのうちに、己の意識の流域を増し加えつつ、思想の大河へと大きく成長したのである。それが、「もののあはれ」論でもあって、そのもたらす、ベルグソンのいわゆる「自己の経験の拡大」の過程において、その〝探検旅行〟や行動の有効性を担保したのである。

## 宣長の神話フィールド学

実際、宣長の学問思想に関しては、「言葉」に対抗して、あえて「実践」や「行動」の概念を、その解釈や認識、評価の場に持ち込むことが、決定的に重要なのである。なぜなら、先に検討した、内的行動の概念に照らしても、その古事記研究は、本質的に内的実践的なもので、いわば神々を対象とした行動の学問であって、一種のフィールドワークだからである。従って、〝調査〟や〝発見〟〝記録〟といった、行動的な概念をこそ、前面に押し立てて、科学的、方法的なアプローチがなされるべきなのである。さもないと、その理解の試みは、文献学の化石的言辞層《げんじそう》に生き埋めにされかねないのである。小林は、例えば、村岡典嗣の「本居宣長」について言う。

「村岡氏は、『皇国の古へを明らめる』のを目指した宣長学の本質的意義は、その成績に徴し、文献学の概念を以て規定するのが、尤も適當であるとした。すると、問題は、宣長がこの規定を乗越えたところに、乗越えなければ、彼の学問が完了しなかったところに起る事になる。村岡氏に言はせれば、『宣長学は、文献学たる埒外を出でゝ、單に古代人の意識を理解するに止らないで、その理解した所を、やがて、

**自己の学説、自己の主義として、唱道するに至つてゐる』、而も、この理解する所と唱道する所との間に、宣長自身の批判に仲介された論理的発展といふやうなものを、全く考へる事が出来ない。」（同『本居宣長』）**

そもそも、村岡氏が述べている「古代人の意識を理解する」ことは、小林に言わせれば、先に触れたように、その「驚くほどの天眞《てんしん》を、わが心とすることができるかどうか」という、内的な行動の企てに、その成否《せいひ》の一切がかかっていたのである。しかし、その全人的な行動のためには、その前提として、「驚くほどの天眞」をすでに予感程度にせよ、何らかに対象的、共感的に発見している必要があるのである。かくして初めて、それを「わが心とする」ための、積極的な同化、一体化の努力が動機づけられて、相応に可能となるのである。又、それに応じて、「古代人の意識を理解する」ことになるのである。

そうであれば、村岡氏の宣長学研究にあっても、そのフィールド意識が明確であるほどに、「発見」の概念は、むしろ「理解」に先行するのである。「理解」は、あたかも親馬に仔馬《こうま》がついて歩くように、「発見」の落し子として、その従属的《じゅうぞくてき》な地位にこそあるはずなのである。

なるほど、あらかじめ何らかに「理解」がなされない限りは、「発見」自体が成り立たないのであろう。しかし、それは、「発見」が、理解によってすべて理解されていたとか、理解によって発見の本質が置換《ちかん》可能であったということにはならないのである。それは、「発見」の概念に矛盾さえすることなのである。

そして、実際のところは、「理解」は、「発見」との関係においては、その端緒《たんしょ》や前触《まえぶ》れ、きっかけにすぎないのである。当初の経験が、既知の事物や概念に還元できないために、その所与としての端緒的理解との乖離《かいり》が、好奇心や不思議、あるいは懐疑の念となって、探究心のエンジンを点火、爆発させ、以後、「発見」に至る過程の推進力となったのである。そして、「理解」のほうはといえば、自ら斥候《せっこう》を務《つと》めた発見の内実については、いわば発見以後においても、その実体の深みをすべて汲《く》み尽くしているとは限らないのである。逆に、汲めども尽きない〝自然の造化の不思議〟として、そのことごとくの理解には、幾世紀どころか、永遠に尽きないものがあり得るのである。――いずれにしろ、「発見」を、「理解」の窮屈《きゅうくつ》な概念に押し込めることは、方法論的にも大きな無理があるのである。それは、「発見」本来の〝啓発性〟を切り捨てて、無視するという、致命的な代償を払うことなのである。

実際、村岡氏にあっては、「古代人の意識」は、せいぜい〝理解〟の対象にこそなれ、啓発的な〝発見〟の対象にはならないのである。水が高きから低きへ流れるように、「古代人の意識」は、知の今日的高みから流れ込む理解作用によって初めて、その未開の心性《しんせい》の特異さや奇怪さなどが、今日的な了解を得られるにすぎない。そこでは、〝理解〟そのものが、ある種のフィルター作用を及ぼしているのである。例えば、小林が言及した箇所について、村岡氏は、「理想的対象」という言葉を用いて、次のように述べている。

「古へといふ理念が（略）、単に事實的対象としてのみならず、理想的対象として存していた以上は、その古代の闡明が、やがて主張であることはむしろ、論理上當然の結果として、解せらるゝ所であるが、併し、後者が前者の論理的發展であるが為には、兩者の仲介者として、その学者自らの批判が伴ふを要する。」（『本居宣長』村岡典嗣著、岩波書店）

しかし、「理想的対象」は、受け売りされたのでなければ、本来、学者自らの評価、つまり批判の産物であるはずなのである。そうであれば、評価と批判を区別する理由はなく、すでに評価済みの「理想的対象」に、さらに学者自らの批判を要求するのは、屋上屋《おくじょうおく》を架《か》すことなのである。

しかし、村岡氏にあっては、そもそも「発見」は、その実質において、方法論的に許容されないのである。そのため、「理想的対象」としての位置づけは、本来、「発見」の評価を待って初めて可能となるべきが、その手続きがなされないままに、先送《さきおく》りされているのである。その半端《はんぱ》な処理のツケが回ってきて、「学者自らの批判が伴ふを要する」事態をもたらしているのである。

そもそも「理想的対象」なるものからして、宣長のいわゆる「世ノ中にあやしき事はなきことわりぞと、かたおちに思ひとれる」「さかしら」の産物であって、「古へといふ理念」の人畜無害な理解の形式なのである。「発見」という「あやしき事」のいわば信管《しんかん》を抜き取られて、爆発の危険をなくされているのである。そのため、例えば、ルネサンス文化におけるギリシア古代の発見という意味での「発見」の概念はそもそも存在しないのである。なぜなら、さもなければその自然な流れとして、古事記研究において「何が発見されたのか」になり、あげくに、〝神々が発見された〟ということにでもなると、認識論ないしは存在論上のニーチェ的大問題に巻き込まれて、文献学の枠組み自体が吹き飛ぶのである……。小林は言う。

「古傳を外部から眺めて、何が見えると言ふのか。その荒唐を言ふより、何も見えぬと、何故正直に言はないか。宣長は、さう言ひたかつたのである。實際、『古事記傳』の註解とは、この古傳の内部に、何處まで深く這入り込めるか、といふ作者の努力の跡なのだ。（中略）要するに、「道はいかなるさまの道ぞ」といふ事になると、どういふ場合でも、宣長は返答に窮した、秋成の場合でも例外ではなかつた」（同『本居宣長』）

「道はいかなるさまの道ぞ」との問いを前に、どういう場合でも窮《きゅう》するのは、元々、理屈になじまない世界を相手に、さらに理屈に踏み込んだつもりで、様子《ようす》ぶった説明を求めているからで、逆に何も見えていないからである。

村岡氏が、宣長学に対して、「発見する所」を差し置いて、「理解する所」と「唱道する所」の癒着《ゆちゃく》・一体化を断定、批判しているのも、実は、小林の言う「古傳を見ても、何も見えない」――あたかも背腹の皮がくっついて一枚になった――貧困な内情を、逆説的に物語っているのである。

実際、小林は、村岡氏に代表される宣長研究をめぐって、**「宣長の学問は、その中心部に、難點を蔵して」（同）**いると言う。これは、実は、古傳《こでん》の神々や宣長の世界観、現実認識をめぐる問題は、その根を、宣長の個性や性癖ではなくて、その学問的自然深くに下ろしているということなのである。そして、そこに、宣長の学問思想の本当の難しさがある――。

## 宣長学の自然と後世の捏造《ねつぞう》

なぜなら、それは、あたかも、火山や氷河のクレバスが、行く手を阻《はば》むように、宣長学の学問的自然には、その「難點《なんてん》」が、客観的に存在するということだからである。しかし、それは、宣長研究者たちによって、その自然的本質が気付かれないままに、いわばユークリッド的な日常的自明さへの還元的《かんげんてき》な方法のうちに、「難點」自体を回避する、代替的《だいたいてき》理解をもって処理されてきたのである。それが、実は、村岡氏に代表される「理解する所」なのである。

しかし、宣長の文献学者《ぶんけんがくしゃ》としての卓越《たくえつ》した成績、〝天才の部分〟が、いかに「理解する所」として処理されても、その学問が、それだけで収《おさ》まるはずはなかったのである。その無意識のうちに回避された「難點」は、あたかも地下のマグマのように、そのはらんだ内圧によって、実は、「理解する所」のいわば地《ち》殻《かく》を突き破って、爆発する勢いであったのである。――そのため、その暗々《あんあん》の突き上げに対処すべく、ガス抜きとして設けられたのが、実は、宣長学の「唱道《しょうどう》する所」なのである。そして、そこに、「理解する所」では理解し得ず、手に負《お》えない〝狂の部分〟――古傳の神々への、いわゆる狂信《きょうしん》的な信仰をはじめとした、宣長学の不合理な部分――が割《わ》り振られたのである。

かくして、村岡氏に代表されるように、宣長学は、〝天才の部分〟と〝狂の部分〟に一刀両断《いっとうりょうだん》される一方、「理解する所」と「唱道する所」は、天才と狂気が紙一重《かみひとえ》であるように、盾《たて》の両面《りょうめん》の関係にあるとされたのである。

しかし、「狂の部分」を、「唱道する所」に厄介払《やっかいばら》いしたにせよ、それも又、「理解した所」同様、そもそもが、宣長の学問思想の有機一体《ゆうきいったい》的な構成部分として、宣長自《みずか》らが生み出したのである。そうであれば、宣長自身が内心《ないしん》、「狂の部分」を知らないはずはなく、当然、それなりに了解していたはずなのである。かくして、それは、マードックという日本史研究家を含んだ、内外の研究者たちに、宣長の内心を忖度《そんたく》させて、次の共通理解を必然たらしめたのである。それが、――**「俊敏宣長の如き者が、自分の仕事に現れた矛盾を知らなかったわけはなく、知って、これを押し通したについては、自ら欺くところがあつたとする他はないといふ考へ方だ。」（同）**

しかし、この自己欺瞞《じこぎまん》説は、「もののあはれ」を説く宣長を、二重人格者とすることなのである。これについて、小林は、村岡氏が、**「文献学の変態として生じた古代主義」**を宣長が唱《とな》えることで、**「国家思想と不可知論的思想が協力した」（同）**とする、一種の妥協説《だきょうせつ》に触れている。しかし、小林は、**「それなら、宣長という人間を、引裂かないで済むかも知れない」**と述べつつも、**〝引き裂かない〟**のは、**「全く消極的な意味合い」**でと断っている。それは、村岡氏のそれが、その行為の実際、事の重大さに照らすと、単なる弥縫《びほう》策でしかないからである。のみならず、一旦引き裂《さ》かれた、宣長という人間は、内部では依然《いぜん》として、いわばジキル博士とハイド氏を同居《どうきょ》させていて、宣長学の社会的、歴史的影響の大きさを考えるほどに、いよいよ人格の矛盾、分裂は大きくなるからである。

しかし、その実相《じっそう》は、研究者達が逆に、宣長問題に追い込まれて、「窮鼠《きゅうそ》猫《ねこ》を噛《か》む」類いの極論《きょくろん》に入り込んでいることとなのである。宣長学の「難點」が、「自己欺瞞説」のクレバスの口を開いて、研究者たちを一様《いちよう》にのみ込んだのである……。

実際、科学の実験においては、結果が、今一度はっきりしない場合には、前提となっている仮説自体を、改めて検討し直すのであろう。しかし、宣長学に関しては、その検証の結果が、宣長本人にもたらした、人格上の深刻な疑い、不利益にもかかわらず、前提自体の正当性が疑われることはなかったのである。それは結局、太陽が東から昇って、西に沈むという法則的真理のように、それを疑うこと自体が、日常的な認識体系を根底から覆《くつがえ》すからなのである。

宣長問題に、有効な接近を何ほどかもたらすためには、それゆえ、それなりの準備が必要なのである。

## 宣長学の自然と量子論の自然

小林のベルグソン論を改めて振り返ると、量子論に関して、先の生物的に「定義された態度」に関連した言及がある。

「物質の原子状態の研究は、物理学を、認識論と存在論とが離す事の出来ぬ領域、即ち自然のうちに生きている私達の現実の状態に連れ戻したと言える。」（『感想（下）』小林秀雄全作品別巻Ⅱ、新潮社）

日常的現実においては、繰り返し検討したように、認識は実用性に特化し、担保されて、自足した記号的価値を有しているのである。そのため、いわば存在論的意味を等閑《とうかん》に付《ふ》したまま、記号的な引き剥《は》がしが可能なのである。

それに対し、神代《かみよ》の人々は、生物的に「定義された態度」が、生活体としての縛《しば》りを及ぼすにせよ、なお緩《ゆる》やかであって、原初の自然のうちに生きていたのである。そのため、その認識や言語表現も、「認識論と存在論とが離すことのできぬ」おおらかな状態のままにあって、今日のように、**「あたかも搾木《しめぎ》にかけられた憐《あわ》れな生物の様に吐血《とけつ》し、無味平板《むみへいばん》な符牒《ふちょう》と化《か》する」（『ランボオⅢ』ルビ引用者、小林秀雄全集第二巻『ランボオ・Xへの手紙』新潮社）**ことはなかったのである。

実際、存在ないし実在との関わりが特殊なのは、小林やベルグソン、宣長に言わせれば、今日の我々の、融通《ゆうずう》の利《き》かない、現実意識や経験の在り方こそなのである。太古以来のいわば実在を抱擁《ほうよう》する大きな自由が、今日の意識環境の貧困に晒《さら》されて、神々の日常的、健全な直接性を顕現《けんげん》する余地がないのである。――**「僕等は、僕らの社会組織といふ文明の建築が、原始性といふ大海に浸つてゐる様を見る。『古代の戯れの厳密な観察者』――厳密なといふ言葉のマラルメ的意味を思ひみるがよい。」（同）**

そもそも、「事実」とか、「現実」という日常的な概念自体が、多分かつ微妙に文明の産物なのである。
小林は、古傳《こでん》の「神の物語」について言う。

**「その語るところは、神代の人々の、神に関する経験的事實である、と言つてもよい。しかし、その事實性は、傳説といふ一つの完結した世界から、直かな照明を受けてゐた。いや、この自力で生きてゐる世界の現実性なり価値なりが、創り出してゐるものだつた、と言つた方がいゝかもしれない。」（同『本居宣長』）**

「事実性」は、一方ではそのリアリティの裏付《うらづ》け、担保として、「認識」を含んでいるのであろう。そして、それを産出《さんしゅつ》した「現実性」ともども、ほかならぬ「存在性」でもあるのであろう。そうであれば、「神に関する経験的事實」についてては、その「事実性」自身が、「現実性」によって直接に創《つく》り出されていて、そのリアリティも、いわば人為《じんい》以前の、「認識論と存在論とが離す事のできぬ」自然の量子的状態が、他ならぬ極印を押しているのである。

ここで、注意すべきは、「現実性」と「事実性」の関係が、「全体」と「部分」の関係にはないことであろう。そうではなく、「生むもの」と「生み出されるもの」という、いわば存在論的に先後する位階性《いかいせい》において、差別化されているのである。古代人の認識ないし経験の形式は、今日の我々とは違うのである。

**「上古の人々の、事物に関する基本的な認識、或いは経験の形式、更に言へば、それを成立させてゐる時空の根本観念の質が、確かめられて了つた、と言ふ事になるのだ。確かめられた観念の質とは、等質化され、量化された抽象的な時空の観念などには、全く無縁であつた古人達が、文字通り身に附けた、その感覚感情に浸されたものを言ふ。」（同）**

しかし、今日の我々には、「事実性」のリアリティを裏づけ、担保する「認識」自体が、記号や記号化の域《いき》を出ないのである。これは、「現実性」についても、同様である。「事実性」は、「現実性」の〝部分〟であり、〝質的に同一〟の、等価の関係にあって、その限りで置換可能である。又、存在論的な先後関係《せんごかんけい》もないことから、経験の源泉であるはずの「現実性」自体が、〝事実性のモザイク〟なのである。

ところで、宣長学の「難点」は、内攻化《ないこうか》して「二重人格説」になったものの、外界に向かっては、ポジの体裁《ていさい》を取って、上田秋成との「日神の傳説」をめぐる代表的な論争となったのである。しかし、小林は、本当の「問題は、宣長の側の、秋成を憤慨させた徹底的な拒否にある。何故そこが問題かといふと、この拒否のないところに、彼の学問も亦ないからである。（中略）そこに、宣長研究者が避けて通る事の出来ぬ難題がある」（同）と言う。そして、論争に関し、次の注意を促す。

「『日神と申す御號《みな》をばいかにせん』といふ端的な返答から見て、すぐ解る事だが、宣長には、古傳の問題とは、直ちに言語の問題なのである。言葉によつてその意味を現す古傳の世界を、その眞僞を吟味する事實の世界と取り違へては困る。（中略）天照大御神といふ御號を分解してみれば、名詞、動詞、形容詞といふ文章を構成する基本的語詞は揃つてゐる。と言ふ事は、御號とは、即ち當時の人々の自己表現の、極めて簡潔で正直な姿であると言つてもいゝ、といふ事にならう。御號を口にする事は、誰にとつても、日についての、己の具體的で直かな経験を、ありのまゝに語る事であつた。この素朴な経験にあつては、空の彼方に輝く日の光は、そのまゝ、『尋常《ヨノツネ》ならずすぐれたる徳《コト》のありて、可畏《カシコ》き物』と感ずる内の心の動きであり、兩者を引離す事が出来ない。さういふ言ひ方をしていゝなら、兩者の共感的な関係を保證してゐるのは、御號に備はる働きだと言つても差し支へあるまい。さういふ事が、宣長の所謂『古学の眼』に映じてゐたのだが、彼は論敵を、さういふ處にまで、引入れることは出来なかつたのである。」（同）

古人にあっては、「空の彼方《かなた》に輝く日の光」という存在は、「……『可畏《カシコ》き物』と感ずる内の心の動き」という認識と、互いに切り離し得ない一体的な関係にあるのである。その経験の「現実性」は、古人に共通の〝自己表現〟でもあって、天照大御神《あまてらすおおみかみ》という「御號《みな》に備わる」、言葉の生きた働きに保証されたものである。銘々の自覚のうちに、「日の神」を中心に、地上の生き物や山河、雲、夜空の月や星との絆《きずな》に結ばれた、いわば主客《しゅきゃく》一体の意識の経験として、実在の無限の広袤《こうぼう》に溶《と》け込んでいたのである。そして、その経験の「現実性」をわがものとすることこそは、そのまま、古人の「驚くほどの天眞を、わが心とする事」にほかならず、宣長にとって、その学問の一切の目的があったのである。

しかし、秋成にあっては、その「現実性」は、事実上、「事実性」以外の何ものでもなく、例えば、天照大御神が、天岩戸《あまのいわど》に隠《かく》れて暗くなったのは、葦原中国《あしはらなかつくに》と記《しる》されているから、その照らす範囲も国内に限られる、といった議論を超えなかったのである。「現実性」自体が、すでに「抽象的な時空の観念」という認識の根本形式を当てはめられて、「事実性」に置き換えられていたのである。そのため、「等質化され、量化された」空間の高みの一点なりに、あの太陽として位置づけられて、合理化＝モノ化を避けられなかったのである。

それゆえ、この論争を正しく評価するためには、古傳の神々の真実ないし経験をめぐって、そもそも「事実性」や「現実性」ないし実在を、どう関係付けて評価し、位置づけるか、という問題を避けて通れないのである。それは、これまでの検討を踏まえると、次の形での問題提起が可能なのである。——古傳の神々の「あやし」の経験の客観性を肯定するにせよ、否定するにせよ、その検証の場において、「事実性」はそもそも証拠として、つまり、証拠能力を有して存在し得るか、ということである。

## 宣長学の神々は不合理ではあっても、非科学的ではないこと
## ——アインシュタインの〝科学的あやし〟について

ここでも、先に検討した、アインシュタインの奇怪な比喩は、もう一度振り返って見る価値があるのである。新しい科学に裏づけられた、その根源的な洞察は、第一級の証言的価値を有するからである。それ

は、いわばお誂《あつら》え向きに、議論を外堀《そとぼり》から科学的に埋めてくれるのである。すなわち、「科学の仮説」は、洗練された形式とはいえ、「事実性」であることから、先の引用文は該当《がいとう》箇所を次のように「事実性」にそっくり置き換え得るのである、――**「(仮説として産出される)事実性」が、「実在」に「類似しているのはビーフに対するスープの関係ではなく、むしろオーバーコートにたいする衣装戸棚の番号の関係」なのだと。**

これは、アインシュタインという天才の、常人《じょうじん》の及びがたい高度の創造的境地がもたらした、例外的経験に基づくにせよ、その産物をもたらす原因＝実在との関係性の、**〝科学的あやし〟**を証言しているのである。創造の発見的働きによって、実在ないし現実性が、「事実性」の世界に投げ返してくるのは、ビーフからスープを抽出するような、分析的、帰納的な、いわゆる抽象化された結果ではないと言うのである。両者は、互いに論理的に独立して、次元を異にし、いかなる論理的照合性も持たないのである。それが驚くべきなのは、たまたま目覚《めざ》ましい産出物をもたらしたことではない。その現す働きが、いわば自らの原因も不明なままに、人間にとって、意味あるものをもたらすことなのである。そこに又、アインシュタインが全面的に賛同《さんどう》した、**「世界の永遠の神秘はその了解可能性である」**というカントの言葉の偉大な認識的意味がある。――**「霊感」や「天才」といった言葉は、その不可知の神秘の関係を、人間的な原因や起源を介在、中継させることで、理解可能なものにしようとしているのである。**

そもそも、アインシュタインの〝科学的あやし〟にせよ、あたかもリヴィングストンが、その肉体的強《きょう》健《けん》と大胆、叡智《えいち》によって、常人には到底不可能であった、未知の大陸を探検した例外的経験に似ているのである。しかし、それが、科学の視点や業績から比較検討されないのは、そもそも「科学的あやし」からして、実際には、第三者による追試《ついし》や再現そのものが、「科学の実験」を含めて、困難ないしは不可能だからなのである。

いったい、「科学の実験」からして、すでに「思考実験」といったそれなりの経験に内々に先行された仮説なりを、第三者的な再現性において、「事実性（＝実用性）」と符合《ふごう》、一致するか否かを検証することなのであろう。「実験」の検証の光が及ぶのは、「事実性」の範囲内に限られるのである。それゆえにこそ、アインシュタイン自身は、科学の仮説は、実験を待たずしても、審美的《しんびてき》な調和の全体的感覚と秩序の意識の導《みちび》きのうちに、〝真理の実在〟と一体的たり得ると考えていたのである。それは、信念や信仰というよりは、アインシュタインの思考の営為《えいい》において、その創造的活動を貫く、意識の自覚されたバックボーンであり、もはや自明化した実在感であったのである。――それゆえにこそ、実験が追いつかない場合でも、科学の仮説は、実在に照明の光を投げ掛けて、理論的予言をもたらし得るのである……。**「自然は口を利《き》かない」（プロチノス）**だけなのである。

それゆえ、先の奇怪な比喩が物語るのは、**「事実性」**に対する、**「現実性」**や**「実在」**の、**人智を超えた関係性である。**その産出物が、「番号」の比喩を宛《あ》てられているのは、自然科学の仮説では、意味あるものは、典型的に〝数式〟で表されるからなのである。そうであれば、そのいわば**出力《しゅつりょく》項**を、番号以外の事物に置き換えても、その現す関係の超越性や**「あやし」**に変わりはないはずなのである。それはちょうど、**深海《しんかい》から引き上げられた異形《いぎょう》の魚類のように、対象性以前の、その出自《しゅつじ》の関係性が根差した、実在の深みに由来するものだからである。**かくして、自然科学の番号的産物の場合には、例えば、相対性理論と言った**理論的怪物**が引き上げられ、他方では、一流の文学や哲学、芸術、宗教の具象的《ぐしょうてき》なあやしでは、**神々や魑魅魍魎《ちみもうりょう》**が現れるとしても、何ら不思議はない。――**「相対性理論」**も、**「神々」**も、**科学的には等価なのである。**

それゆえ、**宣長の古傳の世界は、不合理とはいえても、非科学的とはいえないのである。**そして、「不合理」にもピンからキリまでがあって、**単に所与としての「事実性」に合致《がっち》しないものもあれば、**――

「不合理ゆえにわれ信ず」（テルトゥリアヌス）と言わせるほどに、現実性や実在の光のうちに捉えられた経験が、人智の理解を超えた「不合理」もあるのである。

かくして、宣長も又、リヴィングストンやアインシュタイン同様、古傳という経験の一大世界に魅入《みい》られ、その奥深くへ入り込んだのである。小林は言う。

「『日神の傳説』が、そのまゝ、わが國の上ツ代の人々の、掛け替へなく個性的な『心ばへ』の姿と観じられてゐれば、それで充分と、彼は、自分の学問の中心部で、考へていたからである。それは、見るにも飽かぬ眺めであり、その中から、汲み尽くせぬ意味が現れて来るのであつた。」（同）

「古人の『心ばへ』の姿」こそが、かけがえのない、古学《こがく》の認識的収穫物とされているのである。その破《は》格《かく》の位置づけこそが、「秋成を憤慨させた徹底的な拒否」をもたらしたのである。しかし、秋成の主張は反対に、「事実性」を「現実性」に優越して位置付けることであり、両者の原理的な関係を転倒するため、徹底して拒否するしかなかったのである。そしてそれは、いわばプラグマティックな、魂の社会政策的要請からも、そうであったのである。時代の貧困な内的状況といい、その収穫物《しゅうかくぶつ》の社会的放出、還元こそは、宣長の「唱道する所」において一刻も急《いそ》がれたからである。しかし、秋成の対応は、いわば飢饉《ききん》で民《たみ》百姓《ひゃくしょう》が飢《う》えている状況にあって、倉一杯《くらいっぱい》に積み上げられた米俵《こめだわら》を前に、係《かかり》の役人が、砂粒《すなつぶ》か何かが混《ま》じっている疑いをもって、すべてを吟味《ぎんみ》、検査し終えるまで、放出を阻止《そし》するのに似ていたのである。

結局、宣長には、秋成の議論は、「事実性」から抜けきれないがゆえの、見当違《けんとうちが》いの主張でしかなかったのである。

## 「事実性」が「現実性（実在）」を駆逐《くちく》するその他の事例

このような、「事実性」が「現実性」を、神々ともどもに追放している現実については、例えば、ドストエフスキイも、『白痴』でムイシュキン公爵《こうしゃく》に言わせている。

**「この人はもちろん、神を信じないっていうんだけれど、ぼくはなんだかはじめからしまいまで、見当ちがいの話を聞かされてるみたいな気がしてびっくりした。というのは、ぼくその前からいろんな無神論者の話も聞き、本もずいぶん読んだけれど、そういう人たちのいうことも、本に書いてあることも、ちょっと見にはもっともらしいが、みんなまるっきり見当ちがいみたいな気がするからさ。」（『白痴（上）』、米川正夫訳、河出書房新社）**

あたかも、プラトンの洞窟《どうくつ》の壁に映《うつ》し出された、「事実性」という概念の影絵《かげえ》を前に、光源《こうげん》を振《ふ》り返る経験の自由もないままに、見当違《けんとうちが》いの議論に終始《しゅうし》していたのである。

又、古傳を「寓話《ぐうわ》」と同視《どうし》するのも、「事実性」の呪縛《じゅばく》から抜け切れないからである。今度は、ソクラテスが、先の『パイドロス』で、時代の学者たちを批判している。

「しかし、パイドロス、ぼくの考えを言うと、こういった説明の仕方は、たしかに面白いにはちがいないだろうけれど、（中略）その人は、なにか強引な知慧をふりしぼらなければならないために、たくさんの暇を必要とすることだろう。だがこの僕には、とてもそんなことに使うひまはないのだよ。（中略）それについては一般に信じられている所をそのまま信じることにして……」（『パイドロス』藤沢令夫訳、岩波

文庫、傍点引用者）

神話を寓話《ぐうわ》と見なすことは、ソクラテスの「明晰なる無知」の光に鷲《わし》づかみにされて、風車《ふうしゃ》を相手に戦うドン・キホーテさながらに、ほとんど滑稽《こっけい》なものにされているのである。

ついでに、心理学者ユングの、旧約聖書の物語に関する意見も紹介して置く。

「――ヤコブは天使と格闘し、股のつがいをはずされてやってきた。しかし、この格闘によって殺人をまぬがれた。その頃のよき時代には、ヤコブの話は問題なく信じられた。」（『ユング自伝 思い出・夢・思想Ⅱ』A・ヤッフェ編、河合隼雄・藤縄昭・出井淑子共訳、みすず書房）

## 宣長学に付着した政治イデオロギー

最後に、触れておくべきは、宣長学に尾鰭《おひれ》のように付いた、不幸な政治イデオロギーについてである。

小林は、平田篤胤《あつたね》が、宣長の「没後門人《ぼつごもんじん》」を自称《じしょう》して高唱《こうしょう》した、〝復古神道《ふっこしんとう》〟を全面否定して言う。

「『やまと魂』を『雄武を旨とする心』と受け取った篤胤の受取り方には、徳川末期の物情の乗ずるところがあつて、その意味合いの向きを定めた事は、言つて置かねばならない。吉田松陰の『留魂録』が、大和魂の歌で始まつてゐるのは、誰も知つてゐる事だし、新渡戸稲造が「武士道」を説いて、宣長の大和心の歌を引いてゐるのも、よく知られてゐる事である。宣長は、契沖を、『やまとだましひなる人』と呼んだが、これは『丈夫の心なる人』といふ意味ではない。」（同『本居宣長』）

正しい意味は、在原業平《ありわらのなりひら》が、「死なんとする際」に詠んだ、**「つひにゆく　道とはかねて　聞しかど　昨日今日とは　思はざりしを」（同）**という辞世《じせい》の句《く》にある。鎌倉武士や禅門《ぜんもん》の気取《きど》りや見栄《みえ》をさっぱり捨《す》てた、自分に正直な心であり、それゆえに女々《めめ》しくさえある真心《まごころ》なのである。「雄武《ゆうぶ》」に違背《いはい》さえする、人の真心、正直を称《たた》えたのである。小林は、そもそも、次のような批判さえしているのである。——篤胤が教科書として仰《あお》いだ、宣長の**「『直毘霊《なおびのみたま》』には、『やまと心』といふ言葉さえないのである。」（同）**

## 大きな自由

かくして、宣長は、先の引用の、いわば、多忙《たぼう》にかまけたソクラテスが果《は》たせなかった意《い》をも汲《く》んで、古傳《こでん》の奥深《おくふか》くへ入り込み、己の学問の本道《ほんどう》に据《す》えたのである。その遭遇《そうぐう》する「あやしさ」こそは、すでにそれ自体が、認識の豊かに約束された収穫物《しゅうかくぶつ》でもあったのである。それゆえに、いよいよこれにかまけることによって、「もののあはれ」の大陸の奥深くへと、「あはれを知る」探検を一層《いっそう》推し進めたのである。——**「自分だけは、相も變らず、すつかり、この『あやしさ』にかまけている。」（同）**。古事記の注解《ちゅうかい》、訓詁《くんこ》のフィールド実践《じっせん》も、**「ことごとく、直く、安らかな、古人の心ばへの全體的な直観の内部で、その照明を受けて行はれる。そして、逆に、直観をいよいよ確かめて行くやうに行はれる。」（同）**

これが、ベルグソンの「哲学的直観」の「自己の経験の拡大」であるのはいうまでもない。それが、宣長の古事記研究においてにせよ、あるいは源氏論における、〝本義〟としての「歌道」においてにせよ、「もののあはれを知る」心映《こころば》えによって、初めてその実践がなされるのである。それは、歌道という生活実感の連絡道《れんらくどう》から、「哲学的直観」に自由な出入《でい》りが可能となることで、その門戸《もんこ》が草の根実践へと開かれたのである。かくして、「自己の経験の拡大」に担保された、ベルグソンの自由論は、いわば日常的な光景においても、空気の希薄《きはく》な山頂《さんちょう》付近にとどまらず、詩歌《しいか》の花がいっぱいに咲いた、緑豊かな裾野《すその》の広がりを獲得したのである。そこに、両者の思想を取り持ち、融合《ゆうごう》一体化させた、小林の大きな功績《こうせき》がある。しかしそれは、小林にとっては、ランボー論以来の、大きな自由が、あたかも山脈《さんみゃく》のように、東西の境界《きょうかい》を越えた普遍性の光のうちに、屹立《きつりつ》しつつ、その牢固《ろうこ》たる現実性や実在を証《あか》しすることであったのである。それは、「～への自由」そのままに、慫慂《しょうよう》し、あるいは挑《いど》むように、我々に地平線の遠い彼方《かなた》から問いかけるのである。――なるほど、〝自由〟は、山に似ていて、登《のぼ》るも登《のぼ》らぬも、人生論的選択なのであろう。しかし、その危険にもかかわらず、山男《やまおとこ》たちが、山に登るのは、**「そこに、山があるから」（ジョージ・マロリー）**と言うのも、又、永遠に変わらぬ真実なのである。

――了

# 菊池寛対夏目漱石——小林秀雄の見立て

## 近代日本を代表する文学者

夏目漱石の権威には、国民的で絶大なものがある。漱石を論ずるということは、その権威の自明性に何ほどかの解釈の今日性《こんにち》を付け加えることなのである。鑑定は文学史上幾多の折り紙つきというわけで、今日求められているのは、この文学の貴重な鉱床《こうしょう》から、なお地下に埋もれたあまたの原石を掘り起こすことなのである。そして、そのはらむおびただしい光輝を、文学史の白日下に抽《ひ》き出して、いよいよ陸離《りくり》たらしめるべく、解釈の多様なカットをこととすることなのである。

しかし、近代的なるものの他方の雄《ゆう》ともいうべき、近代日本文学史上最大の鑑定家・小林秀雄は、漱石について、その菊池寛論で不可解なことを言う。

「菊池さんは、文壇に出ると間もなく、作家凡庸主義という論を書いたが、作家天才主義の風潮を動かす事は出来ず、誤解を受けただけで、無駄な事であった。当時、若い作家達から一番尊敬されていた作家は、恐らく夏目漱石であったが、菊池氏は、夏目漱石を少しも重んじなかった。『同僚の芥川や久米が崇拝するのが、不思議でならなかった。芥川などは、本気であんなに認めていたのか訊《き》いて見たかった位である』と後年、書いている。『奇警《きけい》な会話や哲学的な思想や物の見方で、読者は煙に巻かれているのである。』と書いている。同様な意味で、芥川龍之介も、友情というものは別として、作品の価値は重んじていなかっただろうと思う。」（『菊池寛』小林秀雄全集第八巻「無常と言ふ事・モオツァルト」新潮社）

小林によれば、明治以降のわが国近代文学者から代表を一人選ぶとすれば、漱石でも鷗外でもなく、ほかならぬ菊池寛なのである。しかも、それが、容易ならざる問題を提起するのは、漱石への全面否定としかいいようのない評価と表裏の関係にあるからである。

その評価は、菊池寛の文学思想の真価を解く鍵として、作家凡庸主義に関連して言及されているのである。そのはらんだ思想の透徹《とうてつ》した力を、いわば実証するために、漱石という近代日本文学史上――あるいは作家天才主義の風潮《ふうちょう》の産み出した――最大の権威が引き合いに出されているのである。その結果、何か未聞《みぶん》の途方もない光とエネルギーにさらされて、あたかも鉛《なまり》の偶像か何かのように溶け出しているのである……。

いったい、漱石文学の、わが国近代に対する観察や文明批評、又、その深刻な人間心理の洞察や倫理的問いかけ、懐疑《かいぎ》、哲学が、単なる「**奇警な会話や哲学的な思想や物の見方**」にすぎぬとは、そもそもいかなることか？　シェークスピアと呼び、トルストイと呼ぶように、畏敬《いけい》と崇拝《すうはい》の念を以《もっ》て、我々がその名を口にする国民的文豪《ぶんごう》・漱石が、何か空想的、観念的な作家天才主義の悲喜劇を演ぜざるを得ぬとは？　大意識家にして、人生論的社会派的な、近代化日本の苦悩を一身に背負っているはずの巨人、漱石が？

とはいえ、問題が、到底容易でないのは、小林が、いずれ分かりきった結末として、次のように言及していることにも窺《うかが》われるのである。――「作家天才主義の風潮を動かすことはできず、誤解を受けただけで、無駄なことであった」と。

これは、漱石の権威は、作家天才主義の風潮と多分に根が一つで、作家凡庸主義への無理解と表裏《ひょうり》の関係にあるということである。のみならず、問題の本質には、「誤解を受けただけで、無駄なこと」に終わる性格のものがあったのである。

実際、菊池の、「同僚の芥川や久米が崇拝するのが、不思議でならなかった。芥川などは、本気であんなに認めていたのか訊いて見たかった位である」（傍点、引用者）といった口調《くちょう》には、到底尋常《じんじょう》ではないものが窺《うかが》われるのである。いわば文学の一大事《だいじ》についての、他者との認識や体験の異次元《いじげん》的なすれ違いを目《ま》の辺《あた》りにして、一方ならず驚いているのである。

　ちなみに、文学作品の鑑賞が、当事者の経験の間にもたらす断絶《だんぜつ》は、必ずしも珍しいわけではない。例えば、若き日のポール・ヴァレリーが、敬愛するマラルメの魔術的な詩編に関し、世間から投げつけられた評価がそうなのである。晦渋《かいじゅう》や石胎《せきたい》といったその非難中傷《ちゅうしょう》は、菊池のケースとは真逆《まぎゃく》の関係にあるとはいえ、外部の評価と内心との板ばさみになった、その困惑《こんわく》や孤立において似ているのである。

「私は、これらの詩編に対しこの詩人に対して、手に負えないような罵声が挙げられるのを数々聞いていたのである。ある日一人の男が私の胸倉を捕えて、一種の苦悩と絶望的な憤激とをもって、私に次のごとく繰り返していった。

――だが、どうも、君、わしは文学博士《ドクトール・エス・レットル》なのですぞ。それだのに、わしは一向にわからない、と。

一介の憐れな中学卒業生《バシュリエ》であった私は、何と答えてよいかわからなかったしだいだ。

もし、この男に私がひそかに思っていたことをうち明けたら、もし、この閉ざされた詩歌から私が予感していたものを示してやったなら、彼は何と考えたことであろうか？」（『ステファヌ・マラルメ』ヴァレリー全集7「マラルメ論叢」渡辺一夫・佐々木明訳、筑摩書房）

　いずれにせよ、自ら信じる文学の本質的価値に関わる経験が、他者との間に、異次元的なすれ違いの悲喜劇をもたらしているのである。

## 作家凡庸主義の通説的誤解について

菊池寛の作家凡庸主義とは、通説によれば、近代日本文学史上有名な私小説もしくは純文学の問題の先駆的な、とはいえ、いささか単純粗雑《そざつ》な批判の一形態なのである。その過渡《かと》的な歴史的役割はともかく、今日では、思想的にすでに乗り越えられて、もはや見るべきものを持たない、文字通り凡庸な主義なのである。それが、何らかの時代的意味合いを持ち得たのも、今日では周知《しゅうち》の、私小説もしくは純文学の「社会性の不在」を曲がりなりにも時代に先んじて衝《つ》いたからにほかならない。私小説や純文学は、いわば、時代の文学に君臨する〝裸の王様〟なのである。それが、社会性の衣服をまとわぬままに、文学史の大道行列《だいどうぎょうれつ》を練《ね》り歩く様子を、菊池寛という〝文壇の健康優良児〟が、直視《ちょくし》、直言《ちょくげん》することで、混乱が惹き起こされたのである。しかし、と通説は続ける。菊池の主張した〝社会性〟は、むしろ世俗的妥協の勧めともいうべきもので、文芸春秋社の創設者でもある「社会的成功者」としての余裕と自信によるのである。文学プロパーの立場からすれば、「婦女子のみを喜ばせるにすぎぬ」その通俗作家としての定評《ていひょう》からして、しょせんは、文学の大衆化の域を超えるものではなかったのだと。結局、トンドから鷹《たか》は生まれないように、作家凡庸主義は、今日なお検討に値する深い独創的な洞察《どうさつ》は持たなかったのである――。

しかし、通説の評価は、ある意味では、当然であったのである。通説が、「文学の社会性」を考える上で必要とした物差《ものさ》しこそは、作家天才主義の風潮《ふうちょう》との絡みにおいて、ほかならぬ漱石文学に起源を負うからである。その文学がもたらした文明批評や近代化風刺《ふうし》、近代的自我の確立や、その目覚《めざ》めの必要性、あるいはそのエゴイズムと他者ないし倫理との葛藤《かっとう》、といった問題提起やテーマ、ヴィジョンに、その出発点があるからである。それが、一種絶対的な所与《しょよ》として、言語表現に定式化されたのが、近代日本文学史上有名な、「自己対他者」とか「個人対社会」、あるいはその一種状況的な変種《へんしゅ》としての、「政治と文学」

といったテーマ、ヴィジョンにほかならない。

漱石作品の主人公、――『それから』の代助にしろ、『こころ』の先生にせよ、いずれも、それらのテーマないしヴィジョンを、わが国近代知識人の宿命《しゅくめい》を象徴し、予言する背光のごとく背負《せお》った、悲劇の主人公なのである。漱石以後は、何ぴとも、このテーマ、ヴィジョンを思い浮かべずしては、わが国文学者のあるべき姿とか、時代との関わりや「社会性」、あるいは「文学の社会化」について考えることがそもそも不可能なのである。かくして、漱石の思想小説こそは、それら永遠のテーマの〝十字架に架《か》けられし〟文学であり、その偉大な殉教碑《じゅんきょうひ》、証人なのである。

## 「社会性」の困難とラプラスの鬼

しかし、「社会性」といい、「社会化」といい、外見的な自明さはともかく、その内実の検討に一歩でも踏み出すと、実際には、謎めいてこそあれ、決して明らかではない。なぜなら、アリストテレスの言葉を持ち出すまでもなく、人間とは、多分に政治的、社会的な動物であるはずだからである。そうであれば、個人と社会が対立するのは、個人のエゴイズムや特定の政治的状況との関係において、たまたま対立するいいいいいい状況にあったからといえなくはない。それを、あえて原理的なものとする理由はないのである。

にもかかわらず、それが、外見的な自明さをまとって存在する事情にこそ、実は、隠れた本当の問題がある。――「自己対他者」とか、「個人対社会」、あるいは「政治と文学」といったテーマの自明さこそは、かえって、水面に散乱《さんらん》する陽光《ようこう》が、水中の視野《しや》を妨害するように、それらの根源《こんげん》に潜む本来の問題の認識を妨げているのである。

実際、そこには、一種論点先取《ろんてんせんしゅ》の誤謬《ごびゅう》ともいうべく、無意識の前提が潜んでいるのである。例えば、小林は次のように言う。

「『作品の社会的等価を発見した自らに忠実な唯物論的批評家の第二段の行動は——それが観念論的批評家の所においてさうであったごとく審査しつつある作品の美的価値評価でなければならぬうんぬん』といふプレハノフの言葉は今日まで多くの批評家等に色目を使はれた言葉だ。この言葉は誤ってはいないが、かふいふ言葉からいい気な学者面が読み取れなければ何にもならない。作品の社会的等価の発見、これだけで既にラプラスの鬼を要する。何が第二段の行動か。」（『マルクスの悟達』小林秀雄全集第一巻「様々なる意匠」新潮社）

これは、文学の社会性を検討するうえで、何をもって物差しとするかは、世界意識の問題も絡んで、「ラプラスの鬼」という超人的な知性を、あるいは必要とする程に、それ自体が大問題だということなのである。

「社会的等価」の概念自体が、その現実の実際的な捕捉《ほそく》や評価において、すでに困難を極めるのである。そうであれば、その対立的ないし比較的な概念としての「個人」や「自己」といった概念、あるいはそもそもが「社会性」を物差しとした関係の概念そのものが、その自明さを根底から崩壊《ほうかい》させることになるのである。

実際、それは単に習慣的な自明さであり、分かりやすくいえば、言語の平面上でたまたま、「社会」を「自己」と区別し、並置《へいち》したために、あたかも二つの物体が、同時に同一の場所を占《し》めることができないように、いわば存在ないし意識の場所をめぐって、たがいに相容れない、根本的な論理関係に置かれて見えるというだけの話なのである。しかしそれは、カントも言うように、我々の思考が、外的、日常的な認識経験に深部《しんぶ》まで、徹底的に影響を被り、支配されている結果にすぎない。その対立関係が原理的に見える、まさしくその必然的な論理関係こそは、我々が、日常的な言葉や論理を、固体《こたい》のように扱《あつか》う根強《ねづよ》い思考習慣から逃《のが》れ得ぬままに、いわばユークリッド的錯覚《さっかく》に陥っているということなのである。しょせんは、外界の経験から取り入れた固体的な関係の概念という〝比喩《ひゆ》〟を、そのまま実在のうえでの区別と混同《こんどう》、同一視《どういっし》しているのである。それが、思考の根本範疇《はんちゅう》さながらに、アプリオリ（先験的《せんけん》）な所与性のうちに、意識の絶対的所与、その出発点、根本視点と化しているのである。

本当の問題は、それらの思考のアプリオリな錯覚に由来する、多分に言語上の疑似《ぎじ》問題が、「自己対他者」とか「個人対社会」、あるいは「政治と文学」といった装《よそお》いを得て、ある種の自明さのうちに存在することにある。その結果、批判や反省の光が、そこにこそ投げ掛けられるべき、問題の本質的な深みが、その自明さの陰に隠れて見失われているのである。

そして、実は、そこにこそ、菊池寛の作家凡庸主義が、作家天才主義の風潮や漱石文学に投げ掛けた批判の光が、内々に照射《しょうしゃ》した実存の深みがあったのである。

## 作家凡庸主義の照破した社会性

小林は、『政治と文学』の中で、ドストエフスキイのプウシキン生誕《せいたん》百年記念祭講演に触れている。その中心は、プウシキンの『オネーギン』という恋愛悲劇の作品分析に関するものである。オネーギンという「世界苦の受難者《じゅなんしゃ》」を以て任じている、「教養ある複雑な人物」より、「タチヤナという単純な田舎娘《いなか》」のほうが、実は、「余程高級な意味で聡明《そうめい》な人間だという洞察に、プウシキンの天才がある」という。これは、実は、菊池の作家凡庸主義の洞察と、その源泉の光を一つにするのである。そして、それは、「文学とは何か？」を考えるうえで、明快で普遍的な記念碑的意義を有すると思われるので、長くなるが、関連箇所を全文引用する。

「ドストエフスキイに『作家の日記』という政治論文集がありますが、論じられている当時のロシヤの政治や経済の問題が無意味になってしまった今日になって、これが興味ある有益な著書である所以は、文学者の政治に対する態度が、膨大な論集を通じ、一貫してまことに鮮やかに現れているところにある。この本に、『プウシキン論』が載っている。これは一八八〇年にプウシキン記念祭で行った有名な講演の筆記です。この講演の中心点は、プウシキンの『オネーギン』という恋愛悲劇の分析にあるのですが、ドストエフスキイの考えによれば、『オネーギン』は寧ろ『タチヤナ』と題すべき作で、オネーギンという教養ある複雑な人物より、タチヤナという単純な田舎娘の方が、実は余程高級な本当の意味で聡明な人間だという洞察に、プウシキンの天才があるという。成る程オネーギンは聡明でもあるし、誠実でもある、自ら『世界苦の受難者』を以て任じている。しかしこういう『世界苦の受難者』の心にひそむ『下司根性』を見抜くには、現代ロシヤに沢山いるオネーギン達のいわゆる鋭い観察などでは到底ダメである、それには全く別な何かが要る、その別の何かをタチヤナの眼が持っている、『オネーギン』という作は、そういう認識の悲劇であるとドストエフスキイは見るのであります。タチヤナは、都会から来たオネーギンに恋をする。オネーギンはこの臆病な小娘に何の関心もない。彼女は絶望し、やがて母親の為に愛のない結婚をし、貴婦人として都会の社交界に現れる。今度はオネーギンの方が恋する番だが、彼女は拒絶する。タチヤナは依然としてオネーギンを愛しているが、貞操を破る事は出来ないと言って男を拒絶する。何故大胆に一歩を踏み出せなかったのか、ドストエフスキイは、そうではない、タチヤナは大胆なのだ、ロシヤの女は皆大胆なのだと言う、問題は、多くの批評家が論じた様な恋愛と道徳の相剋などにはないのだ、というのです。成る程彼女は古めかしい道徳をはっきり口にし、それを信じてもいる、が、彼女の心の奥の方にはもっと違ったものがある。当節の批評家は、彼女の奥の方には、彼女自身気のつかない高慢心がある、上流社会の腐った生活に感染した気位の高さがある、そんな事を言うが、浅薄な意見で、プウシキンの思想を誤解するものである。タチヤナは変わっていない、汚れてはいない。不幸によって練磨された毅然たる人間になっているのである。恋愛に絶望した小娘の心に、既に『あの人はただのパロディーではないかしらん』という疑問が生まれている事に注意し給え。このささやかな疑問をドストエフスキイは『道徳的胚子』と呼んでいるが、この疑問が、女の絶望的な愛のなかで、ついにははっきりした認識に育ち、彼女は自信あるしっかりした女性となる、と彼は考えるのです。たとえ独身でいたとしても、タチヤナはオネーギンと一緒にならなかったろう。この人には愛というものが不可能と見抜いた人間と一緒になることは出来ない。女の心には軽蔑の念など一かけらもない、ただ悲しみがある。悲劇がそういう次第のものであれば、作者は理屈を言わず、女主人公を美の典型として描く他はなかったろう。そして美は肯定的なものである。オネーギンの不幸は、実は空想家でありながら、自分はリアリストと信じているところにある。オネーギンは、タチヤナという一個の人間を決して見た事はなかった。頭脳を、知的憂愁で充たしているこの男が出会ったのは女ではない。『憂愁の逃げ道』なのである。逃げ道のすばらしさに感動している。という事は、彼を動かしているのは、実は社交界というつまらぬ環境に過ぎないということである。一見極めて内的に見えるこの憂鬱な人間が、凡そ無邪気な環境の犠牲者であることに自ら気がついていない。この不幸なパロディーが、プウシキンによって看破されている。ドストエフスキイの言葉通りではありませぬが、以上が、彼の意見です。

このドストエフスキイの講演後、グラドフスキイという人が、反駁文を書いた。先日、モスクワで行われたドストエフスキイ氏の話は、お目出度い連中の間に、非常な興奮を巻き起こした様子であるが、冷静に見れば、今度の演説も、要するに、この作者がこれまでさんざん説いて来た宗教的理想、個人の道徳的完成を言っているに過ぎぬではないか。今日のロシヤの求めているものは、そんなものではない、社会的理想である。現実に新しい公民的制度を確立する為の社会的理想である。詩人にだまされてはいけない。『作家の日記』には講演筆記の直ぐ後に、グラドフスキイへの答弁が載っています。この答弁も長いものであるが、ドストエフスキイはグラドフスキイ氏の様な反駁文が現れる事はとくと承知していた。自分の予感は的中したのである。と冒頭して、長々と忍耐強い弁明を試みるのであるが、だんだん腹が立って来る。それが読んでいてよく解るのが面白い。とうとう彼の憤懣は爆発してしまう。

『私の演説の成功は聴衆がお目出度かったからだ、近ごろモスクワの人々にはお目出度い気分があるからだ、と君は言う。ああ君達は何という観察家だ。神に誓って自賛ではないが、私の講演の成功は講演中にある一つの動かすべからざる真理の力によるのである。君は君のスローガンを掲げて公民的団結に向かって進み給え。Liberté,Egalité et Fraternité.(自由、平等、友愛)よろしい。だが君はもう一つのスローガンを同時に掲げている事を忘れるな。Ou la mor 然らずんば死。――ヨーロッパは、外的現象に救いを求める人に満ちている。道徳の根本の基礎が、もう崩壊しているのだから、社会的理想に関する抽象的公式が、幾つも叫ばれれば叫ばれる程、事態は悪化するのだ。一世紀も経たぬ内に、彼等はもう二十回も憲法を変え、十回近くも革命を起こしたではないか。総決算の時は必ず来る、だれも想像できない様な大戦争が起こるであろう。私は断言して憚らないが、それはもう直ぐ扉の外まで迫っている。君は私の予言を笑うか。笑う人達は幸福である。神よ、彼等に長命を与え給え。彼等は自分の眼で見て驚くだろう。』

ドストエフスキイは、翌年死にました。彼は予言などというものを好まなかった人間である。かように激しい調子の文章は、彼の全作品中、他にないのであります。注意すべきは、彼は既に一連の大作によって言いたい事は凡て言っていたという事だ。彼は恐らく予言などはしてはならぬ、と考えていたのであり、この強い予覚を、一つの沈黙の力として、自分の制作動機のなかに秘めて来たのである。彼は自分の作品が多くの人を動かした事を知っていたが、作品の根底にある理想を、明らさまに語れば、お目出度いと笑われるに違いない事もよく知っていた。この難題は、今日も少しも解けてはおりませぬ。」（『政治と文学』小林秀雄全集第九巻「私の人生観」新潮社）

これは、後半のドストエフスキイの激《げき》した予言から受ける、通俗的印象《つうぞくてきいんしょう》に囚われることなく、冷静に考察すれば、およそ千篇一律《せんぺんいちりつ》の道徳主義的救済思想とは、余程性格を異にしていることが分かる。その核心には、誠に興味深い認識論的な考察が横たわっているからである。

全体、タチヤナという単純な田舎娘の胸に生まれた、「……あの人はただのパロディではないかしらん？」という「ささやかな疑問」が、「道徳的胚子《はいし》」であるとは？　しかもそれは、ほかならぬ「道徳的胚子」として、知的作用と系統《けいとう》を異にして見えながら、なお時代を批判するに至る、認識の巨大な樹木《じゅもく》へと生《お》い育つとは？　――小林は、菊池寛に近代日本文学のプウシキンを、その作家凡庸主義の洞察に、「タチヤナの目」を認めているのである。

……しかし、それは、にわかには理解し難いのである。それゆえ、以下では、問題の本質にいささかでも解明の光を投げ掛けるべく、漱石の思想小説の中で最も有名な一つである、『それから』を中心に検討していきたい。

## 漱石の『それから』について

『それから』は、影響の程度や規模はともかく、ゲーテのウェルテルがドイツの青年に赤いチョッキを流《は》行《や》らせたように、時代の知識人層に少なからぬ衝撃《しょうげき》を与え、主人公長井代助の模倣《もほう》を生み出したとさえいわれる。

この作品の定評《ていひょう》は、武者小路実篤の評に代表されるように、ほぼ確立していて、「自然と社会」の対立を扱った作品といわれる。義侠心《ぎきょうしん》から友人に恋人を譲《ゆず》った主人公が、後年、不幸な境遇《きょうぐう》にある女に再びめぐり会うことによって、今更《いまさら》ながら、いかに自らが女を愛していたかという魂の自然に、一時の感激にまかせた過去の振舞《ふるま》いに対する痛切な悔恨《かいこん》と反省と共に目覚め、今や、近代文明の虚偽の海の中で、起死回生《かいせい》の思いで社会の掟《おきて》に反逆し、女とともに破滅《はめつ》の道を選ぶといった筋書《すじが》きである。そこには、従来の自然派作家には見られなかった、わが国近代社会に対する痛烈《つうれつ》な観察と文明批評があるといわれ、又、実際、少なからぬ評家が、この作品の持つある種の不自然さには若干の疑問を抱きつつも、主人公代助の運命に、自然の命に従って生きる人間の、わが国現今《げんこん》の文明の状態にあって、不可避《ふかひ》的に招《まね》かざるを得ぬ社会的な孤立と不幸、悲劇を象徴的に認めてきたのである。

代助は、金満家《きんまんか》の父から月々の生活費をもらい、世俗的な職業を軽蔑《けいべつ》して自ら〝高等遊民《こうとうゆうみん》〟とひそかに称《しょう》する男である。彼は三十になるかならぬうちに、ロマン派文学の主人公のように、すでに、ニル・アドミラリ（虚無《きょむ》的な無感動《むかんどう》）の境地《きょうち》に達してしまったと自《みずか》ら考える。彼はそれがいささか得意だ。なぜなら、それは彼には、彼の優秀なる頭脳の必然の帰結もしくはその証拠に思われるからである。蟻のようにうごめく無感覚な大衆とは異なった特殊人《とくしゅじん》である彼が、物質文明に毒《どく》された二十世紀の日本社会の腐敗《ふはい》と堕落《だらく》、偽善《ぎぜん》の救いがたい不具《ふぐ》の現実を前にして、往年《おうねん》の、純粋な感激に貫かれた、信じやすい、初心《うぶ》なものの見方を幾多《いくた》の苦《にが》い幻滅《げんめつ》を経《へ》て、打ち砕《くだ》かれることによって達した、理想や情熱、人間的事物にもはや心動かされることのない、悟《さと》りにも似た高級な哲学的境地と考えるからである。

彼は、過去の自己を、――その気負《きお》いや社会的理想、情熱、倫理的感激を、父親に象徴される旧式の偽善的な道徳教育の産物として、苦もなく切り捨て、冷ややかに眺《なが》める。彼は、余計者《よけいもの》としての今の生き方こそが、自己に忠実なるゆえんであると考える。そして、気ままに生き、自己の資質を存分《ぞんぶん》に享受し伸ばし得る、自己の恵まれた境遇の現実的条件である父親からの経済的援助を満足に思う。

しかし彼は、自らの特権的地位を何か、天爵《てんしゃく》の貴族《きぞく》としての自己に当たり前のごとく見なして、別に父親を有難《ありがた》く思うわけでもなければ、又、父親の人格と金の出所《しゅっしょ》に少なからぬ疑問を抱《だ》いているにもかかわらず、そう大《たい》して深く考えるわけでもない。しかし、まあそれはいいとしよう。これも、この世ならぬ香気《こうき》を放つ、一輪の高貴《こうき》な魂の花が咲き出るための、肥《こ》やしであり、温室《おんしつ》であると考えれば、代助のお坊ちゃん的な甘《あま》えも、ほかの面で埋《う》め合わせができぬとも限らぬからだ。——それに一体、代助の立脚《りっきゃく》しているニル・アドミラリの哲学的な覚《さ》め切った宇宙的な見地《けんち》からすれば、我々があれこれうるさく詮議《せんぎ》立てするほどのものではないかもしれない。

いずれにせよ、高山植物のごとく、社会の例外的な階層に咲き出た代助という男が、その振舞いと魂の深さにおいても、社会的な義務を免除《めんじょ》されたその特権と自負《じふ》、孤高《ここう》にふさわしい存在であってほしいと思う。そして、やがては執念《しゅうね》き運命の暗い力に仇《あだ》を取られ、〝道ならぬ恋＝姦通《かんつう》〟といういわば大罪《たいざい》に追い込まれ、地上の冷酷《れいこく》な掟《おきて》と制裁《せいさい》にさらされ、カインのごとき追放の憂《う》き目に遭《あ》っても、その悲劇そのものが、時代に対する痛烈な批判たらざるを得ぬようなヒーローであってほしいと思う。——愛とは、真実とは、生きるとはいかなることか？　この、自らの社会的生命を賭《と》した問いを前にして、代助がいかに考え、悩み、苦しみ、逡巡《しゅんじゅん》し、そして決断し、破滅に向かってあえて行動に踏み切るか、その各々の局面がいかに深い人間的真実に貫かれ、人性《じんせい》と社会に対する作者の鋭敏な観察眼と思想の力にささえられているかを見たいと思う……。

しかし、我々はこのいささか欲張りな期待を抱いて、結局、がっかりさせられる。代助は実際には、単に空想にふけっているだけのぜいたくな怠《なま》け者にすぎない。彼の本当の悲劇も、彼がついに、自らの行為の意味を理解し得ず、破局《はきょく》に至ってもなお自らを何か神聖《しんせい》な愛の殉教者《じゅんきょうしゃ》であり、文明社会の非人間的な存在とからくりの無辜《むこ》の犠牲者であるとの迷妄《めいもう》から覚めやらないということなのである。しかし彼は、実際には、子供が火遊《ひあそ》びをして、ことの結末《けつまつ》の大きさに驚き、周章狼狽《しゅうしょうろうばい》しているようなものでしかない。

代助の三千代への愛は、いたって微温的《びおんてき》なものにすぎないので、友人を裏切り、姦通罪《かんつうざい》を犯《おか》さねばならないほど、つまり、言葉の深い意味で選択に追い込まれ、一個の倫理問題と化すような代物ではない。代助はなるほど、最後の最後まで三千代を選ぶことに躊躇《ちゅうちょ》する。しかしそれは、良心の苦悩と選択の秤《はかり》にかけてではない。実は、父親筋《すじ》からの縁談《えんだん》を断って、経済的援助を絶《た》たれるのが怖《こわ》さになのである。無為徒《むいと》食《しょく》の特権的身分を剥奪《はくだつ》され、現実の労働の渦中《かちゅう》に投げ込まれるという、この男には死をも意味する絶望的な状況への恐怖のゆえになのだ。

**「もしポテトーがダイヤモンドより大切になったら、人間はもうだめであると、代助は平生から考えていた。向後父の怒りに触れて、万一金銭上の関係が絶えるとすれば、彼はいやでもダイヤモンドを放り出して、ポテトーにかじりつかなければならない。そうしてその償いには自然の愛が残るだけである。その愛の対象は他人の細君であった。」**（『それから』ザ・漱石、第三書館）

代助は自らの物質的欲望と女への〝愛〟を打算の秤《はかり》にかけて、長い間思案《しあん》に暮《く》れるのである。しかも、ついに女を選ぶことに、犠牲をあえて覚悟《かくご》の上で決意するかというと、必ずしもそうではないのである。——問題は、いかなる意識の下に三千代が選ばれたかということなのだ。

「縁談を断るほうは単独にも何べんとなく決定ができた。ただ断ったあと、その反動として、自分をまともに三千代のうえに浴びせかけねばやまぬ必然の勢力が来るに違いないと考えると、そこに至って、また恐ろしくなった。」（同）

これは、縁談を断り、父親の勘気《かんき》を被ることによって、いずれポテトーにかじりつかざるを得ぬ状況へと、自己を追い込まざるを得ぬことへの、物欲《ぶつよく》の恐れなのである。代助の思惑《おもわく》は終始、物質的利害をめぐる〝損得勘定《そんとくかんじょう》〟で揺れ動くのである。愛は、何ら積極的、中心的な地位も役割も占めていない。愛が、至《し》高《こう》の選択権を有しているのでもなければ、代助の秘められた希望と導きのささやかな原理であるわけでもない。あたかも、捕虜が、背後から銃剣を突きつけられて、その一つに飛び込むことを強制されている墓《ぼ》穴《けつ》のように、それ自身が絶望的な選択の一つに過ぎないのである……。

――しかし、女がすでに選ばれ、選択されているのでなければ、そも愛とは何か？

愛そのものに特別の理由、動機を持たない、この奇妙な姦通《かんつう》劇の主人公は、又、縁談を断るに当たっても、三千代への「愛」にその自明な理由があるわけでもなく、はなはだ七面倒臭《しちめんどうくさ》い理屈を自らに言い聞かす必要があるのである。

「いちばんしまいに、結婚は道徳の形式において、自分と三千代を遮断するが、道徳の内容において、なんらの影響を二人のうえに及ぼしそうもないという考えが、だんだん代助の脳裏に勢力を得てきた。すでに平岡に嫁いだ三千代に対して、こんな関係が起こりうるならば、このうえ自分に既婚者の資格を与えたからといって、同様の関係が続かないわけにはいかない。それを続かないとみるのはただ表向きの沙汰で、心を束縛することの出来ない形式は、いくら重ねても苦痛を増すばかりである。というのが代助の論

**法であった。代助は縁談を断るより他に道はなくなった。」（同）**

ここから読み取れるのは、たかだか、縁談を断ったのは、いわばエゴの苦痛の観点からの、最悪《さいあく》の事態を免《まぬか》れるべく、次悪の策としてであった、ということでしかない。つまり、個人的な快不快のレベルの問題でしかないので、道徳について何か本質的なことが語られているわけでもなければ、代助の三千代への「愛」について何か積極的な真実が証明されているわけでもない。

代助が言うのとは違って、結婚が、代助と三千代を遮断《しゃだん》するのは、道徳のどうでもいいような形式においてではないのである。道徳の要請《ようせい》において、つまり正銘《しょうめい》の「道徳の内容」においてなのである。にもかかわらず、結婚が、「なんらの影響を二人のうえに及ぼしそうもない」のは、単に、生存のいわば前道徳的な動物状況においてそうだということにすぎない。そうであれば、強制力としてしか経験されない道徳が、内心「心を束縛《そくばく》することのできない」のは分かり切ったことなのである。それはしかし、スピノザも言うように、奴隷の道徳の半面《はんめん》を物語るもので、「いくら重ねても苦痛を増すばかり」なのである。

代助は、禽獣《きんじゅう》と苦快をともにする、己の我欲的《がよくてき》行為が、他者や社会に与える影響を実際には考えていないのである。かえって、それは、魂の自然の遅ればせながらの抵抗の現れ、自覚であり、道徳の形式性に対する、人間的自由の高貴な発露に思われるのである。あげく、その現実に抱える、幾多の難問《なんもん》の深淵《しんえん》を一挙《いっきょ》に飛び越えて、自らをニーチェ的な〝善悪の彼岸《ひがん》〟に立つ者のごとく考え、三千代との愛を、何か道徳を超越《ちょうえつ》した宿命的な約束事であり、自然のはるかなる呼び声、定めであるゆえんと考えるのである……。

実際、奇怪《きかい》なのは、右引用の理屈《りくつ》が、代助に〝免罪符《めんざいふ》〟を与えて、この姦通劇の引き金になっていることなのである。縁談を断る話が、一挙に姦通劇へと短絡《たんらく》し、直情径行《ちょくじょうけいこう》するのである……。代助には、縁談を断ることとは、友人を裏切り、姦通を犯《おか》すこととは、全然別の問題だということ、したがって、「苦痛を増すばかりの道徳」の問題は、まさしくその内実において今から始まるのだということ、このことを、内部の良心の問題として見越すことからもたらされる、恐れやためらい、暗澹《あんたん》たる思いは、微塵《みじん》も見当たらないのである。――これは、代助には、道徳の内面性において、他者は存在しないからなのである。

事実、代助は、一夜が明けると、偉大な苦悩《くのう》の洗礼《せんれい》をくぐり抜けて、宗教的な回心《えしん》に達した者のごとく、ほとんど〝新生《しんせい》〟の喜びを以て、縁談を断《ことわ》りに父親の所に出かけるのである。

**「雲の切れ間から、落ちて来る光線は、下界の湿り気のために、なかば反射力を失ったように柔らかに見えた。代助は床屋の鏡で、わが姿を映しながら、例のごとくふっくらしたほほをなでて、今日からいよいよ積極的生活にはいるのだと思った。」(同)**

代助は、遅かれ早かれ姦通を犯すことを、「積極的生活」に入ることだと、己惚《うぬぼ》れ鏡を見ながら、無邪気にも信ずることができるのである。この無邪気《むじゃき》な、寄生的物質主義者にとっては、経済的援助を断たれることを承知のうえで、曰《いわ》くのある縁談を断ることほど、内心、大きな自己犠牲《じこぎせい》はないように思われる。それゆえに、代助は、縁談を断りに出かけることに、奇妙な道義心の高鳴りさえ覚えるのである。――三千代を選ぶことによって、代助は、あたかも人類の道徳的進歩に永遠に讃《たた》えられてあるべき、不滅の金字《きんじ》塔《とう》を打ち建てるかのごとくであり、自ら進み出て、潔《いさぎよ》く、愛の十字架に昇《のぼ》るかのごとくなのである。

実際、父親が不在《ふざい》のこととて、嫂《あによめ》に自らの決意をそれとなく打ち明けるくだりにあっても、我々は、むしろ、代助のいささか場違《ばちが》いな道義心に面食《めんく》らわざるを得ないのである。代助はもはや、昨日の代助とは違うかのようだ。その関心も、個人的な縁談の謝絶《しゃぜつ》にあるというよりも、人類のさ迷える愛の行方《ゆくえ》にあるかのようなのである。その行く手にささやかな一里塚を築かんがために、一身上《いっしんじょう》の縁談は謝絶され、普遍《ふへん》的愛《てきあい》の立場から三千代は選ばれねばならないのである。代助の魂《たましい》は、何か天上《てんじょう》の浄火《じょうか》をくぐり抜けた、その純潔な思いゆえに、もはや〝極めて感じやすく〟なっていて、地上の愛のいささかの不協和音《ふきょうわおん》に対しても、苛立《いらだ》ち、憤《いきどお》らざるを得ないのである。――それゆえ、代助は、嫂から、兄が相変わらず留守《るす》がちであることを耳にすると、あたかも〝怒れる使徒〟のごとく、「ねえさんはそれで淋《さび》しくはないですか」となじるがごとく、言うのである。世間もうらやむ、物質的には何一つ不自由のない嫁の身でありながら、愛情生活では満たされることのない、孤独な嫂に、代助は同情し、兄に対して義憤《ぎふん》をすら覚える……。

しかも、かくして点火された義憤は、とどまる所を知らぬもののごとく、世間一般の結婚生活にまで飛び火し、あげくの果ては、留守がちの亭主に対して女房はそもそも貞操《ていそう》を守る義務があるか、ないか、という喧々《けんけん》たる議論にまで発展するのである。そして、この奇妙なやりとりを通して、代助は、三千代と平岡の場合が、まさしくこの種の一般的ケースにほかならぬことを確信するとともに、あえて人道上のチョッカイも辞すべきでない、ことの重大さを痛感《つうかん》するのである。かくして、勢いづけられ、いよいよ使命感に燃えた〝愛の十字軍〟よろしく、代助は言う、「僕は今度の縁談を断ろうと思う」。――代助は、姦通を、何か人類愛の実践やお節介《せっかい》の類《たぐ》いと混同するのである。

## 愛の二義性

代助の三千代への愛は、頭脳のむなしい夢でしかない。そこには、鮮《あざ》やかな血潮も、高鳴る心臓もない。カルタの城のように、現実の一吹きの前に、実に他愛《たあい》なく壊《こわ》れてしまうものなのだ。残されたのは、愛というよりは、ぽっかりと穴いた空洞《くうどう》のように、むなしくみじめな、重苦しい道徳的責務《せきむ》の残滓《ざんし》であり、その抽象的な観念のみなのである。

「すべての職業を見渡したのち、彼の目は漂泊者の上に来て、そこでとまった。彼は明らかに自分の影を、犬と人の境を迷う乞食の群れの中に見い出した。生活の堕落は精神の自由を殺す点において彼のもっとも苦痛とするところであった。彼は自分の肉体に、あらゆる醜穢を塗りつけたあと、自分の心の状態がいかに落魄するだろうと考えて、ぞっと身ぶるいをした。

この落魄のうちに、彼は三千代を引っ張り回さなければならなかった。三千代は精神的にいって、すでに平岡の所有ではなかった。代助は死に至るまで彼女に対して責任を負うつもりであった。けれども相当の地位をもっている人の不実と、零落の極に達した人の親切は、結果において大した差違はないといまさらながら思われた。死ぬまで三千代に対して責任を負うというのは、負う目的があるというまでで、負った事実にはけっしてなれなかった。代助は惘然と黒内障にかかった人のごとくに自失した。」（同）

この寄生的な物質主義者は、宿主《やどぬし》を失った寄生植物のように、慌《あわ》てふためき、うろたえ、嘆き、絶望するのである。一切の人間的事物の根本尺度を、物質的富に求めて、——愛ですらも、貧富の秤《はかり》に掛けて測《はか》り得ると、大まじめに考えるこの男は、残された三千代との生活には、もはや何の希望も未来も認めることができない。三千代を引き連れて、路頭を喪家《そうか》の犬のごとくさ迷う、あわれなわが身を思い浮かべることしかできないのである。この物語は、全体、恋愛悲劇なのか、それとも縁談悲劇なのか、理解に苦しむほどなのである。

代助自身、縁談を断った時点ですでに、「自己の運命を半分破壊したも同然」と考えているほどなのである。そして、そこから、つまり父親に「ダイヤモンド」を取り上げられることから、「受ける打撃の反動として、思い切って三千代のうえに、おっかぶさるようにはげしく働きかけた」いと考えるのである。ちょうど、父親の言うことを聞かないで、お菓子《かし》を取り上げられた子どもが、不幸な思いに胸をいっぱいにして、母親の甘《あま》く切《せつ》ない胸や柔《やわ》らかいクッションにわっと泣きつくように、代助は、外部の不幸のもたらす反動を利用して、三千代の選択にしがみつきたいと考えるにすぎない。

実際、三千代への恋情《れんじょう》らしきものは、せいぜいが、その程度の内容なのである。つまり、ドストエフスキイのオネーギン批判でいえば、環境の犠牲者として、外部の反動力《はんどうりょく》を借《か》りる以外には、単独《たんどく》で恋愛悲劇を成り立たせるにはまったく不十分なのである。

我々は、西欧の思想家の言葉を、幾分変えて次のように言い得るのである。愛について第二義的に考えることは、全然考えぬに等しいと。

## 代助の姦通劇は、愛よりは、他者の不在をより多く物語ること

代助の払《はら》った社会的経済的犠牲がいかに大きなものであろうとも、それは何ら愛の証明にはならないだろう。なぜなら、それは単に、一定の原因があれば一定の結果が働くという、社会的な制度と機構、報復《ほうふく》の問題にすぎないからだ。結果から原因を推《お》し測《はか》ることはできないのである。

ところで奇妙なのは、この物語では、道義心や人類愛の議論といった、本来姦通を妨害し、ブレーキとなるべきが、逆に、その展開に積極的に参加して、その推進力となっていることである。これは、代助の希薄《きはく》な愛では、姦通という〝道なき道の〟険路《けんろ》を登《のぼ》るには、とうてい馬力《ばりき》が不足していたからである。そのため、物語の中途での息切《いきぎ》れが見越されて、道義心や人類愛をめぐる議論が、嫂との会話に登場したのである。かくして、その新たな動力源《どうりょくげん》へのハイブリッド的切り替えがなされて、姦通劇はまがりなりにも

走行を続けることができたのである。
しかし、それは、〝人類愛〟といった観念的で、微弱《びじゃく》かつ見当違《けんとうちが》いの駆動力《くどうりょく》によってでも、あたかも夢の中の壁をやすやすと通り抜けるように、姦通劇を推進できたということなのである。それはつまりは、代助内部では、道徳意識が変質、形骸化して、本来の抵抗力を失っているからなのである。

実際、代助は、自らが本心から三千代を愛しているのか、――それは一種のでき心と見なすべきものではないのか？　自らの置かれた立場と状況、他者との関係の中で、それをあえて「愛」という言葉で呼び得るものなのか？　といった疑問に、ただの一度も見舞《みま》われることがないのである。そしてそれは、代助が、一切の外的関心を燃やし尽《つ》くしてしまう、激しい愛の情火《じょうか》に憑《つ》かれているからではない。そうではなく、代助には、道徳の内面性において、他者は存在しないからなのだ。つまり、言葉の深い意味での道徳は存在しないのである。そこでは、他者は、外部的な妨害とか敵対的な勢力としてか、さもなければ、侮《ぶ》蔑《べつ》の対象としてしか現れてこないのである。

例えば、代助は、三千代に思わせぶりな振舞いをして、この不幸な女の昔日《せきじつ》の恋心《こいごころ》をかき立てたあげく、亭主に対するその挙止《きょし》動作に不自然なものが現れてくると、自己の行為を正当化すべく、次のごとく理屈をつける。

**「自分は三千代を、平岡に対して、それだけ罪のある人にしてしまったと代助は考えた。けれどもそれはさほどに代助の良心をさすには至らなかった。法律の制裁はいざ知らず、自然の制裁として、平岡もこの結果に対して明らかに責めをわかたなければならないと思ったからである。」（同）**

〝自然〟という語の、あまりに安易な、濫用《らんよう》と軽信《けいしん》、神懸《かみが》かり！　これは、眼中に他者がいないことで、代助の暴君的《ぼうくんてき》な心理が、そのまま「自然の制裁」の仮面《かめん》をかぶっているのである。

しかし、かつては青春の感激を共にした友人であり、自ら進んで友情の聖なる祭壇《さいだん》に犠牲《ぎせい》を捧《ささ》げるがごとく、三千代を紹介《しょうかい》した当の相手である、平岡に対する代助の態度の変わりよう――その冷淡《れいたん》と敵意《てきい》には、いささか理解しがたいものがある。

「一年の後平岡は結婚した。同時に、自分の勤めている銀行の、京阪地方のある支店つめになった。代助は、出立の当時、新夫婦を新橋の停車場に送って、愉快そうに、じき帰って来たまえと平岡の手を握った。平岡は、しかたがない、当分辛抱するさと打遣るように言ったが、その眼鏡の裏には得意の色がうらやましいくらい動いた。それを見た時、代助は急にこの友だちを憎らしく思った。家へ帰って、一日部屋へはいったなり考え込んでいた。嫂を連れて音楽会へ行くはずのところを断って、大いに嫂に気をもましたくらいである。」(同)

代助は、今更《いまさら》ながら、自ら「逃がした魚」がいかに大きなものであったかを、得意《とくい》に輝《かがや》く平岡の顔を見ることによって痛切《つうせつ》に思い知る。彼は、キューピットたちの喜々と戯《たわむ》れ、歓声《かんせい》をあげる楽園《らくえん》を背《せ》に、一人陰欝《いんうつ》な物思《ものおも》いにふけるサタンのように、不幸な情念《じょうねん》の虜《とりこ》になるのである。彼は、愛する女を獲得し、希望に満ちた人生の門出《かどで》に立った男が、無邪気に得意満面《とくいまんめん》になるものだということを理解しようとしない。自らを犠牲にして一組の幸福なカップルを生み出したことに、せめて心慰《こころなぐさ》められようとしない。そして彼は、悔恨《かいこん》と嫉妬《しっと》に囚《とら》われたちっぽけな自己を恥じ入ることも、軽蔑することも疑うこともない。代助は、自らの全身をめぐり始めた毒物《どくぶつ》に対する解毒《げどく》や自浄《じじょう》の一種の能力がないかのようだ……。

「平岡からはたえず音信があった。安着のはがき、向こうで世帯を持った報知、それがすむと、支店勤務の模様、自己将来の希望、いろいろあった。手紙の来るたびに、代助はいつも丁寧な返事を出した。不思議なことに、代助が返事を書くときは、いつでも一種の不安に襲われる。たまにはがまんするのがいやになって、途中で返事をやめてしまうことがある。ただ平岡のほうから、自己の過去の行為に対して、いくぶんか感謝の意を表して来る場合に限って、やすやすと筆が動いて、比較的なだらかな返事が書けた。」（同）

代助は、平岡から感謝という「鎮静剤《ちんせいざい》」を打ってもらうことによって、嫉妬《しっと》の苦《にが》い金縛《かなしば》りの状態から、一時的に心的平衡《へいこう》と自由を取り戻し得るのである。そして彼は、この事実を屈辱《くつじょく》的なこととは思わない。作者ともども「不思議なこと」に思われるのである。——

## 代助の天才妄想《もうそう》について

代助は、この問題一つにしても何ら意識するわけでもなく、なぜか、三年後には、「自家特有の世界で進化をとげた」高級人士《じんし》として、平岡の前に現れる。再会の無邪気《むじゃき》な喜びがあるわけでもなく、代助はのっけから構《かま》え、平岡を変に見下《みくだ》そうとする。相手の腹を奇妙に疑《うたぐ》り、忖度《そんたく》し、そしてひそかに一人《ひとり》相手を嘲笑《ちょうしょう》し、軽蔑《けいべつ》し、独白《どくはく》にふける……。実社会の荒波《あらなみ》に揉《も》まれ、刀《かたな》折《お》れ矢《や》尽《つ》きて帰って来た友人に対する、控《ひか》えめな、同情ある眼差《まなざ》しは、そこには一点もない。あるのは、敗色《はいしょく》を隠せない相手に対する、探るような視線であり、その演じた世間的な失態《しったい》を逐一克明《こくめい》詳細に聞き出そうとする、低級な好奇心なのである。かつての友情の記憶、思い出も、代助の心を和らげ、寛大《かんだい》にさせることはない。確かに、何かが変わったのだ。あるいは、友情のメッキが剥《は》げ落ちたのだ。代助には、平岡は社会的活動と希望、情熱の原理に属し、世俗的勢力を代表するということのゆえに、もはやすでに敵意《てきい》に染《そ》まって見える。それゆえに、代助は、恋敵《こいがたき》が敵の陣営《じんえい》に寝返《ねがえ》ったあげくが、陰謀《いんぼう》に引っかかって、自滅《じめつ》するさまを見るように、ある種の小気味《こぎみ》よさをもって平岡の挫折《ざせつ》を眺める。その孤独な空想とナルシシズムの世界を、時折《ときおり》、不愉快な現実を思い起こさせることによって、不安に陥れ、脅かす、目障りなライバルと、その象徴する世俗的原理が、差し当たって「黒星《くろぼし》」をつけ、潰《つい》え去ってしまったことに、ひそかに安堵《あんど》の胸をなでおろす。

しかし代助は、それもこれも解《わか》りきったことだと自らに言い聞かせる。不潔な陰獣《いんじゅう》と奸計《かんけい》の潜む穴倉《あなぐら》を嫌悪《けんお》のまなざしで見るように、改めて対社会的な侮蔑《ぶべつ》を今更ながらするにすぎないと考える。自らの無為《むい》徒食《としょく》の生き方こそが、賢明な、可能な唯一の生き方だと思う。もはやそれ以上の社会的な感情や要求を、代助は抱くこともなければ、感ずることもない。代助は自らのこの生き方や世界観を、生と世界の本質及び近代日本社会の現実に対する、哲学的考察のもたらした普遍的認識の苦《にが》い果実だと考える。天才の悲劇であり、栄光であるものと考える。そして自己についての幻想や諸仮定に酔《よ》いしれ――、無目的の行為に関する哲学を作り上げ、社会批評をし、その他あれこれの哲学的思弁《しべん》にふける。

しかし、そのいずれも、代助の自己評価やうぬぼれとはいささか不釣合《ふつりあ》いな凡庸《ぼんよう》な代物か、夢のようにむなしい無稽《むけい》なものでしかない。その社会批評は皮相《ひそう》な、冷やかし半分程度のものでしかなく、その哲学説は、奇《き》をてらった、粗雑《そざつ》な、極端な一般化の産物でしかない。例えば、代助は自らの無為《むい》徒食《としょく》の生き方について、次のような哲学的弁明《べんめい》を繰《く》り広げる。

**「この根本義から出立した代助は、自己本来の活動を、自己本来の目的としていた。歩きたいから歩く。考えたいから考える。すると考えるのが目的となる。それ以外の目的をもって、歩いたり、考えたりする**

**のは、歩行と思考の堕落になるごとく、自己の活動以外に一種の目的を立てて、活動するのは活動の堕落になる。したがって自己全体の活動をあげて、これを方便の具に使用するものは、みずから自己存在の目的を破壊したも同然である。中略。これをせんじつめると、彼は普通にいわゆる無目的な行為を目的として活動していたのである。そうして、他を偽らざる点においてそれをもっとも道徳的なものと心得ていた。」（同）**

そこで、**「目的があって歩くものは賎民だと、彼は平生から信じて」**おり、この哲学上道徳上の一大主義をできるだけ遂行《すいこう》するように日頃から努めているのだが、しかし、そういう彼も、アンニュイなる倦怠《けんたい》感《かん》に襲《おそ》われると、**「自分は今なんのために、こんなことをしているかと考え出すことがある。彼が番町を散歩しながら、なぜ散歩しつつあるかと疑ったのはまさにこれである。」（同）**

代助は、それ自身に喜びのある充実《じゅうじつ》した思考や行動以外は、思考や行動の堕落《だらく》であると定義すれば十分なものを、空疎《くうそ》な論理をもてあそんで、粗雑かつおおげさな一般化を試みているにすぎない。なぜなら、人間活動の全分野にわたって、この種のいわば排目的論《はいもくてきろん》的立場を以て律《りっ》することは、一般的ないし全般的に不可能であるばかりでなく、そもそもが無意味なわざだからである。一見、無目的の活動に思われる「散歩」にしても、実際には、生理的、内的な欲求に基づくものにすぎないからで、したがって、欲求の充足をその「隠れた目的」にしているのである。つまり、その意味で、「散歩という活動」を、「欲求の充足」という目的の方便《ほうべん》の具《ぐ》として理解することは決して困難ではない。

実際、そうであればこそ、目的の達成が不可能な状況にあるとき、例えば、戸外《こがい》を台風が吹き荒れている夜などは、誰しも散歩はしないのである。あたかも、天から忽然《こつぜん》と降《ふ》って湧いた〝お告《つ》げ〟のごとく、**「歩きたいから歩く」**という哲学的道徳的一大命題《めいだい》に促されて、その自己目的的純粋遂行《すいこう》の立場から、論理がコウモリ傘《かさ》をさして、台風の夜に戸外を歩き回ることは、普通人には起こり得ないのである。

又、たとえ、排除すべき目的を、いわば意識された範囲に限定したところで、今度は、万分の一もその実践が到底不可能な、まったく無意味な主義でしかない。もっとも、習慣化された行為は普通意識されないものだから、ここでは議論を簡単にするために、普通に考えて目的的な行為は、仮に本人が意識しなくても、或る目的のためになされた行為であり、活動であるとしよう。すると、少々反省すれば分かるように、国家の活動から個人の箸《はし》の上げ下ろしに至るまで、およそ人間の活動はほとんどすべてが何らかの目的を有するものなのである。

目的的な活動は、その厳密な意味での合目的性、客観性を問わず、我々人間の社会的、生物的生存の必須の条件でさえあって、したがって、代助の主義の遂行は、生存の基本的条件を廃棄《はいき》するものでしかない。代助が、自らの主義を抱くに至った後もなお生き長らえていたということは、ふとした哲学、道徳上の気紛《きまぐ》れを起こした時以外は、日々、万分の一も、自らの主義を実行していなかったということを物語るものでしかない。現に、この物語自身が、愛する女を獲得するという種の一大生物学的目的のために、代助の全存在をあげて本能の方便の具とするという設定になっているのである……。

おそらく、代助としては、天才的な芸術家や哲学者、科学者の超然《ちょうぜん》たる生き方に、自らの怠惰《たいだ》をなぞらえたいと考えたのだろう。しかし、おそらくは、彼等の生きかたや活動が、一見無目的であったにしても、それは、卑近《ひきん》の、世俗的な尺度からそうだということにすぎない。彼等自身としては、立派な目的意識なり、信念なりを持っていたに違いないのである。あるいは、少なくとも、この種の極端な一般化を行う必要は毛頭《もうとう》認めない性格のものであったに違いないのである。両者は似《に》て非《ひ》なるものでしかない。――結局、何らかの目的のためには指一本動かすことすら、アダム以来の道徳的堕落《だらく》を告げるものと考える代助の主義は、あたかも、飛行機から上空に放り出された男が、自らは絶えず落下しながら、重力の法則に果《か》敢《かん》な闘争を挑《いど》んでいるようなものでしかない。

## 天才妄想の現実浸食

我々は、代助のほとんどが無稽《むけい》な思考や見解、行動を、ともかくも何らかに理解しようとすると、〝作家天才主義〟の風潮と同根《どうこん》の、いわば天才妄想に歪められた自我機制《じがきせい》を、想定せずにはおれないのである。純粋認識《じゅんすいにんしき》の産物としての世界観に属するというよりは、いわば精神分析的な観点からこそ、解明の光を投げられるべきなのである。

代助の自我の機制は、作者自身にも明らかでない、無意識の天才コンプレックスを中心にして、それを補償《ほしょう》し、防衛《ぼうえい》する方向に、誇大《こだい》なまでの自己幻想《じこげんそう》の糸《いと》を紡ぎ出すのである。あたかも、自己の天才の証《あかし》をせわしく探し回っているもののごとく、代助の自我は、この種の〝獲物〟を見いだすと、いささか過剰《かじょう》、過敏《かびん》なまでに反応《はんのう》するのである。

例えば、地震が起こる。すると、苦笑《くしょう》せざるを得ないのだが、代助は大まじめに次のごとく考えるのである。

**「家へ着いたら、婆さんも門野も大いに地震のうわさをした。けれども、代助は、二人とも自分ほどには感じなかったろうと考えた。」（同）**

これはまことに奇妙な反応なのである。なぜなら、神経組織《しんけいそしき》の発達の程度と、物理的刺激《しげき》に対する感受性との間には、何らかの比例関係が存在するにしても、相手が一段と劣《おと》った動物とかあるいは原始的な

(?・)特殊の文化様式の住人《じゅうにん》でもない限り、このような見解が生理学的解剖学的に果たして理由のあることか、大いに疑問なのである。はては代助は、書生《しょせい》の門野について、

**「この青年の頭は、牛の脳味噌で一杯詰まっているとしか考えられないのである。中略。彼の神経系に至っては猶更粗末である。あたかも荒縄で組み立てられたるかの感が起こる。代助はこの青年の生活状態を観察して、彼は必竟何の為に呼吸を敢えてして存在するかを怪しむ事さえある。中略。自分の神経は、自分に特有なる細緻な思索力と、鋭敏な感受性に対して払う租税である。」(同)**

と考えるのである。恐らく代助としては、天才としての自己仮定《じこかてい》から、あたかも同じく天才ガリレオが、地球の自転《じてん》を、その第六感《ろっかん》的な皮膚感覚《ひふかんかく》から感じ取ったという話? とも思い合わせて、当然に導《みちび》き出されるべき結論であったのかもしれない。この極端な反応は、いわば天才妄想によって荷電《かでん》した代助の自我の機制が、不意を打つ現実の局面《きょくめん》に触れて、放電《ほうでん》し、火花《ひばな》を散《ち》らしたものというべきなのである。

## 代助の内面の貧困と俗物性

一見すれば、「市井《しせい》の賢者」のごとき代助には、言葉の本質的な意味での内省の能力が欠けているのである。代助は、自らの学歴、ヨーロッパ留学の経験、外国の書物が原書で読めること、あるいは自らの特権的な社会的経済的地位、なかなかの男前《おとこまえ》であること、髭《ひげ》が口の上を品良く覆《おお》っていること、そのほか当時にあっては、大衆を驚かせるに十分であったと思われる、こまごましたブルジョア趣味《しゅみ》等が、内心得意なのである。それが、何か天爵《てんしゃく》の貴族の証《あかし》であり、その精神王国の強大な富と権力を象徴し、偉容《いよう》を誇《ほこ》る

がごとく、いささか幻想的なまでに過大《かだい》な価値と意味を付与されて存在するのである。丁度、子供が、積《つみ》木《き》の城を築き上げ、その中で王子様になったようなあんばいに、代助は、これら世俗的、階層的な偶然の戯《たわむ》れに、自己のイメージを発見し、満足し、飽《あ》くこともなく繰り返し眺《なが》め、病的なまでに肥大化《ひだいか》したアイデンティティ幻想に溺《おぼ》れ、真の自己を省《かえり》みることがないのである。

実際、いささか内的な魂の領域に関連すると、代助はむしろ、驚くほど無感覚、無神経なのである。例えば、代助は、家計《かけい》の不如意《ふにょい》に苦しむ三千代から金銭的援助を頼《たの》まれ、あれこれ工面《くめん》して融通《ゆうづう》してやる。その後、三千代の所に出かけた折《お》りに、かつて結婚祝いに贈った指輪《ゆびわ》を質《しち》に入れているなど、相変《あいか》わらず経済的に苦しんでいる様子《ようす》を見て、再び何がしかの金銭を与える。さて、問題は次にある。

**「翌日になって、代助はとうとうまた三千代にあいに行った。その時彼は腹の中で、せんだって置いてきた金のことを、三千代が平岡に話したろうか、話さなかったろうか、もし話したとすればどんな結果を夫婦のうえに生じたろうか、それが気がかりだからという口実をこしらえた。彼はこの気がかりが、自分を駆って、じっと落ちつかれないように、東西を引っ張り回したあげく、ついに三千代のほうに吹きつけるのだと解釈した。」（同）**

代助は、自ら置いた金が、「どのような結果」をもたらしたかをわざわざ確かめるために、三千代の所に出かけるのである。これが常軌《じょうき》を逸《いっ》した奇行《きこう》に属するのはいうまでもない。代助は、思いつきというものは、いわば生《なま》の状態では、しばしば夢や狂気と何ら異なるところはないことを理解しない。なぜなら、思いつきというものは、一定の反省を被《こうむ》り、ほかの多くの事物との必要とされる関係において初めて、その正しい姿を現すにすぎないからだ。しかし、代助の場合、或る基本的な無感覚があるのである。

つまり、三千代が、代助から金銭を工面《くめん》してもらうのは、これで二度目であって、したがって、三千代が負担に思っているだろうこと、それゆえ、この種の個人的なやりとりを、曲がりなりにも一戸を構えた、一人前の男である亭主の平岡に打ち明けることに抵抗を感ずるだろうことなのである。したがって、いささかでもデリカシーを備えた男なら、むしろ、自ら心苦しく思うはずであって、ましてや、代助のように、妄想の翼を伸ばして、あげくの果ては、探偵《たんてい》並みに、自己の施《ほどこ》した善行の追跡調査に赴《おもむ》くにいたっては、通常の神経を越えたものがあるように思われる。

代助は、奇妙な固定観念に囚《とら》われているので、ちょうど、夢を見ている人間が、或る種の心的機能の麻痺《まひ》のために、意識のスクリーンに映し出される事物の荒唐無稽《こうとうむけい》な戯れに、なす術《すべ》もなく身を委ねるように、自己の思いつき以外は、事物のごく一般的な存在状況すら、その意識の視野から締《し》め出され、闇に没《ぼっ》し去っているのである。つまり、代助には、三千代に何がしかの金銭を与えた行為は、三千代をめぐる三角関係——三千代と平岡との現在的関係及び代助に対する三千代の意向《いこう》に、探りを入れ、占《うらな》うべく投げ入れられた〝探知機《たんちき》〟としての役割を担《にな》っているのである。

実際、三千代の所に出かけた代助は、面《めん》と向かって三千代に直接に確かめるので、いまだ亭主の平岡に話してないことを知ると、そこに或る種のわだかまりを考え、あれこれと妄想を逞ましくするのである。代助は、この種の金銭のやりとりは、一体が亭主に話すべき筋合いのものなのか、もしそうだとしても、この種のことを相手に期待するのは、人間的にあまり感心した話ではないのではないか、といったごく単純な疑問に突き当たることがない。ましてや、女の気持ちに探りを入れ、鎌《かま》をかけるために、このような質問をすることが、果たして男らしい振舞《ふるま》いといえるかという疑問に思い及ぶこともない。

代助の思考は、あたかも昆虫の標本《ひょうほん》か何かのように、自らの思いつきに虫ピンで刺されたまま身動きができないのである……。この極度の観念性、つまり、内面世界を含めた現実への感情移入《かんじょういにゅう》のうちに、想像力を働かせて、対象との一体的な認識を得ることがないということ、これが代助の思考に特徴的なことなのである。この物語全体に散見《さんけん》される代助の奇妙な論理癖《ろんりへき》、理屈っぽさも、現実との一体的認識の欠落に対する、心理的な補償《ほしょう》作用なのである。ちょうど、宇宙飛行士が月面《げつめん》で作業を行うときに、重力の不足分を、何百キログラムもの宇宙服で重みをつけて、安定感を得るように、心的均衡《きんこう》への無意識の本能的な努力のように思われる……。

## 〝自然〟という名の超越的仕掛け

代助には、他者は、ある種の強制を強いて、自己を脅《おびや》かす敵対的なよそよそしいものか、さもなければ侮蔑の対象としてしか現れないのである。その道徳的葛藤《かっとう》にしても、その内実は、いわば「禽獣《きんじゅう》の論理」による〝角《つの》の突き合い〟の心内反映を超えないのである。そして、それをカムフラージュして、無意識のうちに隠匿《いんとく》し、不問処理に付すために発明されたのが、〝自然〟という名の、形而上《けいじじょう》的な〝超越的《ちょうえつてき》仕掛け〟なのである。それは第一に、「禽獣の論理」の荒廃《こうはい》した内実や弛緩《しかん》した必然性を、読者の理解が容易に飲み下《くだ》し得るように、神秘のオブラートで包み込むのである。

「平岡、僕は君より前から三千代さんを愛してゐたのだよ。君から話を聞いた時、僕の未来を犠牲にしても、君の望みを叶へるのが、友達の本分だと思った。それが悪かった。今位頭が熟してゐれば、まだ考え様があったのだが、惜しい事に若かったものだから、余りに自然を軽蔑し過ぎた。僕はあの時の事を思っては、非常な後悔の念に襲はれてゐる。僕が君の為に真に済まないと思ふのは、今度の事件より寧ろあの時僕がなまじひに遣り遂げた義侠心だ。君、どうぞ勘弁して呉れ。僕は此通り自然に復讐（かたき）を取

**られて、君の前に手を突いて詫まってゐる。」(同)**

愛の先行的主張といい、これも、上滑《うわすべ》りして読むのでなければ、漱石の奇妙な道徳観や自然観を窺《うかが》わせるのである。結局、悪いのは、姦通と言う現在の行為ではなく、代助の過去の振舞い、義侠心《ぎきょうしん》であったというのである。現在の代助は、むしろ不幸な被害者にすぎず、まことの張本人《ちょうほんにん》は過去の代助であり、義侠心という、一時的な道徳的感奮《かんぷん》に駆《か》られた代助であったのだと。〝自然〟という、いわば人間の踏み従うべき大原則から跳《は》ね上がって、義侠心という人為の道徳的ジャンプをあえて行った代助なのだと。それは一時的には、代助の自由になったように見えたものの、やがては自然の秩序という重力によって、遅かれ早かれ、再び地上に引き戻される運命にあったのだ。それゆえ、一時宙に舞《ま》い上がった代助が、いわばその下を通りかかった平岡の上に落下して、自然の勢いで押し潰《つぶ》したとしても、悪いのは、今、現に押し潰しつつある代助ではなく、跳ね上がった過去の代助なのである。したがって、その姦通は、「事故」によるもので、「故意《こい》」によるものではない。代助に問い得るのは、せいぜい自然法則を無視した過失責任であって、故意による法的ないし道徳上の責任ではあり得ないのである。

## 恋愛も友情も自然であること

しかし、「義侠心」、つまり、代助のかつての友情が、自己一身の未来を犠牲にしたこと、そのこと自体は何ら悪いことでも、自然に反することでもないはずなのである。友情が作り事で、恋愛のみが自然で、真実の感情であるということはあり得ないのである。そして、友人への献身的な善意に心を奪われ、人生と女心にうぶな若者として、代助が、つい三千代の感情ともどもに、己の恋情《れんじょう》の〝自然〟をも無視して、踏みにじる振舞いに出たとしても、それはそれで、立派な友情を物語ったのである。それは、一つの情熱が、ほかの情熱を駆逐《くちく》し、犠牲に供《きょう》したというまでのことなのだ。そしてそれはその限りで、一箇の魂の真実、つまり〝自然〟を立派に物語り得たのだ。――真実でなく、それゆえ〝自然〟でないのは、むしろ、姦通をめぐる現在の代助の解釈であり、理屈付けなのである。

## 友情と義侠心

　代助はそもそも、三千代を譲った行為を、「友情」といえば十分なところを、あえて「義侠心」からだという。しかし、そこには無意識の工作があって、その微妙な言い換えは、姦通という行為の責任を、いわば過去の代助に転嫁するためなのである。「義侠心」という、ちょうど、打ち上げ花火が、夜空を鮮やかに彩《いろど》って、一過的に消滅するように、その場で自己完結《かんけつ》し得る言葉に、姦通の責任を転嫁《てんか》しているのである。それが、〝犠牲の山羊《やぎ》〟となって、読者の素朴《そぼく》な疑問のおそれを背負わされて、意識の眼の届かない、地平線の彼方に放逐《ほうちく》されるのである。

　実際、過去の友情を、いわば勇《いさ》み足のゆえに、「義侠心」と呼んだところで、「友情」であることには違いないのだろう。それが、「友情」の尖端《せんたん》的な一面を、スナップ写真のように切り出したものにせよ、水面下では「友情」と渾然《こんぜん》一つであるはずなのである。そして、その「友情」は又、更に深みの源泉において「人格」と一つであり、両者は、不可分《ふかぶん》一体の連続した関係にあるのだろう。又、それゆえに、「友情」という言葉は、その意味自体が内面の源泉から湧《わ》き出て、豊かで尽《つ》きることがないのである。仮に濫用《らんよう》されたとしても、意味が枯渇《こかつ》したり、変質するような、底の浅い言葉ではないのである。そして、「義侠心」という、外的行為のうちに意味が解消しがちな威勢《いせい》のいい言葉とも異なり、どちらかというと、内向的で湿《しめ》りがちであり、一過的、消耗品《しょうもうひん》的な使用に対しては強い抵抗を示すのである。

そうであれば、過去の「義侠心」も、「友情」と一体であった以上、代助の人格の過去から現在へと流れ、持続する意識の、同じ流れのうちに位置づけられるのである。それを、平岡との今日的関係から一方的に切り離したり、代助の反省の圏外《けんがい》に追いやることはできないのである。逆に、過去の友情と、代助の現在とのパイプ役となって、両者の対話を不可避とさえするのである。

それに一体、過去の友情を「義侠心」で片付けて、意識の片隅《かたすみ》に追いやったのは、ほかならぬ人格としての代助なのである。又、姦通という「友情を裏切る行為」によって、平岡の家庭を破壊し、社会的責任が問われることを自覚しているのも、ほかならぬ同一人格としての代助なのである。そうであれば、代助が〝多重人格者〟でもない限りは、批判された「義侠心」は、すでに過去意識として過去に葬《ほうむ》られているはずなのである。それは、代助の現在の人格にとって、過ぎ去った一つの与件として以上の意味を持ち得ないのである。かくして、「義侠心」はもはや、今日、直接に出る幕《まく》がないのは明らかであって、その姦通劇の行方の一切は、代助自身の今現在の胸先三寸《むなさきさんずん》にかかっているのである……。

## 姦通の二股《ふたまた》責任論

しかし、代助は、己の姦通の責任を、一方の「義侠心」と、「僕は此通り自然に復讐《かたき》を取られ」た〝自然〟とに、二股転嫁しているのである。しかし、それは、寓話《ぐうわ》のコウモリのご都合主義《つごうしゅぎ》のように、かえって立場を苦しくするのである。なぜなら、姦通の原因ないし責任を、過去の〝義侠心の跳《は》ね上り〟のせいにするのは、結局は〝事故処理〟をすることで、自然法則的姦通を認めることだからである。そうであれば、法則的必然性に対しては、そもそも代助のように、「自然に復讐を取られ」たというような、懲罰《ちょうばつ》的、意志的な干渉《かんしょう》を仮定する余地はないのである。

しかし、代助は、あえて二股責任論を取っているのである。姦通の責任は、過去の「義侠心」と、それが逆鱗《げきりん》に触れた「自然」にあるというのである。それが二重の災《わざわ》いとなって、無辜《むこ》の代助に降りかかったのである。そして、代助自身もようやく、〝自然に復讐《かたき》を取られた〟ことに気付くに至ったものの、しかし、時すでに遅《おそ》く、自然の法則的必然性に絡《から》め取られ、捕縛《ほばく》された身となったのである。そしてそのまま、三千代と一緒に、〝姦通罪〟というお先真っ暗な仕置《しお》き場へと、市中引き回しの上引っ張って行かれるのである。――しかし、一体、代助のように、〝自然に復讐を取られた〟などと、本気で思い込み、口走ることは、神懸かりや病的な憑依《ひょうい》以外では考えられないのであろう。

実際、復讐《ふくしゅう》とは、明らかに〝意志的な行為〟であって、それが、代助の意識圏《いしきけん》に闖入《ちんにゅう》し、しかも代助は、その介入、干渉に一方的に気圧《けお》されながらも、その馬脚《ばきゃく》だけははっきり見届けて、正体が「自然」であることを見破っているのである。しかし、その生起自体がもはや、正気の沙汰ではないのである。――漱石は、〝自然〟の降霊術《こうれいじゅつ》師であり、読者はその常ならぬ声に聞き入る信者か何かのように、この姦通劇という自然の降霊会に参加するのである。

## 逆説としての他者性

他者や道徳に対する、漱石の過剰なまでの意識は、むしろ、空気が薄くなると呼吸が荒くなるように、ある種の不全感《ふぜんかん》の逆説的な表現なのである。

「二個の者がsame space ヲoccupy スル訳には行かぬ。甲が乙を追い払うか、乙が甲をはき除けるか二

> 法あるのみぢや。甲でも乙でも構わぬ強い方が勝つのぢや。理も非も入らぬ。えらい方が勝つのぢや。上品も下品も入らぬ図々敷方が勝つのぢや。賢も不肖も入らぬ。人を馬鹿にする方が勝つのぢや。礼も無礼も入らぬ。鉄面皮なのが勝つのぢや。人情も冷酷もない動かぬのが勝つのぢや。文明の道具は皆己を調節する機械ぢや。自らを抑える道具ぢや、我を縮める工夫ぢや。人を傷けぬ為め自己の体に油を塗りつける（の）ぢや。凡て消極的ぢや。此文明的な消極な道によっては人に勝てる訳はない。――夫だから善人は必ず負ける。君子は必ず負ける。徳義心のあるものは必ず負ける。清廉の士は必ず負ける。醜を忌み悪を避ける者は必ず負ける。礼儀作法、人倫王常を重んずるものは必ず負ける。勝つと勝たぬとは善悪、邪正、当否の問題ではない――powerである――willである。」（『日記・断片（上）』（明治三八―三九年）漱石全集 第十九巻、岩波書店）

漱石自らのために書かれたこの「断片」は、その人となりの断面をうかがわせて興味深いのである。それは、ホッブス流の自然観や、ニーチェ的な人獣《にんじゅう》の家畜化への調教《ちょうきょう》手段としての文明観という、いかにももっともな説よりは、漱石の内心や無意識の人間観・欲求について、より多くのことを示唆《しさ》し、物語るのである。

分かり切ったことをいうようだが、注意すべきは、この断片が「書かれたもの」だということなのである。つまり、現実の不幸な経験のもたらした感情の発作《ほっさ》が、漱石の脳裡《のうり》に陰惨《いんさん》、苛酷《かこく》な観念の発生・跳梁《ちょうりょう》を、反射的、一時的に許したということではない。そうではなく、それは、「書く」という持続的な行為のはらむ多大な時間の機会裡にあっても、なお漱石の人格の深部から批判や反省の抵抗を受けなかったのである。それは、油の切れた歯車装置のように、厭人《えんじん》の心的昂進《こうしん》と力み・過熱《かねつ》のうちに不吉《ふきつ》な音をギシギシ立てて、異様に孤独な世界で、そのジャングルの論理を、全世界に向かって、改めて肯定し、宣言するもののごとくなのである。漱石自らが、文明と道徳の無惨《むざん》な裏面史《りめんし》の私家版《しかばん》作りに、自らの本音《ほんね》の捌《は》け口と意趣返《いしゅがえ》しを見いだしているのである。

この、一見すれば道徳的な悲憤慷慨《ひふんこうがい》は、実は、道徳のためにするものではない。ある種の図々《ずうずう》しさを以て世間を巧みに泳ぐためには、あまりに教養の荷《に》を負いすぎ、生真面目《きまじめ》な一面を捨《す》てることのできない、自己内部への苛立《いらだ》ちの表現なのである。世間的な功名出世《こうめいしゅっせ》に対しては、一円の価値もないどころか、むしろ障害・足枷《あしかせ》としかならない道徳への、先を見越しての八つ当たりなのである。漱石は、道徳は損得計算を超えているがゆえに、「力の論理」の世界では、かえってマイナスの意味や価値しか持ち得ないということを理解しようとしない。そのため、この分かり切った今更《いまさら》なことに、あたかも世間にだまされて、贋金《にせがね》をつかまされたかのごとく、筋違《すじちが》いの非難や批判を、「道徳」に面《めん》と向かって投げつけ、呪詛《じゅそ》を浴《あ》びせるのである。

しかし、「君子もとより窮《きゅう》す」なのである。窮してこそ、道徳本来の問題が姿を現すなどとは、——思うことさえ、漱石の思いもしないことなのである。

そもそも「二個の者がsame space ヲ occupy スルわけには行かぬ」とは、単なる道徳的意志の弛緩《しかん》が、他者との関係を、二個の物体の空間的関係に酷似《こくじ》するまでに、堕落《だらく》させて見せたということでしかない。そこにあるのは、単に事実ないしその所与性という鎖《くさり》につながれた、意識ないし思考の無批判な隷属《れいぞく》的在り方にすぎない。

## 作品『心』の「先生」の淋しさ

漱石の他の思想小説『心』も、その登場する「先生」の〝淋しさ〟は、代助の〝他者不在〟の延長線上にあるのである。評家によって、「淋しいキリスト」とさえいわれる「先生」は、自分が最も「信愛している」妻に対してさえも、愛の、心の結び付きがほとんど断《た》たれているのである。

**「私は妻から何の為に勉強するのかといふ質問を度々受けました。私は只苦笑してゐました。然し腹の底では、世の中で自分が最も信愛してゐるたった一人の人間すら、自分を理解してゐないのかと思ふと、悲しかったのです。理解させる手段があるのに、理解させる勇気が出せないのだと思ふと益悲しかったのです。私は寂寞でした。何処からも切り離されて世の中にたった一人住んでゐる様な気のした事も能くありました。」（『こゝろ』ザ・漱石、第三書館）**

先生は、妻の無邪気な質問一つにさえも、この世のすべてに裏切られたもののごとく、心を深く傷つけられて、自らの殻《から》に引きこもるのである。しかし、まことの情愛《じょうあい》が、それほど信頼のおけない、根の浅い、脆弱《ぜいじゃく》なものであるわけはない。たまたま癇《かん》に障ったところで、「ブルータス、お前もか！」と、この機会を待ちかねていたもののごとく、早速この世のありとあらゆるものに手をかけて、廃墟《はいきょ》に沈《しず》めたりはしないのである。ちなみに、小林の著『モオツァルト』で引用されている所によれば、モオツァルトの妻は、自分の亭主があの偉大な天才モオツァルトであったことを、その死後に初めて知ったという。――問題は、先生のいわゆる「理解させる勇気」以前の問題なのである。

ところで、この「先生」の愛の貧困も、代助の三千代への「愛」と同様、普遍的人類愛という、奇妙な抽象的な高みへと向かうのである。それはしかし、愛の不全感の自己合理化であり、あたかも気球が、その軽さゆえに空中を上昇して行くのに似ているのである。いわば「内包《ないほう》」の希薄が、「延長《えんちょう》」の広がりで取り繕《つくろ》われる、一種の補償作用なのである。

「母の亡くなった後、私は出来る丈妻を親切に取り扱って遣りました。ただ当人を愛してゐたから許りではありません。私の親切には箇人を離れてもっと広い背景があったやうです。丁度妻の母の看護をしたと同じ意味で、私の心は動いたらしいのです。妻は満足らしく見えました。けれども其満足のうちには、私を理解し得ないために起るぼんやりした稀薄な点が何処かに含まれてゐるやうでした。然し妻が私を理解し得たにした所で、此物足りなさは増すとも減る気遣はなかったのです。女には大きな人道の立場から来る愛情よりも、多少義理をはづれても自分丈に集注される親切を嬉しがる性質が、男よりも強いやうに思はれますから。」(同)

夫婦関係については、「犬も食わぬ夫婦喧嘩」は論外としても、——かといって、「妻への親切」が、「箇人を離れてもっと広い背景」「大きな人道の立場から来る愛情」などとは、噴飯物《ふんぱんもの》なのだろう。「できるだけ妻を親切に取り扱う」ことからして、「できるだけ」というわざとらしさといい、「親切」を、「愛情」からことさらに区別し、別立てにしているのは、空々《そらぞら》しいのである。単純に〝愛情一本〟で十分なはずなのである。ましてや、「私を理解し得ない」ことがいかにも大層なこととして、先生の一大関心事であるのは、そもそも理解に価する——一分間でも議論に値する〝私〟とは何か、という面倒な大問題はさておき、**天才主義に毒された自我意識の肥大化やナルシシズム、奇妙な自己中心性をうかがわせるのである。——母親の愛は、わが子に理解を要求しないのである……。**

そこにあるのは、内的荒廃であって、漱石の思想小説では、道徳は、常に後始末の問題として現れるしかない事情と表裏一体なのである。『こころ』のテーマの中心にあるのも、友人に対する裏切りのつぐないという否定性なのである。道徳は、体罰か何かのように、そのもたらす社会的痛覚《つうかく》によって初めて、主人公に相応の意識や自覚をもたらすのである。

## 作家凡庸主義とドストエフスキイの〝タチヤナの目〟

文学作品の登場人物は、作者の分身《ぶんしん》でしかない以上、その現実との関わり方も、作者の〝人間〟——その人格の内的在り方やものの見方、あるいは自由の意識を、反映して、逃れようがないのである。まさしく「文は人なり」なのである……。

かくして、漱石の作品にうかがえる〝天才主義〟や人間観は、菊池の作家凡庸主義の立場や人間観察からは、まったく理解しがたいものであったのである。

菊池が、漱石作品を、**「奇警な会話や哲学的な思想や物の見方で、読者は煙に巻かれているのである。」**と批判するとき、問題としているのは、実際には、ドストエフスキイのいわゆる「タチヤナの目」の視線に耐える現実意識、リアリティであったのである。

しかし菊池に言わせれば、そのためには、「文学的才能」のもたらす照明力だけでは、到底十分でない。それだけでは、必要とされる内的視力やヴィジョンの深みには、到底到達し得ない。先に引用した、ドストエフスキイのいわゆる**「現代ロシアに沢山いるオネーギンたちのいわゆる鋭い観察などでは到底ダメである、それにはまったく別な何か」**——**「タチヤナの目」**がいるのである。

ちなみに、漱石の『それから』は、タチヤナのいない「日本版オネーギン」なのである。そのため、代助自身がいかに懺悔《ざんげ》しようとも、ドストエフスキイのいわゆる**「道徳の根本の基礎が、もう崩壊しているのだから」**、せいぜいその廃墟《はいきょ》の中から、タブー（禁忌《きんき》）道徳の破片をかき集めて、あいかわらず「禽獣《きんじゅう》（＝力）の論理」でチグハグにつなぎ合せるしかないのである。

そして、「タチヤナの目」と照応して欠落し、看過され、不問に付されたものこそは、菊池の作家凡庸主義のいわゆる「題材」であり、文学作品に〝題材化〟されるべきものであったのである。自他の現実に働き得た心の過程や、そのはらむ問題自体の意識化であったのである。

しかし、菊池の見るところでは、同時代の作家において、仮に「題材」がかすかな片影《へんえい》を以《もっ》て、その内的世界の深みに暗々に看取《かんしゅ》されたとしても、その漠然と予感される、収拾《しゅうしゅう》のつかない泥沼《どろぬま》化へのおそれが、意識化＝題材化を妨げ、その可能性自体を締《し》め出したのである。そのため、そのあり得たであろう問題意識ともどもに、菊池のいわゆる「題材」自体が看過され、不問に付され、事実上存在しないのである。

しかし、それらの不問に付された問題、魂にとって現に存在し得たはずの内的現実、リアリティこそは、菊池の作家凡庸主義にあっては、「燦《さん》として輝く人生の宝石」たり得るものとして、まさしく題材化されるべきであったのである。

## 文学表現以前の「タチヤナの目」

かくして、「タチヤナの目」は、「見たものを表現する」文学的才能以前の、いわば、まずは見る力として、人格の源泉的な力に負うのである。しかしそれは、「単純な田舎《いなか》娘」に見つかるほどだから、いわゆる教養や知識とは無関係なのである。確かに、プーシキンやドストエフスキイ、小林秀雄が、民衆崇拝《すうはい》の徒《いたず》らな神話を作り上げる理由はないのだから、その逆説性は、時代の知や思考の在り方に対する、根底的批判たらざるを得ないのである。

これは、菊池にあっても同様で、『芸術と天分』の批判に関連して、よほど腹に据《す》えかねたのか、作家天才主義の風潮に対し、次のような大胆な比喩が用いられたりもする、――**文学的才能は、直立している丸太棒に上がる才能、術の様なもので、丸太棒は、決して富士山より高い訳でもなければ、又、普通の人には丸太棒に上がれないからという訳で、富士山に登れないという訳でもない、と。**

菊池によれば、文学的才能はそれだけでは、丸太棒に上がった見晴らしや、その天辺《てっぺん》でのはしご芸を可能にするにすぎない。菊池には、文学的才能――この多分に内面的でそれ自体で絶対的なものと信じられている言語的表象力――を、逆に、富士山の頂上から見下ろして、はるか下界の矮小《わいしょう》な事物と化す、或る高度に内的な中心的視点があったのである。

実際、「タチヤナの目」は、もともと、平凡な実生活上の認識的なりわいに属して、本来、人間性の自然に備わっているのである。そのため、ほかに広く例を求めることができるほどで、例えば、デカルトは、それを「常識」や「高邁《こうまい》の心」と呼んだのである。あるいは、わが国の精神思想史においては、本居宣長が単刀直入《たんとうちょくにゅう》な照明を投げ掛けて、もののあはれを解する心ばえとして、己の学問思想の中心に据えたのである。

菊池寛の作家凡庸主義は、精神思想史の東西の区別を超えた、より広い、魂の普遍的な文脈において捉えられてこそ、その真価に照明の光が投げ掛けられるのである。

そして、菊池は、その表現され、具象化された題材が、理想的な核心においてはらんだ価値を、「内容的価値」と呼んだのである。

**「文芸作品の題材の中には、作家がその芸術的表現の魔杖を触れない裡から、燦として輝く人生の宝石が沢山あると思う。」「私はこうした意味から、文芸の作品には芸術的価値以外の価値が厳存する価値を信ずるのである。その価値の性質は、何であるか、我々を感動させる力、それには色々あるだろうが、私はそ**

**れを仮に内容的価値と云って置きたいと思う。」（『文芸作品の内容的価値』傍点引用者、菊池寛全集第二十二巻「評論集」、文芸春秋）**

そうであれば、それらの「内容的価値」ないし「題材」は、それ自体が、発見されるべきものとして、作家の眼力を必要としたのである。しかし、それはかえって、作家凡庸主義をめぐる論争を、〝水かけ論〟にするものであったのである。なぜなら、作家天才主義者にいわせれば、かえってそれこそは、「文学的才能」の専売特許ともいうべく、その〝魔杖《まじょう》〟の出現を待って初めて実現可能なものだからである。例えば、里見弴は、「作家天分論」を言う。

**「『平凡人が平凡に観、平凡に生活した記録』が、自然主義全盛の時代にいやになるほどたくさん出たことを菊池は知らないわけではないだろう。しかも、『平凡に観、平凡に生活した記録』が、いつのまにか『正しく観、正しく表現する』となっているが、人生を正しく見、正しく表現することが平凡人にできるはずがない」（『菊池君の「藝術と天分」を讀む』）**

そこでは、「平凡人」と、そうでない「文学者」が区別されているのである。そして、その違いは、「人生を正しく見、正しく表現する」才能、つまりは〝文学的才能〟の有無にあるのである。それが、魔杖のごとく、その触れることごとくの現実に対して、〝人生の宝石に変える〟奇蹟の光を投げつけることで、「芸術的価値」はもとより、題材の「内容的価値」をも実現するのである。

## 「社会的価値」としての「内容的価値」

しかし、小林が後年述べたように、菊池は初めから、「内容的価値」を「社会的価値」と呼べばよかったのである。なるほど、「内容的価値」という言葉は、「芸術的価値」にあえて異《い》を立てる役割を担うことで、作家天才主義の風潮への、分かりやすい、具体的な批判的照明を及ぼしたのである。しかし、それは又同時に、その〝異〟がもたらす対比の効果のうちに、自らの意味の広がりに不要な箍《たが》を嵌《は》めて、その分狭くされたイメージの枠組みに、自らを押し込む結果となったのである。そのため、本来はらんでいた、豊かで普遍的な思想的広がりが締《し》め出されたのである。

それに対し、小林が提案した「社会的価値」という言葉は、「タチヤナの目」の投げ掛ける視線が、問題の核心に照射する深みにおいて、「芸術的価値」をも批判的に併呑《へいどん》するのである。そして、その開かれた、新しい広がりにおいて、「内容的価値」は、それまで互いに分裂、離反《りはん》していた「芸術的価値」との、本来あるべき〝悦《よろこ》ばしき一体性〟を回復するのである。

しかし、その回復——その価値の根源性への回帰は、又、問題の本質的困難を改めて浮き彫りにすることでもあったのである。小林がすでに、『マルクスの悟達』の中で触れた、「社会的等価」の概念同様、〝ラプラスの鬼〟を、いわば蜂の巣をつついたように、その無限に多様深浅な眠りから呼び覚まし兼ねないのである。——問題は新たな振出しに戻るのである。

## 文学の真贋《しんがん》の判定にも及ぶ、作家凡庸主義の射程距離

小林は、後年、振り返って言う。

「『作家凡庸主義』は當時里見氏の誤解を受けた様だが、今でも誤解を受けてゐる。何故かといふと、菊

池氏は自分の天才を『作家凡庸主義』で巧みに覆って了ったからである。」（『菊池寛論』小林秀雄全集第四巻「作家の顔」新潮社）

結局、小林は、作家凡庸主義をめぐる論争を、次のように総括する。

「純文学とは、全く自己本位の仕事である。人生いかに生くべきかについての、自己の思想なり、見解なり、或いは感情なり、行為なりを語り、工夫を凝らして、これを芸術的表現に高め、この世界に人々を招き、人々を納得させ、共感させようと願う仕事だ。だが、そのような仕事をする資格のある人間が、果たして幾人あるだろうか。大多数の作家達が、自分ははたしてこの資格のあるような人間かという反省から仕事を初めてはないし、仕事をつづけて、この反省に達する人も稀れである。少しばかりの文才を持っていたという理由だけで、純文学を始め、これをつづけているうちに、知らず知らずのうちに、作家という特権意識を育て上げる。文学を志望する青年で生まじっか文才を持っているものほど始末に悪いものはない、と菊池寛は、「小説家たらんとする青年に與ふ」という感想中に書いている。中略。作品にある、人間らしさの魅力とは、彼の考えによれば、又、彼の言い方によれば、芸術的価値というより寧ろ内容的価値なのであった。人間らしさの魅力は、人間存在のうちにあって、作家の才能とは独立して存する価値だと彼は考えたかった。作家は、これを発見しはするが、これを発明することは出来ない、と見るところに、彼の考えの重点があった。自分のような、さしたる才もなく作家になった人間には、この魅力の発見で十分である。これ以上を望んで、作品に独創的な世界を展開させてみるというような事は、心の迷いであろうし、不正な事でもあろう。」（『菊池寛文学全集』解説」傍点引用者）

ここで「不正」という、正邪の判断に関わる言葉が、あえて使われていることは、注意に値するのである。それは、オネーギンというパロディー人間や、ドストエフスキイの『悪霊《あくりょう》』に見られるニヒリズムの憑依《ひょうい》、あるいは、やはり同じ『地下室』の住人からの意識一般に対する突き上げ、糾弾《きゅうだん》といった、意識の本物、偽物《にせもの》にまで踏み込んだ、批判的自覚を含んでいるのである。

そして実際、その自覚は、文学作品の芸術的価値に対して、表現の巧拙《こうせつ》の問題にとどまらず、〝真贋《しんがん》〟という意外な視点からも、照明を投げ掛けたのである。それが、「社会的価値」という実存の普遍的な深みにおいて、作家天才主義者の言う「芸術的価値」の内情《ないじょう》、実態を、菊池の内部の眼にひそかに暴露《ばくろ》していたのである。そこに、「芸術的価値」を、菊池があえて「内容的価値」に劣後《れつご》させた、楽屋裏《がくやうら》の、しかし純粋に文学上の理由があったのである。そして、それこそは又、芸術という表現行為のはらむ本質的困難に由来したのである。しかも、問題は、その困難は、小説というジャンルに突出して存在するということなのである。

## 小説ジャンルの表現の一般的陥穽《かんせい》

小林は言う。「小説がその形式上、どんなに読者の理解力に訴える部分が多かろうとも、その眼目とするところでは、読者の理解など断固として拒絶してゐなければ駄目だろう。文学者の心が、時代の進むにつれて、どんなに知的なものになろうとも、言葉には知的記号以上の性質があるという文学の発生とともに古い信仰の上に、今日も文学というものが支えられている事に間違いない。言霊を信じた万葉の歌人は、言絶えてかくおもしろき、と歌ったが、外のものにせよ内のものにせよ、言絶えた実在の知覚がなければ、文学というものもありますまい。中略。ある絵に現れた真剣さが、何を意味するか問おうとして、注意力を緊張させると、印象から言葉への通常の道を、逆に言葉から知覚へと進まねばならぬ努力感が其処に生じ、殆どいつも、一種の苦痛さえ経験した。そういう時、私は恐らく画家の努力を模倣しているのだが、詩人も同じ努力をしていない筈がない。顔料を言葉に代えただけです。中略。これに比べると、小説という形式はバルザック以来殆ど動かない様に見える。それというのも芸術の前者の種類にあっては、さほどの天才でないとしても、先ず何を措いても新しい独特のvisionの創造に挑まなければ何事も始まりはしないから、そういう次第になるのだが、小説では、常識的知覚が社会的推移に追従するのが手一杯で、visionの創造まではとても手が廻らぬ。それに常識的知覚のこちら側にいて、それを分析したり結合したりしていれば一見芸術らしく見えるものが出来上がる、そういう便利に屈服するのは誰にも楽しい事である。小説に作者の人生観というvisionが現れるということは余程難しいことでしょう。」（『私の人生観』小林秀雄全集第九巻「私の人生観」新潮社）

作家凡庸主義の「内容的価値」を純化すると、作者の人生観という、小説に現れるのが「余程難しい」visionとなるのである。これは、「言絶えた実在の知覚」において、万葉の歌人が、「言絶えてかくおもしろき、と歌った」世界と一つなのである。しかし、それを、小説という散文の形式で表現するとなると、その媒体《ばいたい》となる日常的な言語は、そもそも通俗性にまみれて、饒舌《じょうぜつ》に過ぎ、多くの不純物《ふじゅんぶつ》を含むのである。しかも、ほかならぬ表現の行為は、社会的コミュニケーションの一環であることから、表現するためには、日常的言語の所与性に多少なりと追従《ついしょう》して、自明なものとして受け容れざるを得ないのである。しかしそれは、その限りで、小林の言う「そういう便利に屈服《くっぷく》すること」であり、「誰にも楽しいこと」であり、言葉の無意識の自動作用のうちに押し流されることなのである。菊池が、作家天才主義の「芸術的価値」に見た内情は、「常識的知覚のこちら側にいて、それを分析したり結合したりしていれば一見芸術らしく見えるもの」（傍点引用者）を越えなかったのである。

これは、本物のvisionは、一見、歴史や社会といった、人間的な行為や約束事の世界に属《ぞく》して見えても、実際には、自然や実在の深みにこそ、その実体の根を下ろしているからである。例えば、「電気」や「光」を、日常的な利用面から捉えて、その実用性をあれこれ説明することは困難ではない。しかし、その自体的な存在については、科学のいわば仮説に仮説を重ねても、究極《きゅうきょく》のところ、それが何であるかは、「言絶えて」沈黙せざるを得ないのに似ているのである。その沈黙の深みのなかに、それなりのvisionが発見されて初めて、科学の仮説や芸術、文学の表現にまつわる何ものかが――内容的・社会的価値の何ほどかが生まれるのである。

かくして、求められるのは、「社会的推移に追従するのに手一杯な」常識的知覚の殻《から》を打ち破ることである。そして、あちら側の「言絶えた実在の知覚」との交流や往来のなかで、作者の人生観というvisionを自ら育て上げ、確かなものとすることなのである。そしてそれを、表現することが同時に発見することであるような、言語以前のvisionとの原初の根源的な結びつきのうちに、言語の受肉化によって、こちら側の世界に何ほどか移し替えることなのである。その象徴的な定着物は、彼此《ひし》の世界に同時に接する境界《きょうかい》標識《ひょうしき》でもあって、ヤヌスの双面《そうめん》のように二つの顔を持つのである。――ちなみに、菊池のように、その過程で、visionの口当りをソフトにすべく、いわば原液を希釈《きしゃく》したり、ある種の甘味剤《かんみざい》や矯味剤《きょうみざい》を混入して、「婦女子のみを喜ばせる文学」の定評を得たとしても、それはそれで「社会的価値」を立派に実現したのである。

それゆえ、「人生観」というvisionが小説の形式のうちに物語るのは、歴史と自然、あるいは社会と実在との分裂が、それなりに克服され、癒《いや》されて、その高次の統合が、散文表現を以てなされた、人間認識の偉大な勝利の記念碑なのである。

## 作品表現の成功は、認識の勝利であり、失われた自己ないし常識の回復であること

しかし、取り返され、癒《いや》されたのは、実は、我々自身でもある。我々がかつて、原初の知の在り方において自然や実在の一部であった、その我々自身なのである。それが、生存の必要のために、いつの頃からか、自然や実在から疎外《そがい》され、遠ざけられてきたのである。それは、我々の意識が、**「（普遍的知性）の俘囚となっているからである。僕等は大自然の直中にある事を知らない、知らされていない。歴史が僕等を水も洩らさず取り囲んでいる」（『ランボオⅢ』小林秀雄全集第二巻「ランボオ・Xへの手紙」新潮社）**からなのである。

その〝歴史〟の囲いの外、〝大自然〟から、何ほどかのものが、我々自身のうちに取り返されるのである。作品鑑賞のもたらす内観《ないかん》や魂の交流のうちに、現存在との分裂が回復、癒《いや》され、その全人的な享受を可能にするのである。そして、それは又、いわば知の根源的在り方でもあって、その全人的な内省的本質のゆえに、ドストエフスキイや小林は、「道徳的胚子」と呼んだのである。それこそは、人生観というvisionの認識の大樹《たいじゅ》へと、歴史の風雪《ふうせつ》に耐えて生《お》い育つ、本物の知の在り方なのである。かくして、それが、はるか彼方の暗い起源にはらんで、今日《こんにち》もなお、一切の内面に及ぼし続ける照明の光こそは、これまでの検討においても、現に我々自身の内面にその曰《いわ》く言い難い自明さが繰り返し経験されたに違いないように、〝常識〟ないしそのはたらきと言うべきなのである。

菊池寛の作家凡庸主義とは、そのような〝常識〟への回帰《かいき》の思想であり、それを自明な反省の知ないし教養とし、主義信条とする人生観の表明であったのである。そして、そこにこそ、文学がこの世に、いつの時代も、又、今後とも繰り返し存在しなければならない、おそらくは本当の理由がある。

「それというのも、ちょうど船が通ると水が押し除けられるのに、船が通りすぎるとすぐにふたたびひとつに寄り集まってしまう。これと同じように、誤謬もまた、卓越したひとびとがこれを押し除けて道を切り拓いても、そのあとから、自然の法則に従って、あっというまに寄り集まって道を塞いでしまうからである。」（ゲーテ『詩と真実』全集第九巻「詩と真実」山崎章甫・河原忠彦訳、潮出版）

――了

# 絶筆の正宗白鳥論について――「自己」とは何か

## 小林批評に占める白鳥論の特異な位置

小林秀雄は、死の間際《まぎわ》まで正宗白鳥《まさむねはくちょう》に奇妙なこだわりを見せた。その思想的遺言の大作『本居宣長』も書き終えて、死出《しにで》の旅支度《たびじたく》も万端《ばんたん》整えたかに見えたときに、あたかも秘密の篋底《きょうてい》に、ふと形見分《かたみわ》けの大事な品を思い出したように、白鳥論を慌《あわただ》しげに書き始めるのである。それは、小林の批評精神が、我が身同然に大切な物に思いつつも、長年、意識の片隅に仕舞《しま》い込まれていたものが、ようやくにして批評の白日《はくじつ》下に取り出されつつあったのである。しかし、その全容は、ついに陽《ひ》の目を見ることなく、未完のまま絶筆《ぜっぴつ》となり了《おわ》ったのである。

この『正宗白鳥の作について』が、小林の全業績中に占める特異な地位は、論及《ろんきゅう》がフロイトやユングといった無意識の心理学や、ショーペンハウアー哲学にも及ぶなど、未完ながらも看取《かんしゅ》される、大掛かりな構成やスケールからも推察されるのである。元来が、小林の作品において、およそ大作と呼べるものは、『本居宣長』を別にすれば、いずれも外国の作家や思想家、芸術家を対象としているのである。『ドストエフスキイの生活』『ゴッホの手紙』『モオツァルト』等がそうであり、又、本居宣長その人は、近世の思想家なのである。明治以降の近代日本文学者を批評の対象にした作品は、いずれも月評《げっぴょう》的なものか、あるいは、例えば志賀直哉論にしても、小品としての印象を否み難《いながた》いのである。

## 小林批評の師匠である白鳥

この絶筆の特異さは、しかし、白鳥の批評文学への通り一遍《いっぺん》ではない、極めて高い評価の内実にこそ、際立《きわだ》って現れるのである。白鳥の卓越《たくえつ》した強烈な批評的個性が、謎めいた深淵の相貌《そうぼう》を現して、批評や認識、或いは真実の意味ないし存在をめぐって、一個の問題提起と化すのである。

例えば、小林は白鳥に対して、「永《なが》い間批評の仕事をして来た者として、本質的な意味合いで教えを得た」とさえ言う。これは〃批評の神様〃ともいわれる小林の発言であることに加えて、両者でかつて争われた「思想と実生活論争」が、〃水と油〃の思想的対立のままで終わった経緯《けいい》を考えると、いささか謎めいてさえ見えるのである。「本質的な教えを得た」とは、その直截《ちょくせつ》な意味においては、当然に、小林の批評的地盤《じばん》の核心にまで、その教えが食い込んだというはずだからである。しかもそれは、小林の批評活動の基盤を否定し得ない以上、小林の意識の深みにおいて、ある種の二重性の受容を意味したのである。白鳥という、いわば異質の巨《おお》きな批評の基盤が、小林のそれに向かって、大陸プレートさながらに潜《もぐ》り込んで、地下意識の衝突や歪《ゆが》み、激震《げきしん》を惹《ひ》き起こしつつ、その余儀《よぎ》なくされた二重性の反省ないし自覚のなかで、「本質的な教えを得た」ということなのである。

## 白鳥の批評眼の捉えた、わが国近代化の内的実相

ところで、白鳥への小林の高い評価は、「文学は時代の鏡である」という、人間精神の高度に洗練《せんれん》された認識的産物の典型としての位置づけなのである。時代の混乱の一様相《ようそう》でしかない数多《あまた》の文学が氾濫《はんらん》するなかにあって、その批評の照明は、言語以前ともいうべき、対象の無意識の深みへと透入《とうにゅう》して、その赤裸々な人間的真実を抉《えぐ》り出すのである。明治の文明開化＝西欧化という、漢文化の移入以来の未曾有《みぞう》の歴史的事件が、わが国民の内面を襲《おそ》った無意識の危機や、その救済《きゅうさい》に先駆者《せんくしゃ》たちの演じた魂の深遠なドラ

マ、あるいは虚実《きょじつ》入り乱れた時代の諸相《しょそう》が浮き彫りにされるのである。それらは、白鳥という純粋な認識媒体と遭遇《そうぐう》することで初めて、時間の流れの暗黒深くに没した、その真実の姿を意識の光のうちに、掛《か》け値《ね》なしに余《あま》さず捉《とら》えられるのである。

しかし、問題は、その高い評価は、同時にそのまま、我々の知やその在り方に対する反問《はんもん》、批判であり、問題提起でもあるということなのである。その評価の内実にいささかでも立ち入ると、そのはらんだ認識の光は、近代日本精神思想史に対して、その通念《つうねん》のあちこちに空《あ》いた無意識の穴を照射《しょうしゃ》するのである。例えば、小林は、以上の評価に関し、白鳥の『自然主義文学盛衰史』を、その全作品中の代表作に位置づける。そして、白鳥の眼光《がんこう》に導かれるがままに、文明開化をめぐる「近代人たれ」という要請について、次のように言う。

「この要請を、文壇人は、学者のやうに、新智識の到来と気楽に受取れなかったし、又、政治家のやうに、これを行動にかまける事も出来なかった。言ってみれば、近代的自我とは何かといふ問ひを、剥き出しの感受性で迎へざるを得なかった。問はれる聲は、わが耳に、わが事として聞え、烈しく動揺する己の心情《こころ》が隠せなかった。その無様な光景は誰の眼にも付いたので、とやかく非難されたのである。だが、自然派の作家達は、逆に、無様な世相を云々する者の自己欺瞞を見た。動揺し、混乱するわが心から決して眼を外らさず、忍耐強くこれに堪へ、これを鎮め、確かめる道を行った。そして、わが心情《こころ》がしかと掴む事が出来る身近な事実だけが、飾りなく、ありのまゝに語られた。」(『正宗白鳥の作について』小林秀雄全作品別巻Ⅱ「感想(下)」新潮社)

この評価は、素直《すなお》に受け取れば、近代日本精神思想史のあちこちに夥《おびただ》しい問題提起を噴出《ふんしゅつ》させつつ、通念そのものを根底から覆《くつがえ》すのである。

## 近代化の内的要請――「近代人たれ」の空転

なぜなら、「近代人たれ」という要請に対しては、そもそもが「学者」や「政治家」は、実質的に関わらなかったというからである。又、同じ文壇《ぶんだん》人でも、本当に、真実に、唯一関わり得たのは、ほかならぬ自然主義文学者だというのである。漱石や鴎外、芥川でもなく、島崎藤村《とうそん》や田山花袋《かたい》といった、白鳥のいわゆる「世界文学史上に類例のない一種特別なものと言うべく、稚拙《ちせつ》な筆、雑駁《ざっぱく》の文章で、凡庸人の艱難《かんなん》苦悶を直写《ちょくしゃ》した」自然主義作家たちだというのである。これは、小林の認識でもあるのだから、白鳥の独善でも、自然主義作家としての我田引水《がでんいんすい》でもない。

しかし、そこには、通念の光に照らして、あまりに謎が多いのである。

まず、「文壇人は、学者のやうに、新智識の到来と気楽に受取れなかった」ということは、では、なぜ文壇人の場合には、そうは行かなかったのか、という疑問が生じるのである。又、学者、つまり哲学者を含めた明治以来の我が国の学者について、次の評価を物語るのである。「近代人たれ」という要請は、その理念の光が照射する内的実存の深みにおいて、しょせんは、学者たちによって、わが事としては真剣に受け止められず、その内実を相応の自覚を以て生きられなかったのだ、と。それは、乱暴一方の議論でないとすれば、そもそも、何を尺度にしてのことなのか。

同じことは、政治家に言及した認識にもいえて、「行動にかまける」あまりに、いわば外面性のうちに紛《まぎ》れて、「近代人たれ」という要請の内実から逸脱《いつだつ》したとされるのである。

しかも肝心《かんじん》の、本命視《ほんめいし》された文壇人にしても、ともかくも、要請に及第《きゅうだい》したのは、一般の文壇人でなくて、唯一自然主義文学者たちとされているのである。その理由も、天才的な自覚や生き方によってではなく、自ら私生活で演じた「無様《ぶざま》な光景」のうちに、「凡庸人の艱難苦悶を直寫」することによってなのである。「わが心情《こころ》がしかと掴《つか》む事が出来る身近な事実だけが、飾《かざ》りなく、ありのまゝに語られた」真実においてなのである。これは、小林流に言えば、一般の文壇人は、「近代人たれ」という要請との関わりにおいて、「わが心情《こころ》がしかと掴《つか》む事が出来ない」、間遠《まどお》な事実や観念にたぶらかされたのである。自然派作家を尻目《しりめ》に懸《か》けて、「無様な世相を云々」批判しながら、その実、いわば哲学めいた空虚な観念や近代的自我の神話に囚《とら》われて、懐疑苦悶《かいぎくもん》のポーズ等の自己欺瞞《ぎまん》に陥《おちい》ったのである。それが、白鳥の眼光によって、容赦《ようしゃ》なく看破《かんぱ》されたというのである。

## 文学の〝無私の自律性〟と自然主義文学の真実

ところで、小林によれば、自然主義文学が真実たり得たのは、「文学作品に本来備わった機能の普遍性であり、無償性」にほかならぬ〝無私《むし》の自律性〟によるのである。それが、文学の純粋な働きとして、自然派作家達の意識の深みにおいて信じられていたのである。そして、「近代人たれ」という要請に対して、自然派作家達に、己の流儀《りゅうぎ》で応答《おうとう》することを得させて、「与えられた課題の処理と一体を成す形で」、作品表現をして真実に与《あずか》らせたのである。そのはらむ高度の歴史性には、恩寵《おんちょう》に似たものさえあって、「藤村という一個の人間をして天が言わしめた」と、白鳥にあえて評価させたほどなのである。

そして重要なことは、以上の評価は、小林によれば、白鳥の批評眼を待って初めて、文学史の光のうちに捉えられたのである。それ以前は、自然主義の人生論的真実は、私小説的狭隘《きょうあい》や凡庸《ぼんよう》な人間性といった、日常的にありふれた題材《だいざい》の陰《かげ》に埋《う》もれて、事実上、文学史的に見過ごされてきたのである。それが、白鳥の眼光にかかると、一見路傍《ろぼう》の石くれから、真玉《またま》の光輝が抽《ひ》き出されたのである。それは、批評の錬《れん》金術《きんじゅつ》を思わせさえして、小林をして、批評の「本質的な教えを得た」と言わしめるほどであったのである。そこに潜《ひそ》んでいるのは、人間如何《いか》に生くべきかを前に、人生経験の真実に深く魅入《みい》られずにはおかない、白鳥の強烈な人性論的関心や純粋な情熱であり、それらを一貫《いっかん》して生々《なまなま》しくつらぬく、天衣無縫《てんいむほう》の「裸の心」なのである。それが並大抵《なみたいてい》でなかったのは、例えば、『自然主義文学盛衰史』の次の箇所《かしょ》に、いささか異様なまでに現れるのである。

**「藤村は死に近づいた花袋に向って、『死ぬる気持ちはどんなか』と訊ねたと噂されてゐる。真偽は分らないが、藤村の云ひさうなことである。絶えず人生の眞相を知らんと心掛けてゐた花袋は、目が見えず耳も聞こえなくなったら、皮膚によってゞも人生を知りたいと、何かに書いていた。死に臨んでは、死に臨んだ時の人間の気持ちを味得すべき筈である。」（『自然主義文学盛衰史』正宗白鳥著、角川文庫）**

生の無限たり得る諸相の〝味得《みとく》〟への貪婪《どんらん》な欲求は、生体解剖的な奇癖《きへき》をも視野から排《はい》さずに、白鳥の批評の動機《どうき》を根底から形成したのである。それが、わが国自然派作家の作品への批評において、トルストイやゲーテ、シェイクスピアと言った天才たちの作品に遜色《そんしょく》のない、「心に食い入る」「胸に浸み込んで来る」真実を、人生の種々相《しゅじゅそう》に掘削《くっさく》、浮き彫りにし、唯一《ゆいいつ》照射し得たのである。

## 彼此《ひし》の文明に及ぶ、白鳥批評の普遍性

しかし、白鳥の批評の威力《いりょく》は、その根源にはらむ普遍性において、元来が、近代日本精神思想史の枠内《わくない》

におとなしく収まらなかったのである。

それは、「近代人たれ」という、そもそも歴史の未曽有《みぞう》の激震《げきしん》をもたらした、欧米文明との関係に対しても、相手側の内情《ないじょう》を逆照射《ぎゃくしょうしゃ》したのである。〝文明開化〟が一方的に強制した時代の悲喜劇が、西欧側をも内々に巻き込んだ心的光景を、掛《か》け値《ね》なしの実相《じっそう》において暴露《ばくろ》するのである。かくして、白鳥の批評の威力は、『内村鑑三』において、彼我《ひが》の文明の障壁《しょうへき》をも貫いて、西欧キリスト教文明を迎《むか》え撃《う》つのである。――小林は、それを、白鳥の批評眼が捉えた内村鑑三《かんぞう》の、不羈《ふき》の曇《くも》りない目に映じた「偽《いつわ》りなき印象」として紹介する。

**「彼の『偽りなき印象』によれば、今こそ明瞭に言う事が出来るが、『基督教国の基督教性』とは、『その教授達によつて装飾され教養化された基督教』以外の何物でもない。これが常套の状態となっている彼等には、当然その自自覚が欠けている。」**(「同『正宗白鳥の作について』」)

白鳥の批評の光は、キリスト教や文明以前の裸の人間存在の深みへと、容赦《ようしゃ》なく入り込むのである。文明や文化、宗教の衣裳《いしょう》をまといながら、その実、心理的に根深い神話的錯覚《さっかく》に発した、見当違《けんとうちが》いの人種的自惚《うぬぼ》れや愚行《ぐこう》を、戯画《ぎが》化《か》された光の中に、容赦《ようしゃ》なく引きずり出すのである。そして、そのいわば存在の無垢《むく》の領域において、人間、文化、宗教、アイデンティティ、あるいは伝統というものが、裸の純粋な姿において照射され、浮き彫りにされるのである。それは、一種超歴史的な根源的視点に立脚《りっきゃく》した、普遍的な人間批判としての、西欧キリスト教文化に対する文明批評でもあるのだ。

小林は、白鳥の批評に、文明の厚い腐蝕土《ふしょくど》をも貫いて、人間存在の純粋な起源の深みにまで達する融通《ゆうずう》無碍《むげ》の批評の境地《きょうち》を見る。しかしそれは、同時に、その方法ないし起源《きげん》の普遍性を強く示唆《しさ》するのである。小林は、その普遍性を同定《どうてい》すべく、欧米文化にも通底《つうてい》する、その方法の起源を明らかにしようとする。英国ビクトリア朝時代の代表的な伝記文学者であるリットン・ストレイチーの批評に、ほかならぬ同一の、方法の豊かな鉱脈《こうみゃく》資源を掘《ほ》り当て、照射するのである。

**「曰く、『誰も反省してみない事だが、よい傳記を書く難かしさは、よい生涯を生きる難さ竝みのものなのである』と。ストレイチは、このやうな徹底した反省を働かせてゐる傳記作家の抱く歴史のヴィジョンといふものを考へてゐる。『人間達は、過去の単なる徴し(symptoms)として扱ふにはあまり大切過ぎるものである。彼等には、どんな時間上の過程にも従属せぬ變らぬ價値がある事を、さういふものとしてそのまゝ感じ取らねばならぬ』と彼は言ふのだが、さういふ風に過去の人々が見えて來るのを、まともな傳記作家の歴史のヴィジョンと言ひたいのである。」(同)**

白鳥の批評の方法にも、又、「まともな傳記作家の歴史のヴィジョン」が持続して豊かに流れているのである。白鳥の「自然主義文学盛衰史」を傑作《けっさく》たらしめているのも、自然派作家一人ひとりが、「歴史のヴィジョン」のうちに捉えられて、「過去の単なる徴《しる》し(symptoms)として扱ふにはあまり大切過ぎる」銘々《めいめい》の真実を、それぞれの深みにおいて浮き彫りにしていることにある。

しかし、他方、そのようなヴィジョンが働くためには、「誰も反省してみない事だが、よい生涯を生きる難《かた》さ竝《な》みのもの」が一体的に前提とされるという。「よい生涯」という理想が、多少なりと前提されるのである。そうであれば、「歴史のヴィジョン」が、白鳥の批評で作用し、働いていたのは、「よい生涯を生きる難さ竝みのもの」のいわば試金石《しきんせき》に耐《た》える理想が、その純粋さとリアリティにおいて、その内的生活を一貫して底流《ていりゅう》していたからなのである。

## リアリティを担保する理想主義

実際、それは、小林の現実観を形成する中心的な思想、ヴィジョンでさえあって、例えば、そのドストエフスキー論において、次の様に、「浅瀬《あさせ》のリアリアズム」批判にはっきり現れるのである。

**「この様な自信は何處から生れたか。それは『現代のロシヤの混乱』なるものが誰よりもはっきり彼には見えてゐた。その見えてゐたという一事にあるのだと僕は信ずる。彼の『蜥蜴《とかげ》の眼』は現実に謬着してゐた。トルストイの『蜥蜴の眼』が又さうであつた様に。そして彼の『神』や『理想』は、彼の洞察によつて熱せられた赤裸なあまりに赤裸な現實の昇華したものに他ならず、それらは、言はば逆の操作を行へば、そのまゝ、あらゆる粉飾を脱した痛烈な現實といふ固體に戻る態のものであった。其處には何等空想的なものはない。（中略）彼は決して非合理主義哲学の建設を夢見たのではない。當時の合理主義的実證的ヒュウマニズムが、ロシアの現實を覆ふに足りぬ、彼の言葉を借りればロシヤの現實の浅瀬を渡るリアリズムに過ぎない事を、鋭敏な時代感覚によって掴んだのだ。」（小林秀雄全集第五巻『ドストエフスキイの生活（作家の日記）』新潮社）**

「理想」が、小林の言うように、「赤裸《せきら》なあまりに赤裸な現實の昇華《しょうか》したもの」であれば、白鳥の批評におけるそれも又、まさしく時代の混乱への「洞察《どうさつ》によって熱せられ」、昇華した、いわばプラズマ状態にある現実ないし現実認識なのである。しかし、問題は、その発光《はっこう》する様子《ようす》が、白鳥のケースにあっては、自他の眼に容易に映じないことにあるのである。

一体、理想というものは、それが、いかに内心深く秘《ひ》められているにせよ、少なくとも自己との関係に、おいては、表立ったあるいは意識化された形で存在するはずなのである。ところが、白鳥の日常的な意識世界にあっては、その隅々《すみずみ》を見渡しても、仰《あお》ぎ見るべき理想は、記念的な高塔《こうとう》どころか、せいぜい墓碑銘《ぼひめい》めいたものが、半《なか》ば壊《こわ》れ、地に埋《う》もれかかって散見《さんけん》されるにすぎない……。

とはいえ、小林に言わせれば、白鳥の批評には、「西欧本場《ほんば》のクリスチャンよりも更《さら》に純粋な」高度の精神性や理想が、疑う余地なく存在したのである。その放つ光線が、たとえX線の様に不可視《ふかし》にせよ、理想本来の波長《はちょう》をはらんだ固有のエネルギー源があるはずなのである。

そうであれば、その所与性との矛盾《むじゅん》が示唆《しさ》するのは、白鳥の実存《じつぞん》と、その表現として意識的無意識に課《か》される自己意識との、根源的、存在論的な謎めいた対立ないし分裂なのである。小林は、その謎に解剖《かいぼう》のメスを入れるべく、科学的、学問的な領域からも、固有の証言や裏付けを得ようとするかのように、——フロイトやユングの心理学の照明資源をも利用しようとするのである……。

かくして、この絶筆は、主題の見極《みきわ》め難《がた》い底の深さや普遍性に対応するもののように、多岐《たき》の分野にわたる大掛《おおが》かりな構成のうちに、認識の何か鋭敏な計器《けいき》によって、思想の或る精妙《せいみょう》な事物を照破《しょうは》、検出《けんしゅつ》しつつ、白鳥の埋もれた実存の全体像に向かって、その核心へと収斂《しゅうれん》し、迫《せま》るもののようなのである。

ともあれ、このことはすでに、小林の晩年《ばんねん》の時間の、もはや猶予《ゆうよ》の叶《かな》わぬかけがえのなさと併《あわ》せ考えると、白鳥という存在が、或る並々ならぬ批評的関心の対象たり得たことを十分うかがわせるのである。そして又、白鳥を論ずるにあたって必要とされたこの批評的措置《そち》は、そのまま白鳥という存在が、ある普遍的な徹底《てってい》した本格的吟味《ぎんみ》と批評に堪《た》え得《う》る存在であったということ、又この種の措置によって初めて明らかにし得る、或る格別《かくべつ》の問題なり、意義なりがあっただろうことを、十分窺《うかが》わせるのである。——一体、正宗白鳥の何が、いかなる問題が、この未完《みかん》の大作を小林自らの白鳥の歌たらしめたのか？

## 白鳥と小林の魂の血縁の親近性

それに関連して注意すべきは、この絶筆の成立をめぐる次の事情なのである。つまり、この絶筆は、「白鳥生誕百年祭」の講演依頼がきっかけとなっているとはいえ、小林自《みずか》ら触れているように、制作のモチーフそのものは、トルストイ晩年の悲惨な〝野垂《のた》れ死に同然の〟家出をめぐる、白鳥とのかつての「思想と実生活」論争（昭和十一年）に負《お》うということなのである。つまり、絶筆を溯《さかのぼ》ること四十数年前のこの論争は、物別《ものわか》れに終わりながらも、小林の胸中《きょうちゅう》深くに、なお消えることのない感慨《かんがい》を残したのである。

それは、無理解な相手としてではなくて、むしろ論争の水面下に横たわる相互の底知れぬ共感ゆえの、その始末をめぐって一際《ひときわ》鋭く現れざるを得ぬ、或る微妙で、曰《いわ》く言い難い対立なのである。それが、あたかも恋人同士やテキヤ仲間の、外部社会から孤立した一体的で親密な経験世界さながらに、隠語《いんご》めいた意味の発生を促《うなが》したのである。独自のニュアンスや負荷《ふか》を帯びた意味領域を自ずと出現させて、それが、外部から窺《うかが》い知れぬ言葉や観念の火花を散らしたのである。小林自らの言葉によれば、この論争は当事者には、世間の見る処《ところ》とは、「その内部から全く別様《べつよう》に見えていた」のである。

小林は、単なる自然主義的な暴露癖《ばくろへき》として片付け得ぬものが、白鳥の存在の深処《しんしょ》に潜《ひそ》んでいるのを看取《かんしゅ》する。トルストイの実生活上の無残《むざん》な末路《まつろ》に執拗《しつよう》なまでに拘泥《こうでい》して、その思想の価値そのものまで中傷《ちゅうしょう》し、貶《おと》しめるかのごとき発言が、実は、トルストイへの敬愛の念の、虚空《こくう》で震《ふる》えるような純粋な高みから発せられたもので、〝如何に生くべきか〟の自問《じもん》の血潮《ちしお》に染《そ》まっているのである。そこにあるのは、犬儒《けんじゅ》家《か》、ニヒリストとしての幾重《いくえ》もの世間的ヴェールの陰《かげ》に隠れた、まことの理想家の魂の面影《おもかげ》なのである。小林は、ちょうど異郷《いきょう》の砂漠の只中《ただなか》で故国《ここく》の人間に出会ったように、この事実に改めてひそかに驚き、かつ限りない共感を覚える。後年、わが国近代文学史上初めての自覚的な批評精神の持ち主と呼ぶほどに、その自覚の深さと、いわばその照応《しょうおう》する理想の純粋、高邁《こうまい》を認めざるを得ないのである。しかし、この自覚の深みから現れる理想のヴィジョンへの憧憬《どうけい》は、自他に向かっての表現という反省の形式を取ると、或る特異の軌道に向かわざるを得ないのである。近代日本文学史の夜空に輝く、白鳥という批評の孤星《こせい》は、その出自《しゅつじ》を元来が、理想主義の太陽系に発して、その懐疑の光や地熱《ちねつ》も負《お》うのである。しかし、その実際の振舞いとなると、何か隠れた未知の天体の干渉《かんしょう》によるもののごとく、それを一見否定して、反撥《はんぱつ》する方向に、表現の意識の軌道を取るのである。小林は、そこに、白鳥の批評精神の隠された謎を見る。そしてそれは、歳月《さいげつ》の経過とともにいよいよ強められる、白鳥への敬愛の念によって、むしろ、人間存在の抱える底知れぬ謎の様相《ようそう》を、いよいよ露《あら》わにするのである。

## 〝倒錯《とうさく》的理想主義者〟としての白鳥

小林は、論争以後、かつてこの謎に触れなかったわけではない。論争を過ぎて十余年後に、白鳥自身との対談（『大作家論』）の中で、一度直接に触れようと試みたことがある。あいあいたる雰囲気の中で進められたに違いないこの対談の終わりに近づくと、小林は、ひそかに待ちかねていたもののごとく、この批評の大先達《せんだつ》に、親愛の情を込めて、〝倒錯的《とうさくてき》理想主義者〟という奇怪な称号《しょうごう》を呈《てい》するのである。かくして、この謎に一矢報《いっしむく》い、ひそかに挑発《ちょうはつ》しようとする。しかし、白鳥の自意識の肯綮《こうけい》に間違いなく中《あた》ったに違いない、この評言の矢も、表向き軽くかわされ、それ以上を小林に立ち入らせない。とはいえ、それが、小林の眼力を以《もっ》てしても透視し得ぬ、白鳥の思想を貫く理想の独自の生きた力の深さと、その純粋、真実を認めた、一流の賛辞《さんじ》であるには違いない。それゆえ、真の理想の侵《おか》し難い力と価値、美を知るがゆえに、批評の隠れたドンキホーテさながらに、そのヴィジョン、幻影への憧憬に生涯つきまとわれて、世間的な理想の不徹底《ふてってい》と虚偽と戦ってきた、この批評の筋金入《すじがねい》りの老いたる将軍を、内心《ないしん》ひそかに感じ入らしめる。白鳥は、この往年《おうねん》の敵国《てきこく》の将軍から贈られた奇妙な称号《しょうごう》を、無関心を装《よそお》いつつも、自己を唯一《ゆいいつ》理解し得た相手から贈られた、まことに価値あるものであるがゆえに、受け容《い》れざるを得ないのである。対談の終わりで、それとなく返礼《へんれい》するのである、――「僕のことを小林君くらいに批評してくれた人はないな。徳田（秋聲《しゅうせい》）でも近松（秋江《しゅうこう》）でも、こんなに言ったことはない」と。

## 名前も顔もない理想主義

　しかし、一体が、〝倒錯的理想主義者〟という言葉は、そもそも「主義」というものが、それを標榜《ひょうぼう》する意志を前提とするのであれば、自己矛盾《じこむじゅん》さえしているのであろう。しかしそれは、愛敬《あいきょう》あるあだ名付けというべく、白鳥の精神的な特徴を巧みに捉えているのである。倒錯という逆行的《ぎゃっこうてき》な表現的事実にもかかわらず、理想主義本来の純粋な本質が、いわば言語以前の深みのなかに、或る高度の自覚とヴィジョンの形式を帯びて一貫して存在しているということなのである。

　とはいえ、問題は、その逆行性が、小林の評価はともかく、白鳥その人との直接的な関係において、なお依然として存在することなのである。それが、第三者との関係に限られるのであれば、自己韜晦《とうかい》の一種として、例えば〝隠れ理想主義者〟として片付け得ないものでもない。丁度、迫害《はくがい》を受けたキリスト教徒が、地下に潜伏《せんぷく》して、己の信仰や主義を外部から見えなくしたようなもので、信仰告白《こくはく》といった、自己との関係においては何の問題もないのである。

　しかし、白鳥のケースでは、いわば倒錯の現象は、他者との関係はもとより、自己意識の隠微《いんび》にしてかつ明晰《めいせき》な深みにおいて現れたのである。それは、無意識の世界に根差《ねざ》した、客観的な実体的現象を思わせたのである。理想主義という名前で呼ばれている未知の精神的エネルギーが、その変容《へんよう》ゆえに、現世的《げんせいてき》な同定《どうてい》や取り扱いとして受けるべき伝統的な、古典的表現と矛盾さえして顕現《けんげん》しているのである。それは、近代物理学が発見した〝場〟の世界において、光が〝照明〟としてばかりでなく、ビリビリ痺《しび》れるような電気となって現れるのに似ていないわけではない。それが、世界観の深刻《しんこく》な対立さながらに、暗号《あんごう》めいた論争を惹《ひ》き起こしたのである。

実際、それが、白熱《はくねつ》した論戦となったのは、〝名前も顔もない〟理想主義への敬虔《けいけん》な信仰において、白鳥、小林は根底から結ばれている一方、その信仰告白としての自他への全人的な表現において、互いに鋭く対立して、相容《あいい》れなかったからである。その問題の一端《いったん》は、例えば、老子《ろうし》が、孔子《こうし》をその表立《おもてだ》った理想主義のゆえに、「天刑《てんけい》に処《しょ》せられし人」と憐《あわ》れんだという話を思わせるのである。――

## 〝理想郷〟を夢み、懐かしむ、白鳥の生まれつき

しかし一体、そもそも論として、白鳥が理想主義者として生まれついていることは、その著『ダンテについて』を見ても争《あらそ》いようがないのである。そこに窺《うかが》われるのは、理想主義の太古《たいこ》以来のヴィジョンに感《かん》応《のう》して、見神《けんしん》体験さながらに心底《しんそこ》から魅入られている、その魂の裸の真実なのである。白鳥は、己れの本性に目覚め、慫慂《しょうよう》されるがごとく、目に見えぬ理想郷《りそうきょう》へと飛び立つことを、本能的に夢見るのである。

**「『現世を苦の世界とし仮りの住まいとして、修道院に籠って、天の一方を夢む』中世紀気質は、いかに強烈な近代の力、文明の光をもってしても人心から消亡させ得られないのである。私は、歴史の表面では陰惨であったらしい中世紀の人々を、羨望の目をもって見詰めることがある。中略。『我々が今日実世界**

と云い事実と云うものも、中世紀の人人から見ると、それらは人智で窺測し得られない神の真知の深淵が象徴されたものにすぎない。現実の世界、それがすでにアレゴリーである』実生活は影であり幻であって、真の事実は天のかなたにあると確信していた中世紀の人の考えに私の心は惹かれている。そういう夢想を羨望している。」（『ダンテについて』現代日本文学館「正宗白鳥」文芸春秋社）

理想主義者に生まれついた白鳥自身の気質や考えが、憚《はばか》りなく吐露《とろ》されているのである。それが、「いかに強烈な近代の力、文明の光をもってしても人心から消亡させ得られない」「中世紀気質」という名の人心一般《じんしんいっぱん》に仮託《かたく》されているのである。

とはいえ、問題が一筋縄《ひとすじなわ》でいかないのは、同時に、「そういう夢想を羨望《せんぼう》している」という傍観者《ぼうかんしゃ》的な表現に見られるように、理想主義者の本心が微妙にカムフラージュされて、直接性を回避していることに窺《うかが》われるのである。これは、夢想に距離が置かれているというよりは、心情的な一体性にもかかわらず、理想主義としての自他への表現において、当事者的参加を拒《こば》んでいるのである。それは一つには、白鳥の理想主義は、その純粋や潔癖《けっぺき》ゆえに、その示唆《しさ》される限りの表現の直接性において、偶像崇拝《ぐうぞうすうはい》を回避しているためといえなくもない。

## 理想主義と偶像崇拝

表現を扱ううえで、偶像崇拝の問題が避けられないのは、偶像自体が、黄金の牛や木石の神々のように、それと見分けられる、目に見える物質や材料で作られているとは限らないからである。むしろ一般的には、言葉や観念の世界内の出来事《できごと》として、思考や意識の日常的な在り方にまで、踏み込んだ検討が求められるのである。

しかも、問題は、それだけで終わるわけではない。何を以て偶像ないし偶像崇拝とするかは、その物差《ものさ》し自体が、元来、理想主義の自浄《じじょう》作用の要請との関係において存在するのである。そして、その前提となる、いかなる内実を以て理想主義とし、あるいは偶像化の線引きとするかは、――例えば、カトリックとプロテスタントの対立のように、すでにそれだけで大きな問題だからである。

さらに、問題を混迷《こんめい》化させる事情があるのである。理想主義自体が、多少なりの〝偶像化〟を、原理的ないし一般的に不可避としているのである。それが、理想主義に本来的な〝宣布性《せんぷせい》〟であり、実生活への批判的対抗性――そこに、ほかならぬ理想主義の存在理由があるのだが――は、そのまま一般化、大衆化への宣布性の勢《いきお》いとなって、その表現に伴《ともな》う多少なりの偶像化を免《まぬか》れないのである。仮に、秘教《ひきょう》化の狭《せま》き道を採《と》ったにせよ、対象範囲は限局《げんきょく》されても、表現という一般化は避けられないのである。そうであれば、肉体を霊魂《れいこん》の墓場《はかば》と考えたプラトンのように、理想主義の純粋な魂は、表現されて死んで、あとに残されたのは、偶像化という亡骸《なきがら》になりかねないのである。

ちなみに、このように、偶像化を巡る要請が、ほかならぬ理想主義によって惹《ひ》き起こされる自己矛盾は、封建時代の百姓が、あるいは「死なぬように生きぬように」横暴《おうぼう》な専制《せんせい》下に置かれたのに、似ていない訳ではない。

とはいえ、理想主義を認める以上は、その本来的な宣布性を肯定せざるを得ず、そしてそれは、必要最小限の表現を認めることなのである。そうであれば、偶像化の問題は、表現の行為において、創造的、発明的に解決するしかない、むしろ表現本来の限りなく重たい課題として、その成否《せいひ》を占《うらな》うことになるのである。

実際にも、例えば、東西の宗教芸術において、その表現の傑作《けっさく》は、その神的な理想主義の宣布性ないし精神が、偶像性と相拮抗《あいきっこう》しながらも、かえってそれを媒体として取り込み、利用したのだろう。そして、その霊肉の如き融合《ゆうごう》一体化のうちに、純粋な表現に成功したのであろう。そこに芸術の神秘があり、偶像性にも、粗末な粘土細工《ねんどざいく》の類《たぐ》いもあれば、神韻漂《しんいんただよ》う高度の芸術作品もあるのである。

## 〝天使の反抗〟としての白鳥の〝反理想主義〟

しかし、白鳥のケースでは、偶像排撃《はいげき》は理想主義周辺に林立《りんりつ》、鎮座《ちんざ》する、その一般的な縄張《なわば》り範囲を明らかに超え出たのである。とりわけトルストイの家出をめぐっては、その矛先《ほこさき》は内々に、理想主義本体――〝内なる理想主義〟に向けられたのである。それは、白鳥の理想主義者としての生まれとの、隠微《いんび》な関係のはらんだ問題として、ある種の自己免疫《めんえき》反応を思わせたのである。

実際、その隠れた自己の問題こそは、白鳥の内面深くに錠《じょう》を下ろされた、キリスト教をめぐる信仰告白《しんこうこくはく》の問題として現れたのである。それは、青年期の白鳥が、受洗《じゅせん》してからたいして時間も置かず、〝棄教《ききょう》〟に至《いた》った、その内部の闇に関するもので、魂に生じた深刻な分裂、葛藤《かっとう》を窺《うかが》わせるのである。その内部のドラマこそは、青春期の混沌《こんとん》たる状況において、白鳥が己れの内的世界に親しく目撃《もくげき》し、立ち会った、思想の原始の光の誕生に関係したのである。それは、いわば地上の言語を以てしては、キリストへの憧憬《どうけい》と帰依《きえ》の感情によってのみ、唯一形容が可能な、高度の精神性のうちに顕現《けんげん》したのである。キェルケゴールが、その著『死に至る病』において、高度の詩人的実存を必然に見舞《みま》う、その不可避性《ふかひせい》を述べているように、それは見神《けんしん》の体験に似ていたのである。白鳥は、そのヴィジョンに捕らえられ、決定的に魅《み》せられさえしながら、しかもなお、天使が神に反抗するように、それを頑《かたく》なに拒否したのである。それは、その天上的な純粋さのゆえに、かえって、世俗的な意識勢力との間に軋轢《あつれき》が生じて、深刻な対立や葛藤《かっとう》、分裂をもたらしたのである。あげく、白鳥の一方に組《くみ》した自己否定、抹殺《まっさつ》の強行が、いわば意識の上で〝棄教《ききょう》〟という決着《けっちゃく》をもたらしたものの、問題の本質的な解決になるはずもなかったのである。人為《じんい》的、意識的な処理によって、どうにでも自由になる問題ではなかったからである。ちょうど、幹《みき》は切り倒《たお》されても、地下の根茎《こんけい》でしぶとく生き続ける植物のように、潜在的に大きな力をはらんだ問題であったのである。問題は抑圧《よくあつ》される結果となって、一種トラウマ化し、意識の地下に潜伏《せんぷく》、内攻化《ないこうか》したのである。

この反抗ないし自己分裂、——キリスト教の受容と懐疑、逡巡《しゅんじゅん》、離反《りはん》、棄教といった、魂の不幸と絶望、孤独こそは、以後、白鳥の内的生涯を暗黒の一角から支配、形成して、独自の信仰告白の問題をネガティブに引きずってきたのである。——それが、内心深くに刺《さ》さった棘《とげ》となり、トルストイの家出報道に接して、あまりに白鳥的な、過敏《かびん》、過剰《かじょう》なまでの、トラウマ的批判反応を惹《ひ》き起こしたのである。

その圧《お》し隠された内的光景が、「思想と実生活」論争において、小林の視線のうちに捉えられ、浮彫りにされるのである。それはキェルケゴール的に言えば、意識の光の過剰な氾濫《はんらん》が、天使的な明晰《めいせき》を以て、白鳥の内的実存を見舞《みま》った問題なのである。——しかし、それは又、白鳥の自他との関係の意識としての自己意識が、理想主義者としての生まれとの間に、一種の捻《ね》じれや倒錯《とうさく》を抱《かか》えていることなのである。それは、理想主義本来の高度の意識性に鑑《かんが》みると、直接には説明の不可能な、一種自己矛盾した現象なのである。そこには、肝心《かんじん》の白鳥自身にも気づかれぬ形で、意識の存在論的な断層《だんそう》ないし異次元的なずれが存在したのである。——問題の根は、白鳥の信仰をめぐる意識的な対応を越えて、更に無意識の深みの客観的な存在論的広がりにまで及んだのである。

かくして、それは、小林の「何一つ理屈では片付かぬ」問題として、トルストイの家出をめぐる白鳥発言に端《たん》を発して、「思想と実生活」論争をもたらし、言語以前の深みから一気に火を噴《ふ》いたのである。

## 「思想と実生活」論争について

この論争は、理屈のうえでは、〝思想〟と〝実生活〟という相互に反目《はんもく》、嫉視《しっし》し合う人間活動の両極的な形式が、銘々《めいめい》に正統性の旗幟《きし》を掲《かか》げて争って見えないわけではない。思想が価値を持つのは、実生活的価値との直接的換価《かんか》が可能な限りなのか、それともなお、思想に固有の、人間的自由・精神の唯一の刻印《こくいん》でさえある、一種絶対的な理念的自立性とでもいうべきものがあるのではないか、と。

その発端《ほったん》は、白鳥がトルストイの家出の報道について投げ掛けた〝真相暴露《ばくろ》〟批判にあったのである。

**「廿五年前、トルストイが家出して、田舎の停車場で病死した報道が日本に傳った時、人生に対する抽象的煩悶に堪えず、救済を求めるための旅に上がったという表面的事実を、日本の文壇人はそのまゝに信じて、甘ったれた感動を起したりしたのだが、實際は妻君を怖がって逃げたのであった。人生救済の本家のように世界の識者に信頼されていたトルストイが、山の神を怖れ、世を怖れ、おどおどと家を抜け出て、孤往獨邁の旅に出て、ついに野垂れ死した径路を日記で熟読すると、悲壮でもあり滑稽でもあり、人生の真相を鏡に掛けて見る如くである。ああ、我が敬愛するトルストイ翁！」（『思想と実生活』小林秀雄全集第四巻「作家の顔」新潮社）**

白鳥の暴露的発言は、〝実生活的真相〟という日常的イメージの火薬庫《かやくこ》に火を付けて、思想の巨大基地をその一角《いっかく》から爆発炎上《えんじょう》せしめて、甚大《じんだい》な損傷《そんしょう》を与えるように見える。爆風《ばくふう》のように思想の肉片《にくへん》を飛び散らす、その暴露的な単純明快さのゆえに、ほとんど解説も要しないように見える。そして又、実際、それに小林が正当にも反発《はんぱつ》することによって、「思想と実生活」論争の火蓋《ひぶた》は切られたのである。

引用の白鳥発言は、次の意味を言外《げんがい》に含むのである。――トルストイよ！　あなたの輝かしい思想にもかかわらず、あなたの日記や実生活的事実に徴《ちょう》してみれば、あなたもついに、凡人《ぼんじん》たることを免《まぬか》れ得なかったのか！　と。

これは、偉人《いじん》トルストイも、細君《さいくん》のヒステリーを前にしては、なす術《すべ》もないままに、ついには「家出」という悲惨《ひさん》で滑稽《こっけい》な行為に追い込まれ、あげくに〝野垂れ死に〟同然の最後を遂《と》げざるを得なかったということなのである。その輝かしい全人類的な救済思想との極端な現実的コントラストであり、画餅《がへい》を思わせるその当事者的無能力なのである。

それに対し、小林は、思想の自立性擁護《ようご》の立場から反撃《はんげき》する。白鳥の批判が明るみに出しているのは、家出の〝真相〟ではなくて、単に自然主義文学の瑣末《さまつ》日常的な現実暴露癖《げんじつばくろへき》にすぎないと批判する。

「問題は、トルストイの家出の原因ではない、彼の家出という行為の現実性である。その現実性を正しく眺める為には、『わが懺悔』の思想の存在は必須のものだが、細君のヒステリイなぞはどうでもいいのだ。どうでもいいという意味は、思想の方は掛替のないものだが、ヒステリイの方は何とでも交換出来るものだという意味だ。中略。科学的な見方と言うのか、ともかく事件を因果的に見て、これを普通の社会人の社会的事件のうちに解消し、そこに人生の真相を見ようとする見方と、もう一つは、文学的な見方とでも言うのか、家出は、単なる家庭的乃至は社会的事件としてどれもこれも甲乙があるわけではないが、家出事件がトルストイという特種の人間の特殊な天才を語っている点に、その事件の在るがままの現実性を見ようとする態度である。」（同『文学者の思想と実生活』）

## 〝原因〟の機械力を克服、無化する、思想の反省作用

小林の目には、白鳥は、〝原因〟なる観念にいささか性急《せいきゅう》に訴《うった》えて見える。そのために、トルストイの家出という、思想ないしその一環《いっかん》たり得る現象が、単独に切り離されて、「細君のヒステリー」という原因の機械力に意のままに突き動かされたあげくに、何か細君のヒステリーと置換《ちかん》可能な、等価《とうか》のものに位置づけられるのである。しかし、それは単に、自然発生的な素朴《そぼく》因果論的思考が、玉突きゲームのように、「原因・結果」の単純な問題提起を自明視《じめいし》させているからなのである。

実際、問題は、日常的な物質の舞台《ぶたい》で演ぜられる因果作用ではなく、思考の主体としての人間の社会的行為に関するのである。現実の行為に転化《てんか》するまでに、幾多《いくた》の身体的・心的な過程が前提とされるのである。そのため、時間の因果的な機械的流れを妨害するように横切り、作用する、心的、反省的な攪乱《かくらん》要因、つまり、行為の意識化という根源的な自由の因子《いんし》の介入《かいにゅう》、干渉《かんしょう》を想定するのが、自然なケースについてなのである。

なるほど、白鳥は言う。

「翁は抽象的煩悶の解決のため、すべてを棄てて家出することをかねて考えていたことは分かっているのだが、自殺行為を憧憬している者も、容易に実行に移し得られぬ如く、翁の家出もいつも空想裡に描かれているだけであった。家出を決行させたのは夫人の鞭によって追やられたゝめなのだ。人を強く動かすものは、やはり現実の力である。中略。つまり、抽象的煩悶は夫人の身を借りて凝結して、翁に迫って来て、翁はいても立ってもいられなかったのである。

それ故、この二つの日記が偽書でない限りは、トルストイが現身の細君を憎み細君を恐れて家出をした

**ことは、断じて間違いなしである。鏡に掛けて見る如し。『無一文で流浪しろ』という大学生の手紙は、かねての卜翁の思想に意義を認めた上の忠言であったが、その思想に力が加わったのは、夫婦間の実生活が働きかけたゝめである。実生活と縁を切ったような思想は、幽霊のようで案外力がないのである。」（『抽象的煩悶』正宗白鳥全集第23巻「評論5」（文芸時評））**

白鳥は一見すると、家出の「思想に力が加わったのは、夫婦間の実生活が働きかけた、めである」と、間接的ながらも思想の関与《かんよ》を認めて、その考察《こうさつ》に平等な機会を与えているかに見える。しかしそれも、仔細《しさい》に検討してみると、実際には、思想とは到底呼べない、言葉のごく御座《おざ》なりな意味においてであるにすぎない。「夫人の鞭《むち》」によって、ちょうど家畜《かちく》のように、家出という現実的行為へと追いやられる思想とは、実際には、思想と呼ぶべきではないからである。自由な精神を前提にしない思想は、自己矛盾でしかない。「鞭」は、恐怖の存在を容易に推定《すいてい》させ、そして恐怖に囚《とら》われてなされた家出とは、もはや自由な、思想的意味を帯びた人間的行為ではないのである。それが、自由な行為として、思想的意味との結合《けつごう》の余地を残すためには、「鞭」が存在したにしても、もはや恐怖の専一的《せんいってき》対象としての「鞭」であってはいけないのである。それはせいぜい、自由な精神の前に現れた、一つの与件《よけん》として以上の意味を持ち得ないのである。たとえそれが、一見決定的な影響をもたらして、思想上の決断の契機《けいき》となり得たにしても、そこにおいて決断を下したのは、常に自由な精神そのものでなければならないのである。さもなければ、それは、或る種の心理分析の被験《ひけん》例とすることによって、その行為の意味がよりよく解明されるべき、意識の一種物的な因果的現象、――ノイローゼ的な神経的昂進《こうしん》や意識の混濁《こんだく》に乗《じょう》じた或る種の発作的《ほっさてき》行為でしかないのである。思想という、自由であるがゆえに、己の行為に対して明晰《めいせき》な意識の産物ではあり得ないのである。

したがって又、白鳥が、自らの思想観と究極《きゅうきょく》の立場を明確化するがごとく、「実生活と縁《えん》を切ったような思想は、幽霊のようで案外力がないのである」と、取って付けたように結論づけるのは、今の場合、いささか筋違《すじちが》いと言うべきなのである。なぜなら、問題は実際には、「実生活」と縁を切る切らないの問題ではなくて、単に実生活的要因に受動的、一方的に規定されるような思想は、果たして思想と呼べるか、ということでしかないからだ。小林が、思想の実生活からの自立性、独立を言うとき、それ以上の意味は実際にはなかったのである。たとえ或る思想が実生活に密着《みっちゃく》しているにせよ、それが生きた真の思想であれば、それは思惟《しい》する主体において、一切の外的権威や恐怖、或いは非人間的な無意識の規定力から自由であり、その意味において実生活から独立し、自立しているのだろう。かくして、思想が実生活的、実践的であるということが、思想の実生活への隷属《れいぞく》を意味しないように、その自立性や独立も又、思想の架空《かくう》を意味しないのだろう。

実際、白鳥が建前《たてまえ》で言っているように、家出に思想の関与《かんよ》を認めるのであれば、家出そのものが、思想がいわば発酵《はっこう》し、活性化《かっせいか》したあげくの、ほかならぬ思想的行為として肯定的に捉えられるはずなのである。そして、「細君のヒステリー」も、その最大の功労者《こうろうしゃ》として、積極的に評価されるはずなのである。それはちょうど、かつて悪役視《あくやくし》されていた地中の青カビが、ペニシリンの発明という医学の輝かしい思想的実践をもたらすことで、その評価を一変《いっぺん》させたようなものである。――トルストイの思想のパン種《だね》としての、細君の良性《りょうせい》のヒステリー。しかし、これは白鳥にとっては、到底、根底から受け入れることができるものではない……。

## 何を〝原因〟とするかは、多分に人間の都合によること

いったいが、原因という観念の背後《はいご》に潜んでいるのは、常に或る実際的関心を持った人間であり、原因を求めるということそのものが、すでに主観的に動機づけられた人間行為なのである。それは、純粋な認識的関心に発するというよりは、結果に対する原因の再現性を利用して、対象への働きかけや対応、評価を可能とすることに、その隠れた目的があるのである。そして、このような原因への還元《かんげん》、同一視《どういつし》が、自明な処理に属《ぞく》するのは、対象の自由な再現が、〝原因〟との置換可能な関係のうちに担保《たんぽ》されているからである。加えて、我々の認識そのものが、元来、自然科学の洗練《せんれん》された典型《てんけい》に見るように、事物への操作《そうさ》的な関心の域《いき》を一般的に超えないからなのである。それは、すでに動機づけられた行為として、その候補の枠組み自体が偏向《へんこう》した、無意識的なもので、自然の全体の中からあらかじめ切り出され、抽出《ちゅうしゅつ》されているのである。馬は、ニンジンの原因を、飼《か》い主や畑に認識しても、天候や労働にまで広げることはないのである。

それに対し、原因の観念自体は、元来が時間を無限に遡る連鎖《れんさ》性があって、それらの連鎖を形成する「原因の環《わ》」は、互いに置換可能な関係にあるのである。そのため、これらの無数の可能的原因の中から、或る特定の連鎖点に位置する「細君のヒステリー」を特別扱いにする理由はないのである。それ以前の、いわば宇宙創世《うちゅうそうせい》のビッグバン以来の時間の無限的な流れの、原因の連鎖の環の一つひとつにまで遡行《そこう》して、任意《にんい》の時間点に〝原因〟を求めてもよいのである。例えば、小林が言うように、ヒステリーの更にその原因としての「細君の子宮内膜炎《しきゅうないまくえん》」を仮定していけない理由はないのである。しかしそれを、文豪《ぶんごう》トルストイの家出の〝原因〟としたのでは、いわば役不足《やくぶそく》の感が否《いな》めず、大幅に迫力《はくりょく》を欠くのである。これは、原因を問題とするにせよ、トルストイの〝自由意志〟が直接に問われて、その直近の結果の社会的行為について、道徳的責任を問い得る必要があるからである。

かくして、犯罪者が自由意志の前提のゆえに、犯行の動機や責任を問われるように、トルストイの家出

について も、いわば偉人・文豪としての自由意志の責任を問うに足る原因が、暗々《あんあん》に求められるのである。因果の連鎖を果《は》てしなく遡《さかのぼ》って、〝自由意志〟が一般的に関知《かんち》し得ない、宇宙の遠い星々の運行《うんこう》の高みにまで、〝原因〟をあれこれあげつらうわけにはいかないのである。

## 〝出家〟という思想的家出と自由意志

ところで、家出という行為は、例えば、犯罪行為のように、およそ行為の意味が社会的に問題とされる限りは、何か動かし得ぬ否定的意味が必然に現れなければならないわけではない。現に、〝出家《しゅっけ》〟という思想的家出の伝統が、宗教的ないし野生回帰的な形式を帯びて、人類精神史上に民族や宗教、文明を越えて連綿《れんめん》と観察されるのである。

そうである以上、原因の観念に訴えるにせよ、家出という行為を一旦《いったん》、意味的に白紙《はくし》に戻すべきなのである。そのうえで、現実化にいたるまでの一連の生成の過程に対して、諸々の事物や現象が因果的に関与し得た可能性について、平等な考察の機会を設けるべきなのである。

すると容易に明らかなことは、個人や集団を問わず、およそ人間行為が、日常的な物質の運動のように、因果律の機械的な支配のうちに夢遊病《むゆうびょう》的に遂行《すいこう》されるのは、次のことを物語るのである。すなわち、その行為が、潜勢的《せんせいてき》な状態から現実化するまでの一連の過程において、主体の反省的意識の照明下に捉えられて、対象化（＝意識化）されなかったということである。それゆえに、その行く手の地平に自然的、社会的秩序との関わりを浮き彫りにされず、その占《し》めるべき人間的・社会的な批判的意味合いや、ほかの選択の可能性を明らかにされなかったのである。

その意味で、小林がこの論争において、トルストイの「自分一人のための日記」に言及しているのは注意に値するのである。そこには、細君のヒステリーに悩まされている、トルストイ自らの滑稽《こっけい》さ加減《かげん》が書き記《しる》されているからである。

**「この滑稽さ加減はどうだ。いかにも重大な立派な思想を、教えたり説いたりしながら、同時に女達のヒステリィ騒ぎに巻き込まれて、これと闘い、大部分の時間を潰しているのだ。」(「日記」(1910年9月27日) トルストイ全集第十八巻中村白葉・中村融訳、河出書房新社)**

トルストイは、家出の原因たり得るものに対して、十分に意識的、反省的であったのである。そしてそのゆえに、細君のヒステリーも又、この滑稽視《こっけいし》という、第三者的な照明を浴びて、その〝原因〟としての直接的な絶対性や無意識の規定力《きていりょく》を、廃棄《はいき》、無効化《むこうか》されただろうことを多分に推測させるのである。

この滑稽視という、それ自身が優《すぐ》れて意識的な行為は、その対象が風俗や習慣、権威、あるいは政治権力その他何であれ、次のことを物語るのである。すなわち、そこに意識の距離が多少とも取られて、対象を時空の無限の広がりと流れのうちに、第三者的に位置づけて、相対的《そうたいてき》、客観的に眺《なが》める、精神の自由の能力を前提にしているのである。その一種の投影物《とうえいぶつ》であり、その能力を先取《さきど》るように証拠立てているのである。

結局、〝原因たり得るもの〟は、それが否定的な性格のものであれば、その結果が機械的に生成される以前に、トルストイの反省的意識に捕らえられて、その影響力がかき消されたのである。そのことは、微《び》量《りょう》の毒物《どくぶつ》が目に見えない形で神経中枢《ちゅうすう》を侵《おか》すように、〝原因〟が、反省の意識の及ばない無意識の地下経《けい》路《ろ》を通って、作用を及ぼしたと仮定しても同様なのである。この場合でも、トルストイが心神喪失《しんしんそうしつ》の状態に陥《おちい》るのでもなければ、その結果が行動となって現実に侵入《しんにゅう》する直前において、意識の反射的《はんしゃてき》な反省作用を被って、〝家出〟の行為を水際《みずぎわ》で阻止《そし》されたはずなのである。

かくして、トルストイの家出については、いかなる機械的な原因が作用したにせよ、その現実化の過程には、反省的意識の介入や干渉という、機会の超え得ぬハードルが、いずれ無限の深淵《しんえん》さながらに横たわって、単独の実現を阻《はば》んだのである。

## 〝世界観的欲望〟としてのトルストイの家出

実際、トルストイの家出が、細君のヒステリーの因果的支配を脱《だっ》していたばかりでなく、むしろその影響を予《あらかじ》め見越して、その狡猾《こうかつ》な利用を考えつくまでに、いかに執拗《しつよう》で、業深《ごうふか》い動機に発していたかは、先の「自分一人のための日記」の次の箇所からも明らかなように思われる。

**「相変らず同じ重苦しい気持ち。疑惑、監視、あれが家出の動機を与えてくれないかという罪深い望み。私は全く悪いのだ。だが、家出を、それから彼女の境遇を考える。すると、可哀相になって、やはり出来ない。」（同「日記」（1910年10月25日）、傍点引用者）**

真の動機は、トルストイの内奥の暗い一隅にじっと身を潜《ひそ》めて、自らの出番《でばん》を窺《うかが》っているのである。それはあたかも、闇の奥底から眼を光らせて獲物を狙《ねら》う貪婪《どんらん》な生き物のように、細君のヒステリーさえも利用しようとするのである。それゆえにトルストイは、それを「罪深い望み」と言う。そして、利用されるものは、それを「動機」と呼んだところで、単にまことの動機が、自らの発現《はつげん》の外部的機会として利用して、己の合理化に用いるだけの傀儡《かいらい》的動機にすぎない。依然《いぜん》として究極の動機、つまり家出という行為の真の支配的な原因は別に存するのである。それが、トルストイを強迫観念《きょうはくかんねん》のように絶えず駆《か》り立てて、細君の不幸なヒステリーさえも利用しようとするのである……。それはもはや、トルストイの心的世界の暗い宿命の深みに潜んだ、宿痾《しゅくあ》にも似た世界観的欲望というべく、その思想を不幸な情念《じょうねん》の側から物語るのである。

したがって、家出が現実に遂行《すいこう》されたということは、むしろ、次のことこそが、最もありそうなことであったのである。それは、その家出が、事前にいかなる機械的な因果的過程や、数多《あまた》の原因ないし候補的原因にさらされたにせよ、結局は、トルストイ自らが、その究極の意志において、それを望み、欲したということなのである。我々が思いつきそうな原因・結果の類いや、社会的、道徳的に考え得る一切を、自ら考え、かつ承知のうえで、あえて〝家出〟という行為に踏み切ったのである。

それはもはや、自由意志による、究極の人生論的意味付けの産物ではあっても、何か機械的な因果関係がもたらした結果ではない。かえって、トルストイの思想的生涯が、いわば〝家出〟という行為の一点のうちに投入、凝縮《ぎょうしゅく》されて、その人生論的懐疑や問いかけ、意味付けではち切れんばかりになった、一種無限的な様相の下に決行されたのである。あたかも、稲妻《いなずま》に見舞われた避雷針《ひらいしん》のように、日常性を超えた思想的意味の膨大《ぼうだい》な負荷《ふか》にさらされ、容赦なく直撃《ちょくげき》されたのである……。その思想の雷雲《らいうん》がすでに、威嚇《いかく》するがごとく、トルストイ晩年の夜空に鳴り響いて、妖《あや》しい閃光《せんこう》を度々《たびたび》放っていた様子《ようす》は、すでに見た「自分一人の日記」の随所《ずいしょ》に窺《うかが》われるのであろう。

しかし、白鳥にあっては、思想は、実生活への隷属《れいぞく》的な関係性においてのみ唯一存在し得て、それ自身は自立した価値や意義を持ち得ないのである。――そこに潜《ひそ》んでいるのは、思想への近親憎悪《きんしんぞうお》にも似た或る特異な感情なのである。それが、トルストイの家出事件の報道を契機《けいき》に一挙《いっきょ》に噴出《ふんしゅつ》して、時代の形骸化《けいがいか》した実証主義や唯物的《ゆいぶつてき》風潮のうちに、白鳥自らが思想の魔女狩りの急先鋒《きゅうせんぽう》に転じたのである。

――思想に対する憎悪、これは優《すぐ》れて思想的なテーマに属するのである。それは、思想への無関心や無感覚を物語るというよりは、むしろ逆に、思想へのほとんど情熱の域にまで高められた、或る並々《なみなみ》ならぬ関心の、一種屈折《くっせつ》した産物を思わせるからである。そしてそこに、この論争のもう一つの顔である、真の当事者的主題が存したのである。

## 思想の自律性とアインシュタインの〝死亡広告〟

一体が、すでに見たように、白鳥が、西欧中世紀の「『現実の世界、それがすでにアレゴリーである』実生活は影であり幻」であり、「真の事実は天のかなたにある」との思想に惹《ひ》かれること自体が、思想の自律性《じりつせい》の強い影響下に置かれているのである。それが、白鳥内部に、理想主義の本能的ヴィジョンを刺《し》戟《げき》、目覚めさせるなかで、逆に、その突き上げる衝動《しょうどう》の不思議を明らめさせようとするのである。しかしそれは、他面では、思想の自律性が白鳥の内的生活に徹底した支配を及ぼすことで、その透徹《とうてつ》した意識のうちに、実生活からの亀裂《きれつ》や断絶《だんぜつ》の自覚ないし意識をもたらしていることなのである。

そしてそれは、先のドストエフスキイの「浅瀬のリアリズム批判」が、現実への浅深《せんしん》の二重意識を窺《うかが》わせるように、白鳥に限られず、思想の人に共通に観察されることなのである。

例えば、文学の世界とは無関係に見える、科学者アインシュタインの『自伝ノート』にも、そのことが興味深く窺《うかが》えるのである。それは自らの〝死亡広告〟の異様な記載から始まっていて、思想をはらんだ内的世界がもともと、実生活との間に深い決定的な断絶を有することを、生涯をくるにふさわしい思想的広告として、確認的に宣言しているのである。それは、ほかならぬ思想の自律性が、そのもたらす生産的な干渉において、実生活との間に必然たらしめた積極的な産物であり、その側面的な証《あか》しなのである。それが、アインシュタイン十二歳のときに読んだ科学の通俗本が、聖書の世界観からの決定的な転換をもたらすなかで、少年期の魂のうちに芽《め》ぐまれ、未来への道筋《みちすじ》を啓《ひら》かれたのである。以後、自律性の支配する内的生活こそは、アインシュタインにとって、生きる一切の意味やリアリティを、唯一信頼して求めることのできる世界として君臨したのである。

**「(幼少年期の)楽園を脱け出ると、われわれ人類とは独立に存在し、われわれの前に偉大で永遠の謎のように立ちはだかっているが、少なくとも部分的にはわれわれの考察や思考の対象となしうる、この巨大な現実世界があった。この世界についての考察はまるで何かから解放されたときのように私をひきつけ、私はすぐに、私が尊敬し敬服するようになった多くの人達が、このような考察に熱中することに内面的な自由と安全を見いだしていたということを知った。この没個的な世界を、与えられた可能性の枠のなかで知的に把握するという事が、なかば意識的になかば無意識的に最も崇高な目標として私の眼の前にちらついた。」(『自伝ノート』アルベルト・アインシュタイン著、中村誠太郎・五十嵐正敬訳、東京図書)**

理想主義は本来、主義主張や看板《かんばん》立ての類いではなくて、生き方の問題に属するのであろう。そうであれば、本来の内面性＝思想性に着目すれば、アインシュタインのように、〝最も崇高《すうこう》な目標〟を感受《かんじゅ》ないし抱懐《ほうかい》して、その憧憬裡《どうけいり》に支配された生き方こそは、ほかならぬ理想主義というべきなのであろう。それは、生きる対象的な世界が、科学の世界か、文学の世界かは無関係なのである。そうであれば、白鳥も又、その看板にかかわりなく、その生き方の内実ゆえに、紛《まぎ》れもない理想主義者であったのである。

## 「思想」と「実生活」のあべこべ

しかし、それにしても白鳥にあっては、すでに明らかなように、思想――つまり、現世的有効性を帯びるべき理想主義が、そもそも地上のドラマで主役めいた役割を演じることは有り得ないのである。それが「思想」と呼ばれる限りは、栄光《えいこう》を示唆《しさ》すべき、いかなる可能性をも拒否されるのである。思想は、白鳥にとって、〝不倶戴天《ふぐたいてん》の敵〟でなければならないもののごとく、その一切の現実的な主権的権能《けんのう》を剥奪《はくだつ》されて、せいぜいが実生活の下僕《げぼく》的地位を宛《あて》がわれるにすぎない。

しかも白鳥にあっては、実利《じつり》的、功利《こうり》主義的な立場ともいささか異なって、思想が思想である限りは、現実の些末《さまつ》事に絶《た》えずつまずいて、挫折《ざせつ》すべき、本質的に無能無力な木偶《でく》的存在でなければならないのである。

かくして、思想は、その〝本質的虚像《きょぞう》性〟にふさわしい烙印《らくいん》を押されて、実生活のみじめな鎖《くさり》につながれ、その後塵《こうじん》を拝《はい》するしかないもののごとくなのである。

しかし今の場合、次の問いを発することは正当なのである。いったい、白鳥が、思想の位置づけとは対照的に、贔屓《ひいき》の引き倒しさながらに、その優位性にかくも固執《こしつ》する「実生活」とは、白鳥自身にとって実際には何だったのか?と。

この問いが正当なのは、すでに触れたように、この論争の根底深く隠れているものこそは、実は、思想に対する、白鳥自身の近親憎悪にも似た特異な感情だからである。そのため、次のことは、十分あり得るからだ。それは、憎しみというものは、その対象を誹謗《ひぼう》し、中傷し、攻撃するためには、自らがたいして信じてもいないものをいかにも信じているふりをして、それを攻撃の材料に使い、自らの合理化を行うものだということである。――白鳥は、「思想」を攻撃するうえで、同様の効果を上げさえすれば、特に

「実生活」という一般的、公共的概念を持ち出すまでもなく、私的な些細事《ささいじ》、例えば「歯痛」でも、本当はよかったのではないか？　と。

そしてこの問いかけは、思想に対する憎悪という、それ自身がすでに思想的な興味を唆《そそ》る問題を別にしても、「実生活」という言葉が、思想に対する尖鋭《せんえい》な批判的、対抗的概念として、白鳥自らに甚《はなは》だ思想的に使われている以上、次のことからも正当なのである。つまり、言葉というものは、それが作家や思想家の内面世界に必然に関わらざるを得ぬとき、それは又、意味の個性的ニュアンスを逆にそこから受け取って、微妙な形ではらむものだということである。

## 思想の独創性は、言葉の意味の内的な偏向や重点化を不可避とすること

このことは、言葉が、作家の思想や人生観に象徴的に関わる用語であるとき、一層真実で決定的なのである。なぜなら、作家が独創的、個性的であればあるほど、言葉は、その所与の一般的意味との素朴な一体性から脱け出て、思想や人生観あるいは対時代的な批判意識の言語的、象徴的行使として、その意味の改訂や添削《てんさく》、あるいは秘密の割当てを被らざるを得ないからだ。言葉は、その意味の一般性から出発しながら、作家の内面深くに表象するにつれていよいよ、個性的な色彩と独自の方向性を帯びて、意味の偏向ないしは重点化を必然に生ずるのである。かくして、言葉の意味は、作家の内面性がそこに立脚《りっきゃく》して時代に抵抗する力の微妙な均衡点《きんこうてん》であり、あたかも内的苦闘《くとう》の果てに、時代の一般性の支配からひそかに戦い取り、奪回《だっかい》した〝思想の聖地〟の記念碑的な国境標石《ひょうせき》を思わせるのである……。

小林は、この問題が、白鳥という存在を批評するにあたっても避《さ》け難く、その思想の個性的な顔つきそのもののように、むしろ極端な形で存在することを見て取るのである。その思想の象徴的な符牒《ふちょう》であると

ともに、論争の前提的用語である「実生活」あるいは「自然主義」という言葉が、白鳥の自意識の秘密の暗がりで謎めいた意味を帯《お》びて存在するのである。キリスト教をめぐる白鳥の曲折《きょくせつ》に満ちた内的遍歴《へんれき》を別にしても、世間的な事物や理想のうちに潜《ひそ》む自己満足や幻想、観念性、あるいは生きることの無意味さを暴《あば》き立ててやまず、また、自らが子供を作らなかったことをもって何かの罪ほろぼしであり、地球への一つの消極的善行とその苦衷《くちゅう》の淵から呟《つぶや》くように考える作家が、たとえ自らを実生活主義者と見なしたところで、それは、にわかには信じがたいのだ。それが世間一般の尋常《じんじょう》な代物《しろもの》から大きな懸隔《けんかく》をはらんでいたであろうことは容易に推察できるのである。白鳥の実生活とはむしろ、実生活の燃え殻《がら》に似ているのである。それは、白鳥の懐疑の火に喰《くら》い尽《つ》くされて、その白々《しらじら》とした灰塊《はいかい》にとどめたわずかな残痕《ざんこん》から、かつての存在の名前が辛《かろ》うじて推測されるにすぎない。そこに実際にあるのは、あえてそれを実生活という言葉と結び付けようとする、白鳥自らの凶暴《きょうぼう》な祈りにも似た思想的意志をおいて以外にはないのだ。――それはもはや、不死鳥がそこから甦《よみがえ》るべき高価な灰を思わせて、生きて予兆《よちょう》をはらんだ意味の現前《げんぜん》において、実生活よりもむしろ、思想に似ているのである……。

しかも、この白鳥は、実生活の灰燼《かいじん》の中から、不死鳥のように、その姿を半ば現しながら、依然として灰に塗《まみ》れて輾転《てんてん》とするだけで、その本然《ほんねん》の領域へと飛び立つことがなかったのである。己の祝福された高貴のアイデンティティ――その純粋な高みへの回帰の詩《うた》を、高らかに歌わなかったのである。

## 〝みにくいアヒルの子〟であり続けた白鳥

かえって、この白鳥は、いわば時代のアヒルの群れに立ち混《ま》じって、なぜか、みにくいアヒルの子であり続けることに固執《こしつ》したのである。その行動は、なるほど、時代の騒然《そうぜん》たる親鳥たちから学習した、唯物《ゆいぶつ》的な地上信仰や、自然主義の性急《せいきゅう》な攻撃性において、明らかにアヒルを思わせたのである。しかし、もはや時満《ときみ》ちて、純白《じゅんぱく》の憧憬色《どうけいしょく》に抜《ぬ》け替《か》わった羽毛《うもう》や、一人孤高《ここう》のうちに佇《たたず》む堂々たる体躯《たいく》、あるいは賢《かしこ》い蛇《へび》を思わせて、優美《ゆうび》でしなやかな懐疑する首、そして言葉の重力に逆《さか》らって、やすやすと大空へと翔《か》け昇り得る、直観的想像力の強大な翼において、鳥の王者の血筋を紛《まぎ》れもなく顕《あら》わしたのである。――かくしてこの白鳥は、本能の目覚めの季節に促《うなが》されて、懐《なつ》かしい大空のコースへと心惹《ひ》かれ、憧《あこが》れつつも、なお飛び立つこともなく、地を這《は》う鳥たちの一員に留《と》まったのである……。

この、地上でアヒルを生涯演じ続けた白鳥が、その争われぬ出自《しゅつじ》や、自己実存の究極《きゅうきょく》の真実ないし真実たり得るものを、ほかならぬ〝自己〟に認めたのは、もはや猶予《ゆうよ》の叶《かな》わぬ一切の死を前にしてにすぎない。あたかも、人里《ひとざと》から遠く離れた湖辺《こへん》の葦《あし》の茂《しげ》みに隠れて、ひとり喘《あえ》ぎ鳴くような、文字通り、瀕死《ひんし》の〝白鳥の歌〟においてであったのである。臨終《りんじゅう》の床《とこ》で初めて自らに許した、キリスト教への回帰の告解《こくかい》における、「アーメン」の呟《つぶや》きにおいてなのである。――それはもはや、死を目前《もくぜん》に迎《むか》えて、この世に生きた意味の証《あか》し、ないしはそれに就《つ》くことを以て永遠の死処《ししょ》とするに値《あたい》する自己を、己の内的生涯の回想《かいそう》の波間《なみま》に見えつ隠れつする、幾多《いくた》の自己感情から唯一選択することを、今こそ求められたのである。そして、キリスト教信仰に象徴される或る無垢《むく》の憧憬《どうけい》にも似た自己が、存在のささやかとはいえ、その生涯を貫く癒《いや》し難い真実の自己感情に唯一最もふさわしいものとして、憚《はばか》りなく選択され、その欠けることのない全一の姿を現したのである。この隠れた自己は、そこにおいて初めて、老《お》いたる頑固な父によって廃嫡《はいちゃく》を解《と》かれた子のごとく、白鳥自らに認知《にんち》され、その片言《かたこと》に歌うような束《つか》の間《ま》の表現を与えられるにすぎない。教義や制度としてのキリスト教以前の、この実存の幽暗《ゆうあん》の選択のうちに、無神論者にして犬儒家《けんじゅか》の白鳥が、その意識世界の前面から撤退《てったい》すると同時に、神秘家《しんぴか》の魂を彷彿《ほうふつ》させる〝自己〟が顕現《けんげん》し、その意識的自己全体との融和《ゆうわ》と和解、一体化を初めて遂《と》げるのである……。かくして白鳥は、さながら〝永遠の自己〟を聖別《せいべつ》する黙示《もくじ》の深みにおいて、自己が最も自己自身であるところの、自己の源泉へと回帰《かいき》して、その内的な全一性を成《な》し遂《と》げるごとくなのである。

しかし、それも、宇宙の遠い彼方に観測《かんそく》される「星の一生」の鮮《あざ》やかな幕切《まくぎ》れのように、白鳥の実存の星雲《せいうん》の暗い一点から突如《とつじょ》として輝き始めて、その時空の全体をまばゆく照らし出しながら、瞬《またた》く間に、宇宙の無限の暗黒の底に再び消え去ったのである。この隠れた〝自己〟の存在は、結局、白鳥文学において、直接的な表現や象徴を獲得することはなかったのである。そしてそれは、白鳥の批評文学を正しく評価するうえでの決定的な重要性にもかかわらず、近代日本文学史全体のブラックホールさながらに、認識の光がその存在点に到達すると、あたかも〝物自体〟の穴に落ち込んで、もはや再び概念の此岸《しがん》に戻ることが適《かな》わないかのごとく、解釈の反響像《はんきょうぞう》を結《むす》ばなかったのである

## 「思想と実生活」論争の隠れたテーマとしての〝自己〟

それゆえ、「思想と実生活」論争の本当の問題は、「思想」と「実生活」の優劣《ゆうれつ》にあったわけではない。思想の信仰告白としての、そして、白鳥のキリスト教信仰をめぐる問題と根源的に同一の、白鳥内部の秘密の深みに隠匿《いんとく》された〝自己〟への去就《きょしゅう》、ないしはその認知《にんち》をめぐる問題にこそあったのである。思想といい、実生活といい、そこでは、いずれもその肯定的あるいは否定的な、内的意志の象徴的な記号として現れたのである。それが、白鳥の意味連想の機構に逆鱗《げきりん》の特異点をもたらして、常軌《じょうき》を逸《いっ》した、過剰《かじょう》、過激なまでの反応を惹《ひ》き起こすのである。〝思想〟は、その純粋な理想主義的本質において、白鳥の内奥《ないおう》深くに抑圧された〝自己〟の謎めいた影を、あたかも鏡のように、内部の眼に彷彿《ほうふつ》させるのである。それゆえに、その恐れを地上から一掃《いっそう》すべく、白鳥は、鏡を手当たりしだいに破壊するように、思想を攻撃し、

拒否するのである。

かくして小林は、後年、絶筆『正宗白鳥の作について』で、ようやくにして、長年の〝宿題〟に着手《ちゃくしゅ》するのである。自ら敬愛《けいあい》の念《ねん》を以て、〝倒錯的理想主義者〟と呼ばざるを得なかったゆえんの、その無意識の実存の深みにメスを入れようとする。しかし注意すべきは、そこで取り上げられる自己概念が、すでにその所在といい、通念的《つうねんてき》意識から大きくかけ離れて謎めいていることである。例えば、小林は、晩年の白鳥が述懐《じゅっかい》した感慨に触れる。

「七十五歳の時に刊行された角川版『正宗白鳥』の巻頭には、『文筆生活五十餘年わが痛感した事は努力の効乏しくて偏へに天分次第である事である』といふ言葉が掲げられてゐる。尋常な感慨ではない。五十年の文筆生活を回顧すれば、まるで、己の持って生れた性質に出會ふ為に、人生を逆に歩いたやうなものだと言ふのである。これが筆者の全く素直な告白であるのを納得するのは、そんなに易しい事ではあるまい。何故かといふと、出来るだけ自己に忠實に生きた人でなければ、このやうな事が言へた筈もないからだ。」（『正宗白鳥の作について』小林秀雄全作品別巻Ⅱ「感想（下）」新潮社）

注意すべきは、白鳥発言は、小林によって、二重の意味領域から捉《とら》えられていることなのである。第一は、「天分次第」云々の、社会的に容易に流布《るふ》する一般的な意味領域なのである。そして第二は、白鳥独自の内的世界との関連において初めて現れ、かつ担保《たんぽ》される意味領域なのである。いわば紙背《しはい》に徹《てっ》して経験される、「出来るだけ自己に忠實《ちゅうじつ》に生きた」〝証し〟としてのそれなのである。

なるほど、両者の間には、一般的な意味連関において大きな断絶があるのであろう。しかし、小林に言わせれば、第一の意味領域は、第二の意味領域と結び付き、内的に融合一体化することで初めて、その生きた全体的意味を獲得するのである。その「尋常《じんじょう》な感慨ではない」真実が担保されるのである。

そうであれば、両者の関係にあっては、第二の意味領域は、あたかも人形劇を操《あやつ》る黒子《くろこ》の役割を思わせないわけではない。そのからくりを、読者自らが、己の内部に迎え入れて、一体化することが、そのまま、白鳥という批評のドラマの真実に参加することなのである……。

このような、意味の二重性は、すでに触れたように、白鳥という批評的主題が、小林の解釈に対して強制し、必然化した、〝自己〟をめぐる特徴的な意味現象なのである。例えば、引用が長くなるが、「思想と実生活論争」を回顧《かいこ》した次の箇所《かしょ》にも、似たようなことがはっきりと窺《うかが》えるのである。


「大多数の読者には、論戦はたゞ有耶無耶に終わって了ったと映ったであろうが、論戦の当事者には、論戦はその内部から全く別様に見えていた。中略。論争をするとは、人生如何に生くべきかという、自力で自分流にしか入り込めない汲盡せぬ難題に、知らぬ間に連れ込まれる事だったからだ。お互いに、これをよく感じ取っていたからである。

トルストイの家出問題は、余程古くからの正宗氏の関心事であった。全集を見て行くと、『トルストイについて』という文章が大正十五年に書かれている。今度初めて読んだが、非常に面白い文で、改めてこの同じ問題につき、いろいろと思いをめぐらした。次のように書かれている。

『十数年前、私は【アンナカレニナ】をはじめて読んで、ウーロンスキーがアンナをはじめて見るところの描写の巧妙に驚いて以来、トルストイの作物を読むたびに、空前絶後東西無比の作家として彼れを仰ぎ見ているのである。』と。

随分強い表現であるが、正宗氏のトルストイとの接触が、このような烈しい感情に始まっているのを無視するわけにはいかないのである。『アンナカレニナ』の芸術的価値は、やがて作者自身によって否定さ

**れる。否定されて、大小説家トルストイの代わりに、求道者としての大思想家トルストイが現れ、信者の群れが、これを取り巻く事になる。この空想的世界が消えて、惨めな家出の現実が現れるのを確認し、正宗氏は、信者の妄想を否定し去るのだが、否定し去ったところで、トルストイを仰ぎ見ていた氏の濃厚な心情が消滅した筈はない。トルストイ信奉者を否定するなど正宗氏には易々たる事であっただろう。何故かと言うとそれは、トルストイに対する己れの心情の始末という難事は避けて通ってもいいという事だったからだ。私の正宗氏との論争の切っ掛けとなった文は先に引いたが、文の重点は『人生の真相を鏡に掛けて見る如くである。』にはなく、『あゝ、我が敬愛するトルストイ翁！』にあった。」（同）**

小林は、トルストイとの白鳥の接触の常ならぬ烈《はげ》しさ、そのトルストイを仰ぎ見る「濃厚《のうこう》な心情」に触れる。そしてそのうえで、論争の引き金となった白鳥の文の重点が、「人生の真相を鏡に掛けて見るごとくである」という箇所にではなく、「あゝ、我が敬愛するトルストイ翁！」にあるという。

しかし、この指摘も、実際には奇妙なのである。なぜなら、言語の一般的効果という点から見れば、この文の重点が、「人生の真相を鏡に掛けて見る如くである。」という攻撃的、暴露《ばくろ》的な箇所にあるのは明らかだからである。一般読者は、そこにこそ敏感《びんかん》に反応するものであって、又、小林自身のかつての反発や論争の発端《ほったん》がそこにあったのも、すでに見たとおりなのである。つまり、それが、言葉の平均的な意味効果において明らかにされる「重点」——すなわち、その一般的な文脈のうちに自《おの》ずと形成される重点的な意味領域なのである。しかし、小林はそれをあえて否定する。

従ってこれは、この一般的な文脈の中心的意義を否定して、あたかも表面的な地形とは別に、その地下深くを走る火山脈《かざんみゃく》のように、隠れたもう一つの文脈が中心的な意義を帯びて存在するということなのである。小林は、〝文は人なり〟という言葉の持つ意味の全体性及び始源《しげん》性において、あえてそこに、白鳥の

「文」の紙背《しはい》に徹《てっ》した解釈の重点的な意味領域を求めるのである。白鳥の人格の最も基礎的、独創的な領域を現しているがゆえに、前者の一般的文脈でさえも、それと関連づけられることによって、逆にそこから意味の生きたニュアンスを受け取り、かくして、その批評文学の全体像を、一つの個性的な体系のうちに立体的に浮き彫りにするのである。そして、それを解き明かす〝秘密の鍵語《かぎご》〟でもあるかのように、小林は言うのである。――この文の重点は、「あゝ、我が敬愛するトルストイ翁！」という、ある無限の憧憬に向かって白鳥の衷心《ちゅうしん》から迸《ほとばし》り出た、嘆きにも似た言葉にこそあるのだと……。

それはもはや文の重点が、意味の冷却《れいきゃく》した解釈の一般的な地殻《ちかく》上ではなく、今なお地下から高熱の実体的要素が噴出し、流動する、解釈の特異な火山帯に在ることを窺《うかが》わせるのである。それゆえに、その文の生きた全体を捉えるためには、いわば、単にその表面的な地形観察にとどまらず、地下の火脈《かみゃく》との一体的な観測を必要として、すでに慌《あわ》ただしく聳《そび》え立った噴火《ふんか》口や、立ち昇る噴煙《ふんえん》を観察する必要があるもののようなのである。又、実際、この意味の生きた根源的な現れは、地下のマグマが地殻を圧《お》し破って、大気に露《あら》われ出ようとするように、意識の光に向かって上昇《じょうしょう》しようとするのである。小林は、それが内圧《ないあつ》をはらんだ手応《てごた》えを以て、白鳥自身の心情《しんじょう》のうちに、すでに内々に経験されていることに、改めて読者の注意を向ける。

「『学究や職業批評家の常套的観察とは違っていると、私はひどく感心した。』と言っている。そしてゴルキイから引用される――『トルストイの中には、ある憎しみに似た感情を私に喚起させるものが沢山ある。しかしこの憎しみは、私の魂の上に圧潰すような重みでかゝって来る。彼れの不釣合に発達した個性は、殆ど醜に近い怪物現象である。』と。――トルストイは、自分でもどうにもならぬ怪物的資性の重圧に一生苦しんだ人だ。ゴルキイはそう見ている。そう見て、その暗い魂の内部に入り込み、その最後に向かう歩みに同道する。そういうゴルキイの眼光を、正宗氏は、『現実的、天才的』と呼び、その導くところに従い、その言うところを肯定するのである。

ゴルキイの観察によれば、トルストイは、その魂のどん底に於いては、民衆に対する頑強な無関心を持した冷たい人間であった。其処には、彼以外の誰も経験した事のない沈黙した恐ろしい孤独があった。積極的な生きた信仰を持たぬこのような老人を、私は『どん底』に於いて、ルカ老人で書こうとしたのだと、ゴルキイは言う。トルストイが抱いていたのは、理性的宗教であり、彼はその矛盾した不毛な性質をはっきり意識していながら、これに関する思索を不朽の真理として民衆に強制した、恰も自分に必要でないものを、乞食に与えるように民衆に与えたと、ゴルキイは説く。これを読みながら、『怪物トルストイの面目を眼前にちらつかせている。』と、正宗氏は書いている。

これに続いて、この『トルストイについて』という文章の中心部を成す箇所が現れる。――『私は、トルストイの著書は随分読んでいるが、この人の作品ほど人生の種々相を作中に蔵した人はないと思っている。（ゴルキイの言う如く）［あらゆる人間がその裡に自己の一部を、恐らく、彼れの一部に自己の全部を見出し］得られるのである。人生の概念的類型的種々相しか現し得なかったシェークスピアとは比較にならない。無類の客観的詩人と云われている沙翁よりも、（ゴルキイが）主我的主観的作家としている杜翁の作品に於いて、人生が一層深刻に、一層複雑に一層多種多様に現れているのだから不思議だ。』正宗氏の言うように、いかにも不思議な事だ。だが、これはトルストイの怪物的資性に魅入られた正宗氏自身の意識が語られていると見た方がよかろう。そして、それはトルストイを仰ぎ見る己れの心情を出来るなら明瞭化したいという苦しい努力以外の何であったろうか。」（同）

トルストイを仰《あお》ぎ見る白鳥の〝濃厚な心情〟は、トルストイ神話の廃墟《はいきょ》の燃え盛《さか》る炎の中から、一切の世俗的、通念的要素を焼き滅ぼされて、或る純粋な精神的媒体へといよいよ浄化《じょうか》されるもののごとく、その不可思議《ふかしぎ》の姿を抗《あらが》い難く現すのである。

なるほど、白鳥自らは、文学史の既製《きせい》の物差しが、作品鑑賞のもたらす本物のトルストイ経験に役立たないばかりか、矛盾さえ見せることに、〝不思議〟が存するかのように述べる。しかし、実際の経験に遭遇《そうぐう》して、我々の思惑《おもわく》や期待が裏切《うらぎ》られることは、日常的にありふれたことであり、それ自体は不思議でも何でもない。それは結局、用いられた概念の物差しが、現実に対して粗雑《そざつ》に過ぎるか、不適切《ふてきせつ》であるために、実際の経験との間に乖離《かいり》や矛盾が生じたにすぎないのである。

しかし重要なことは、白鳥の〝不思議〟は、その理屈付けにもかかわらず、実際には、トルストイ経験の内実深くに向けられているのである。それは、あたかも、洞窟《どうくつ》の住人《じゅうにん》が、薄暗《うすぐら》い世界から脱《ぬ》け出て初めて目にした、眩《まばゆ》い、燦然《さんぜん》たる光景に似ていなかったわけではない。その一種審美的《しんびてき》な、人生論的照明のうちに、白鳥の内的な存在全体が逆に根底から捉《とら》えられ、震撼《しんかん》させられて、理解や言語化への強い本能的欲求が誘発《ゆうはつ》されるのである。しかも、それは同時に、言語化を拒絶する深淵《しんえん》の実体相《じったいそう》を露《あらわ》にしたのである。白鳥は、溺《おぼ》れる者が藁《わら》をもつかむように、ともかくも表現の手掛《てが》かりを求めて、いわば手当《てあ》たり次第に、文学史上の出来合《できあ》いの物差しや概念に訴え出ようとするのである。あげく、その不思議の経験の周辺的な比較分析において、言語的形象化への無意識の欲求を、迂回的《うかいてき》、代替的《だいたいてき》にせよ、ともかくも満たそうとしたのである。

しかし、白鳥の試みにもかかわらず、その表現への想《おも》いは満《み》たされず、心底に滞《とどこお》り、くすぶって、「あ、、我が敬愛するトルストイ翁！」という届かぬ嘆きのうちに、自ら踏み留《とど》まるしかなかったのである。とはいえ、それは、身を捩《よ》じるように、意識の視線が対象的経験から、己の「濃厚な心情」へと省《かえり》みて、方向を転ずることでもあったのである。そして、その照明下に——対象的不思議を観《かん》じ、仰《あお》ぎ見る

——心情自体の不思議を明らめようとして、かえってその謎をいよいよ浮き彫りにしたのである。

## 〝自己〟の豊かさとしての対世俗的な二重性と、白鳥のケース

白鳥の言動にまつわる二重性は、その内面性、豊かさゆえの、他者や社会との関係の一般性におけるそれなのである。それは、積極的な、溢《あふ》れ出る二重性であり、あたかもコップになみなみと注がれた酒が溢《あふ》れ、流れ出る勢《いきお》いのために、コップの内外に暫時《ざんじ》二重に存在するのに似ているのである。先の、アインシュタインの例のように、「思想の人」に共通の、内的充溢《じゅういつ》ゆえの、対世俗的に余儀なくされた二重性なのである。

しかし、白鳥には、もう一つの二重性があったのである。それが、小林の指摘する〝倒錯的理想主義者〟としての内攻的《ないこうてき》なそれなのである。同じ充溢が今度は、いわば内向きに、理想主義者としての生まれとの関係において、特殊白鳥的に演ぜられたのである。その原初の無意識の関係が、自己解釈ないし自己意識化されるべく、意識の表面へと向かって、表現の光を浴びる過程で、何らかの干渉を被《こうむ》り、一種ヌエ的な分裂を見せるのである

小林は、先に引用した箇所に続いて、次の幼年期の言動を紹介する。

**「この文筆生活五十年の感慨があって数年後、『花より団子』といふ文が書かれてゐるが、文中、正宗氏が、己の性分天分に直かに触れてゐる處がある。」（同『正宗白鳥の作について』）**

そこには、小学校入学まもない頃の回顧《かいこ》が記《しる》されている。作文の時間に、「花見の記」の課題が出され、

子ども心にあれこれ思案して、自分なりに片付けようとするなかで、将来の白鳥がすでに姿を見せる。自ら経験しない事を言われるままに作文することへの、強い抵抗もさる事ながら、与えられた課題へのいわば初動的な対応に、ほかならぬ白鳥が現れる。桜の花を綺麗《きれい》と感じる白鳥が、もう一人の白鳥の攻勢《こうせい》に会って、「そんな事を書いちゃ悪いような気がし」て、引っ込むのである。あげく、「何も書かないで、白紙のまま」先生に提出する。しかし、結局は、先生の熱心な説諭にあって、「花より団子《だんご》」に子ども心の歓心《かんしん》を買われ、結局、「団子が咲いた咲いた」と書いた作文によって、先生から「いい点をつけて」もらう。

しかし、「花より団子」で、——あえて穿《うが》った表現を使うとして——自然主義的決着を見たのは、先生という公《おおやけ》との関係にすぎない。それ以前の、桜の花を綺麗と感じ、不思議に思う白鳥は、別にいるのである。しかしそのことは、意識の表面世界から、単に粗略《そりゃく》に扱《あつか》われて、除《の》け者にされたことではない。実は、積極的な加害《かがい》を被《こうむ》って、カインの弟殺しさながらに、意識の上からいわば亡《な》き者にされるのである。その典型が、隣の家から団子を沢山《たくさん》もらって、たらふく食べたエピソードに際立《きわだ》って現れるのである。

「でも、私にも團子は團子、櫻は櫻。團子は口にうまいもの、櫻は目に美しいもの。或日、隣の家から貰つた團子を腹一杯食べた私は、離れの庭にぽつり〳〵咲きだした花を、自分一人で見上げてゐたが、膨らんだ團子腹を消化させる気になつたのか、その櫻の木にする〳〵と登つて、咲く花を一握り掴んで口の中へ入れた。うまいまづいの感じではなく、綺麗なものを、口から喉を通して腹に入れたやうな感じがした。（中略）味はどうあらうと、綺麗なものを腹に入れたといふ気持ちは快くなつた。家の者に気づかれないうちにどれほどのものが喰はれるかと、人知れぬ異様なたのしみになつた。」（同）

子ども心が「花より団子」を好んで取ったにせよ、興味あるのは、次のことなのだろう。それは、そのいわば自然主義的決着が、幼年期の白鳥において、すでに本質的な解決ではないことが自覚されていることである。のみならず、その自覚にもかかわらず、白鳥ならではの自然主義的奇行が、あえてその決行にいたるのである。――そこに、後年の「思想と実生活」論争における白鳥の雛型《ひながた》を見るのは、さほど困難ではない。白鳥は、いわばトルストイ経験という、「桜の花」の美を鋭敏に感じ取って、憧憬にも似た不思議の思いで胸を一杯にするのである。しかし同時に、その綺麗な「桜の花」を、「口から喉《のど》を通して」腹《はら》に落とさずにはいられない。〝家出事件〟という、実生活の口腹《こうふく》レベルでの咀嚼《そしゃく》感覚によって、思想という〝桜の花の綺麗〟――その〝不思議〟に、白鳥ならではの決着をつけようとするのである。しかしそれは、「桜の花」を不思議に思う〝自己〟をいわば抑圧して、無意識の地下へと幽閉《ゆうへい》することである。――かくして、その抑圧の倒錯した光景は、この絶筆において、フロイトの無意識の心理学を援用《えんよう》させるきっかけとなったのである。

## 〝自己〟とは何か

いったいが、古代ギリシアの神託といわれる「汝自身を知れ」という格言《かくげん》にも窺《うかが》えるように〝自己〟をめぐる問題こそは、我々自身にこれほどまでに身近な存在でありながら、かつ謎に満ちたものはない。
――例えば、パスカルは言う。

**「『私』とは何か？**

**或る人が窓にもたれて通行人を眺めているところへ、私が通りかかったとしたら、彼は私に会うために**

そこにいるといえるだろうか？　否。なぜなら、彼は特にこの私のことを考えているのではないからである。だが、何びとかをその美しさのゆえに愛する者は、その人を愛しているといえるだろうか？　否。なぜなら、天然痘がその人を殺さずにその美しさを奪ったならば、彼はもはやその人を愛しないだろうからである。

もし人が、私の判断、私の記憶のゆえに、私を愛するならば、彼はこの私を愛しているといえるだろうか？　否。なぜなら、私はそういう性質を失っても、なお私自身を失わずにいることができるからである。それでは、この私というものは一たいどこにあるのか？それが身体のうちにあるのでもなければ、魂のうちにあるのでもないとしたら。」（『パンセ』断章三二三、松浪信三郎訳、人文書院）

小林は、フロイトの「夢判断」の著作に触れて、無意識の「欲望《リビド》」に言及する。それは、行為の原動力として、その意識化における自己表現の行為が、二つの相反する精神傾向の争いを内蔵《ないぞう》しているのだと言う。しかし、小林は、肝心の白鳥の自己をめぐる問題に対しては、それ以上に突っ込んで、いわば精神分析的な結論を得ようとするわけではない。幼年期の白鳥ならではの倒錯した奇行に対しても、「性分天分《しょうぶんてんぶん》」という言葉で片付けるのである。これは、しかし小林が、門外漢《もんがいかん》として踏みとどまったというよりは、もともとフロイトの思想に対して、独自の、異なった関心を抱いていたからなのである。それは、フロイトが、自らの思想の先駆的《せんくてき》な業績を、ショーペンハウアーの哲学的洞察に認めた、その根底の認識に通じるのである。それが、白鳥問題に対し、専門家の理論的地平とは全然別の、意外な方向へと照明の光を投げるのである。触れられているのは、フロイトとユングの友情が、決定的な破局《はきょく》を迎える契機《けいき》となった、例の有名なオカルト事件をめぐる謎と学問上の対立である。

「この二人の優れた学者の間では、抽象的論戦などでは決して片付かぬ、極めて興味ある思想劇と呼んでい丶ものが演じられる事になったのである。」（前掲『正宗白鳥の作について』）

白鳥とのかつての論争同様、「極めて興味ある思想劇」が、言語の一般的な意味作用の照明の届かぬ、内面の深みで演ぜられたのである。そして小林は、ここに至って、フロイトの著『己を語る』に触れ、「自己」の問題へと切り込むのである。——自己は、そもそも「極力己《おのれ》を語るまい」と努める事に於いて初めて、言及に値《あたい》する何物かや関係性を辛《かろ》うじて現すのだ、と。

「ローマン派文学によつて育て上げられた作者の自傳とか告白とか言はれてゐるものとは、見たところ、似ても似つかぬもので、極力己を語るまいと努めてゐると言つてもい丶。といふ事は、まさしく、さういふスタイルでなくては、フロイトには『己を語る』道はなかつたといふ事になる。私はさう受取った。」（同）

白鳥のケースも又、「極力己を語るまい」と努めたがために、自他への批判的意識のうちに、いわば生《せい》得《とく》の要因と相俟《あいま》って、倒錯という独自のスタイルを取った自己表現なのである。つまり、白鳥の内的生涯にわたって、高度の精神性が、自己表現として必然化した、全体としての理想主義の表現であり、そのヴァリエーションなのである。そこには、内的存在の機微《きび》の隠れた深みから、表現の行為全般にくまなく行き渡り、浸透《しんとう》、支配した、純粋に内的なものが一貫《いっかん》して存在したのである。それが、天使の無垢《むく》さながらに、小林をして〝西欧本場のクリスチャンよりも更に純粋な〟と言わせたのである。

## 純粋の自己について

それは、〝私の内部〟に、自覚されて存在するがゆえに、紛《まぎ》れもない〝自己〟なのである。しかも、H2Oが純粋な水であるように、いかなる所与性の混入《こんにゅう》もない〝無私の自己〟なのである。その理解の困難は、その在りかが、概念やモノあるいはそれらに固着《こちゃく》した存在様式にではなく、ちょうど、黄金のリングの重心が、その中心に眼に見えない形で存在するように、言語以前の、意識ないし実在の透徹《とうてつ》した深みで初めて捕捉《ほそく》し得ることにある。小林は、ユングの言葉で端的《たんてき》に言う。

**「書簡でしきりに強調されているのは、自分にとって、人生のすべての外的な面は偶発的なものと思われ、ただ内的な事だけが、実体性を持ち、決定的な価値をそなえているように思われたという事なのである。」（同）**

ここに、白鳥の謎を理解する積極的な鍵《かぎ》がある。その「内的な事」は、それだけが持つ「実体性」や「決定的な価値」にもかかわらず、「外的な面」から脱《ぬ》け出ているがゆえに、名前も名付けようもなく、「ただ内的な事」なのである。それが意識の上で照応し、関係し得るのは、唯一、〝無私の自己〟なのである。しかし、それはいわば高価な代償として、「人生のすべての外的な面」の認識や評価に烈《はげ》しい劣化《れっか》作用を及ぼして、「偶発的なもの」へと腐蝕《ふしょく》させ、変質させるのである。

それはすでに見た、アインシュタインの生前の「死亡広告」のケースといい、いわば大思想や大文学を理解するうえで、例外なく襲《おそ》う問題である。しかし、それは、実際的な関心に支配された、通俗的な現実意識からは理解し難いことでもある。

例えば、小林は『私の人生観』で、西行法師《さいぎょうほうし》の歌が「空《くう》を観《かん》ずる」力量《りきりょう》において、常人《じょうじん》の及《およ》び難《がた》いことを言う。それは、誤魔化《ごまか》しの利《き》かない歌の姿としてはっきり現れるという。そうであれば、その作品鑑賞がもたらす〝空観〟は、我々の認識経験を触発《しょくはつ》することで、得がたい現実意識へ多少なりと参入させてくれるのであろう。しかし、我々は同時に、そのせっかくの経験を〝審美的《しんびてき》経験〟という、いわば人畜無害の詩歌の世界に押し込んで、本来の現実意識とは別誂《べつあつら》えとするのである。かくして、一旦《いったん》、作品鑑賞から離れると、元《もと》の木阿弥《もくあみ》さながらに、我々の現実意識も、通俗的なそれに舞い戻るのである。あげく、作品経験やそのもたらした現実意識も、その透徹性において現実の核心深くに食い込み、密着していたほどに、通俗的な現実意識とのあいだに距離の意識をもたらして、逆に〝現実〟から遊離して見えるのである。小林は、ドストエフスキイ論で言う。

**「『我が国の全文学を眺め渡しても、彼ほどその理想が當時の現実と掛離れて了つた作家は一人もゐなかった』とロオザノフは書いた。だが、それは外見だけである。ドストエフスキイ自身は、自分の理想が當時の現実に密着してゐる事を決して疑ひはしなかつた。」（『作家の日記』小林秀雄全集第五巻「ドストエフスキイの生活」新潮社）**

「現実に密着」しているがゆえに、思想的に最有効なはずの理想が、かえって現実から乖離《かいり》して見えるのである。それは、ドストエフスキイにあっては、理想の「内的な事」が及ぼす地下室的な効果が、現実意識を「偶発的なもの」へと転化《てんか》して、外化、腐食《ふしょく》させるからである。そのため、その作品経験を前にすると、評価の行為が依拠すべき、現実意識の立場や足掛かりをなくすことで、却って現実離れした経験の意識がもたらされるのである。

そして実は、この一見現実との落差《らくさ》こそは、時代の意識水準との関係において、文学理想がはらんだ啓《けい》発《はっ》的な位置エネルギーの大きさを物語るのである。瀑布《ばくふ》さながらに、歴史社会に働きかける作品の創造的、批判的な運動エネルギーを決めるのである。小林の『私小説論』の「社会化された私」も、もはや明らかなように、「私」の理想の純粋な位置エネルギーを前提にしているのである。それが、社会の意識水準との関係のうちに、〝社会化〟の運動エネルギーへの宣布的《せんぷてき》な転換性の大きさを決めて、その理念の〝一粒《つぶ》の麦〟の潜勢的なリアリティを外化させ、社会化するのである。

## 白鳥批評の地上最硬《さいこう》の切れと、信仰のうちに捕らえられた〝自己〟

思想文学では、「内的な事」こそが、すべての大前提であり、出発点なのである。小林が、白鳥の「自然主義文学盛衰史」に発見したのも、批評意識の稀有《けう》の高温高圧下でなされた、作品制作に於ける自他のモデル的融合《ゆうごう》が、内的な事のダイヤモンドに結晶していることなのである。

**「モデルを見るとは己を見る事だといふ一種のジレンマが、藤村に誘はれて純化し、しつかりした像《かたち》を結ぶに至つたと言つてもよい。」「作家はモデルに忠実たらんとする道の果てで、己の天性に出會ふと言つてもよからう。」（同『正宗白鳥の作について』）**

藤村の「家」の狭隘《きょうあい》な自然主義的作品を対象にした、白鳥の批評的営為は、己の天性との「出会い」のうちに、かつてトルストイ経験でその〝不思議〟を省《かえり》みられた「内的な事」を、今度は己《おのれ》の作品深くに産出《さんしゅつ》するのである。それは、西欧文物の先端的な摂取《せっしゅ》や同化といった批評的営為に貪婪《どんらん》、多忙《たぼう》な小林にとって、足元での一流の発見、――開眼であり、口伝《くでん》さながらに、白鳥から「批評の本質的な教え」を親しく得たことなのである。

　そして、それこそは又、白鳥の批評文学の、他に徹《てっ》してなお自己である、自在の境地を物語ったのである。その魂深くに省みられた「内的な事」は、ソクラテスのダイモン（神霊《しんれい》）さながらに、懐疑の地上最《さい》硬《こう》の切れ味を見せるのである。小林は言う。

**「鑑三のキリスト教文学を迎えるのにも、藤村の自然主義小説に接するのにも、正宗氏は全く同じ態度を執ってゐる。思想家小説家の常套的区別など眼中にはない。正宗氏には、思想といふものを鑑三のやうに信ずる事が出来なかったし、小説といふものが藤村のやうに信じられなかっただけだ。」（同）**

　信じられているのは唯一、「内的な事」である。晩年の白鳥が、キリスト教のかつての〝棄教〟を否定したのは、本心からであったのである。信仰と言い、懐疑ないし棄教といい、その白他への線引きは、「内的な事」との純粋な関係にあっては、人間性の弱さや暗さゆえに、「偶発的でしかない」「人生の外的な面」に、とかく引き込まれがちなのである。懐疑の猛火《もうか》の中で、いわば、たつきとすべき言葉や観念ともどもに、焼け落ち、消滅するのである。しかしその中にあっても、白鳥には、唯一滅びない、輝く星辰《せいしん》の言葉があったのである。それが、その太初の通力《つうりき》を以て、白鳥の魂を、その抗《あらが》い得ぬ不思議のうちに捕らえつつ、いよいよ内心深く仰《あお》ぎ見られたのである。その黙示《もくじ》の光の永遠の高みから、白鳥の魂に絶えず問い、かつ問われては、その波瀾《はらん》に満ちた内的生涯を、遠くから見守り続けたのである。――**「……すべて信仰によらぬことは罪なり」（新約聖書「ロマ書」）**

――了

# 柄谷行人論――批評のデカダンス

――「後退と解体の過程にある時代というものはすべていつも主観的なものだ。が、逆に、前進しつつある時代はつねに客観的なものを目指している。」（『ゲーテとの対話（上）』エッカーマン著、岩波文庫）

## 思考の素性《すじょう》と思想観

思考と、その思想観との間には、鶏と卵の関係があって、思想観は、それを生んで抱懐《ほうかい》している思考自身の素性《すじょう》を、明らかにするのである。もっとも、その素性の違いは、例えばアヒルが、闘鶏《とうけい》や白鳥と違うように、種類が違うことによるよりは、思考の在り方の両極性に由来するのである。そのため、そこには中間帯があって、濃淡《のうたん》さまざまなグレーゾーンが連続しているのである。とはいえ、その両極性《りょうきょくせい》は、白黒のようにはっきりしているのである。そのため、グレーゾーンも含めて、その違いに多少とも気づくのは、思考が思想観を抱くほどに成熟《せいじゅく》した段階では、不可避なのである。思考は、それまでの自然発生的な無意識の状態から脱《ぬ》け出て、思考としての自己意識を持ち始めることで、〝第二世代〟の誕生ともいうべき思想観を抱懐するに至ったのである。

しかし、そのことは、その思想観が、正しい認識や評価に根差しているとは限らないのである。その思考の気付き自体が、思考自体の在り方の両極性との関係で、一方の極に偏向《へんこう》、埋没《まいぼつ》している場合も含めて、その意識性ないし自覚にはピンからキリまであるからである。いったい、思考は、己の営為やもろもろの所与《しょよ》に対して、必要な意識の距離を取って、自覚的、客観的で、批判的であるとは限らないのである。それゆえ、大切なことは、その思想観が、自他《じた》への批判的な形式を有しているかどうかではない。そうではなく、それ以前の段階で、思考自身の在り方の両極性や中間のグレーゾーンとの、可能な選択的関係において、思考がいかに己の身を正しく処《しょ》して、一個のいわば真正の認識たり得ているかなのである。そこに、思想にとっての本来の課題、――自由の問題があり、それが、思想観に自《おの》ずと反映されて、思考それぞれの素性を明かすのである。

その意味で、柄谷行人《からたにこうじん》の批評は、我々自身の思想観や思考の在り方を、一方の極において代表するのである。その思想観は――本人がどのように理解しているかはさておき――、一言でいえば、思想は、その構成する要素に分解されるばかりでなく、その分解された「要素」は、依然として思想のいわば自体的要素でもあって、それらを組み合わせると、再び、思想全体を一義的に規定し、構成する、可逆的な関係を有するのである。それゆえ、その批評の行為は、思想を探索するにせよ、その行く手の地平のうちには、目的とする思想が、逐次《ちくじ》、その断片的《だんぺんてき》な要素を現しつつ、いずれジグソーパズルのように、その全体としての思想像に到達するのは、時間の問題でしかないのである。〝解〟は、いわば権利としてはすでに与えられているのである……。

しかし、そもそも思考の探索そのものが、実は、当該思考の意識的無意識の在り方に根底から規定されていて、その実効性自体が、あるいは重大な疑惑を免れないのである。

例えば、詩人のポール・ヴァレリーは次のように言う。

「――人間はどれほど経験に抵抗するか、そして自分の見たもの触れたものを、自分の頭の諸形式に従って、自分が作り出して整頓したものを以て決定的に置換するのに、どんなに骨を折るかは、信じ難いものがある。強力な天才を持つためには、想像しないことだけで十分かも知れぬ。」(『刻々』ヴァレリー全集

10「芸術論集」佐藤正彰訳、筑摩書房）

人間性に根強い思考傾向に照らすと、求められる〝解〟は、寧ろ「経験」に反して、「自分の頭の諸形式に従って、自分が作り出して整頓《せいとん》したもの」の部分的な置き換えとも考えられるのである。そのため、その〝探究〟自体が、経験から遊離して、抽象的なトートロジー（同義反復）の概念世界での形を変えた反芻作用であり得るのである。

## 丸山真男の〝座標軸〟の思想観

このような思考様式は、実は、ユークリッド的思考同様、日常的な言語や論理の世界では、むしろ必然的、一般的でさえあって、例えば、戦後の代表的な政治思想家である丸山真男の「日本の思想」にも、似たような思考の根本型が見て取れるのである。

「日本史を通じて思想の全体構造としての発展をとらえようとすると、誰でも容易に手がつかないゆえんは、研究の立ち遅れとか、研究方法の問題をこえて、対象その物ふかく根ざした性質にあるのではなかろうか。たとえば各々の時代の文化や生活様式にとけこんだいろいろな観念――無常感とか義理とか出世とか――をまるごとの社会的複合形態ではなくて一個の思想として抽出してその内部構造を立体的に解明することと自体なかなか難しいが（九鬼周造の『いきの構造』（一九三〇年）などはその最も成功した例であろう）、たとえそれができても、さてそれが同時代の他の諸観念とどんな構造連関をもち、それが次の時代にどう内的に変容してゆくかという問題になると、ますますはっきりしなくなる。中略。つまりこれはあらゆる時代の観念や思想に否応なく相互連関性を与え、すべての思想的立場がそれとの関係で——否定を通じてでも——自己を歴史的に位置づけるような中核あるいは座標軸に当たる思想的伝統はわが国には形成されなかった、ということだ。」(『日本の思想』丸山真男著、岩波新書)

思想の発展は、構造連関的、つまり要素分解的な概念で捉えられるということなのである。又、思想的伝統は、「座標軸」的な様式で存在し得て、すべての思想はそのXY等の交わる座標点において、一義的な位置づけが可能とされているのである。しかし、問題は、前提となる「座標軸」自体が、実は、「経験に抵抗して」「自分の頭の諸形式に従って」作り出した擬制であり、比喩的幻影ではないか、ということなのである。

## 柄谷行人の言語ゲームとしての思想観

しかし、柄谷批評の本質的特徴を明らかにするには、それだけでは十分でない。むしろ、そのような根強い、傾向的な思想観から派生した一つの極端な帰結として、次のことがあからさまに実現されているのである。柄谷の思想世界では、そもそも思想の営為としての批評は、言語ゲームとして自認され、かつそのゲーム性が批評の全幅を領しているのである。これは、批評の言説において、〝論理性〟が独裁的な地位を占めて、大っぴらに一人歩きをしているということでもある。

なぜなら、同じ言説でも、自然科学の仮説では、客観性ないし実在性の担保として〝実証実験〟が求められるのであろう。そのことによって、単に論理的にすぎない言説を篩《ふる》い落とすのである。論理的には完璧に見える仮説が、新しい発見を前に、一挙に瓦解《がかい》してしまう例はありふれたことなのだろう。論理的であることは、所与性《しょよ》との関係の問題でしかないからで、結局は、既知性《きちせい》を前提にしていて、未知との関係は想定外なのである。

なるほど、批評の言説が、〝論理性〟に訴える場合でも、実際に行っているのは一種の〝実験〟といえないわけではない。その〝論理性〟の広がりにおいて、過去の経験と照らし合わせつつ、思考の限りで〝思考実験〟がなされているのである。いわば、「思考実験」という名の一種の内証に訴えているのである。

しかし、一般的な方法論としては、それを自然科学の方法の〝実験〟と同列に置けないのは、「思考実験」の場合は、外部から窺《うかが》い知れぬため、恣意《しい》や先入見に容易に影響される、閉ざされた実験であるからである。

実際、「思考実験」といっても、第三者的検証《けんしょう》に開かれていない以上、その証明性の内実《ないじつ》にはピンからキリまであるのだろう。その〝実験〟にかけるべき〝認識的獲得物〟にしても、その対象的領域の深みからすれば、自然ないし実在の表面のごく一部を撫《な》でた程度であり得るのだろう。裏返せば、「思考実験」そのものが、皮相で狭い言語的、概念的所与性に閉じ込められたものであり得るのである。そのため、客観的、実在的であることからは、ほど遠い認識状況にありながら、論理性においては主観的に充足《じゅうそく》したものであり得て、主客分裂した状況が発生し得るのである。

これは、「思考実験」における検証の行為自体が、結局、自らの〝認識的獲得物〟を前提とし、対象とするしかないからである。しかし他ならぬ、肝心の〝認識的獲得物〟の論理性自体が、認識主体の思い込みはともかく、往々に〝言葉の上だけの論理性〟を出ないからである。

何故なら、そもそも論理性自体には、出自によってそれぞれ異なった色が付いているわけではないからである。〝自然ないし実在に担保された論理性〟は、論理性そのものとしては、〝言葉の上だけの論理性〟

と違って見えるわけではない。そのため、〝認識的獲得物〟を「思考実験」に掛けるにしても、その検証の奥行きにおいてはともかく、表面的、外見的には、両者は同一視されて、等価扱いされ得るのである。のみならず、その混同に輪を掛ける、次の逆説的な事情があるのである。それは、前者の論理性は、いわば、後者の論理性に還元、一致させる事が可能な範囲で、了解可能なものとなり、〝論理性〟たり得るという事である。〝論理性〟とは、日常的言語や論理、ないしはその延長線上での還元可能性をいうからである。かくして、両者の論理性が、外見上の区別が困難なのは、その自体的及び要請的な二重の仕組みに由《よ》るのである。――かくして一般論としても、〝言葉の上（だけの）の論理性〟は、前者の〝自然ないし実在〟の担保や内実を欠きつつも、〝擬態《ぎたい》〟さながらに存在するのである。

　結局、「思考実験」の論理性の検証や内実の如何《いかん》は、思考の密室的な意識ないし自由に委ねられざるを得ないのである。

　そして、実は、そこにこそ、柄谷が自認する、その言語ゲームとしての批評を成り立たせているゆえんのものがある。ちなみに、その対抗的な、批判的概念は、言語自然や言語実在というべきなのである。

　柄谷批評の論理性は、これから検討するように、人工的なゲームの範疇《はんちゅう》に属するのである。そのため、その批評の言説における真偽《しんぎ》の概念や基本用語の意味は、ゲームとしてのルールや約束との関係に於いて多分に存在し、その意味的了解《りょうかい》が可能なのである。それは、ソフトウエアの利用規約に同意した上で、ユーザーが暗黙のルールの取り決めにしたがって、ゲームに参戦《さんせん》、興《きょう》ずるのに似ているのである。

## 伝統哲学への見当違いの〝探究〟

　例えば、その『探究（I）』の冒頭に、次の記載がある。

「ウィトゲンシュタインは、言葉に関して『教える』という視点から考察しようとした。これは、はじめてではないとしても、画期的な態度の変更である。子供に言葉を教える事、あるいは外国人に言葉を教えること。いいかえれば、私の言葉をまったく知らない者にそれを教え込むこと。」(『探究Ⅰ』柄谷行人著、講談社学術文庫)

右の引用箇所は、それだけで独立した一つの章節なのである。それゆえ、「はじめてではない」という語句は、大して意味のない枕詞《まくらことば》の類《たぐ》いとして片付けることはできないのである。にもかかわらず、その「はじめてではない」のが、ウィトゲンシュタインにおいてなのか、それとも、言語学等の一般的分野においてなのか、という問いかけに、一義的《いちぎてき》な答えを得ることはできないのである。

しかし、そもそも論として、そのような「画期性」評価の結論に達するためには、当然のこととして、実証的な裏付けなりが必要なのであろう。さもないと、〝画期的〟という並々ならぬ評価自体、〝空砲《くうほう》〟になりかねないのである。かくして、その裏付《うらづ》けを求めて、読み進めると、それらしき箇所《かしょ》に出会う。

「『われわれの言語を理解しない者、たとえば外国人』は、ウィトゲンシュタインにおいて、たんに説明のために選ばれた多くの例の一つではない。それは、言語を『語る—聞く』というレベルで考えている哲学・理論を無効にするために、不可欠な他者をあらわしている。言語を『教える—学ぶ』というレベルあるいは関係においてとらえるとき、はじめてそのような他者が現れるのだ。私自身の〝確実性〟をうしなわせる他者。それは、デカルトとは逆向きであるが、一種の方法的懐疑の極限においてあらわれる。」(同)

ウィトゲンシュタインの「視点」が、「画期的」とされるのは、対話型のギリシア哲学や、デカルトといった、「言語を『語る—聞く』というレベルで考えている哲学・理論を無効にするために、不可欠な他者をあらわして」くれるからなのである。そして、「そのような他者」は、「言語を『教える—学ぶ』というレベルあるいは関係においてとらえるとき、はじめて」現れるからである。それが、デカルト哲学の懐《かい》疑《ぎ》の果てに現れる〝最小の確実性〟（コギト）さえ、死に追いやって、哲学の伝統の殿堂《でんどう》を根底から切り崩《くず》すのである。そして、「そのような他者」が、その切り崩しをどのように行うかについて、柄谷は、次のように述べる。ちなみに、そのような議論が成《な》り立つのは、マルクスの商品では、交換によって初めてその価値が決まる仕組《しく》みが、そのまま言葉にも当てはまるからとされる。

「言葉についても同じことがいえる。『教える』側から見れば、私が言葉で何かを『意味している』ということ自体、他者がそう認めなければ成立しない。私自身のなかに『意味している』という内的過程などない。しかも、私が何かを意味しているとしたら、他者がそう認める何かであるほかなく、それに対して私は原理的に否定できない。私的な意味（規則）は存在しえないのである。

　試みに、日本語をまったく知らない外国人に、日本語を教える場合を考えて見よ。この思考実験を極端化したとき、他者は、ウィトゲンシュタインの『恐るべき懐疑論者』（クリプキ）としてあらわれるだろう。それは私自身が思いこむ確実性を崩壊させてしまう。この懐疑は、たとえばデカルト的な懐疑とはちがっている。後者においては、一つの確実性、私が疑っていることは疑いないという確実性に到達する。実は、デカルトはそこで終わったわけではない。しかし、デカルト主義においては、この内的な確実性が出発点となる。ある意味では、デカルト主義だけでなく、もっと一般的に哲学そのものが『内省』（モノローグ）にはじまっているといってよい。いいかえれば、それは『語る―聞く』立場に立っており、『内部』に閉じこめられている。われわれはこの態度を変更しなければならない。『教える』立場あるいは『売る』立場に立ってみること。私の考察は、平易なようで困難なこの問題をめぐって終始するだろう。」（同）

ところで、そもそも論からして言葉は、〝言霊《ことだま》〟の議論を持ち出すまでもなく、元来が、国語として伝統的に存在する、歴史社会の内的な公共財《こうきょうざい》なのである。したがって、「私自身のなかに『意味している』という内的過程」は、「私的な意味（規則）は存在しえない」にしても、かといって、もっぱら私的に存在するわけでもない。そして、他者についても、たとえ――マルクスの「売る」立場から類推された――「教える側から見た」他者にせよ、私の「内的過程」に対して、それが意味しているところのものを一方的に決定する権限《けんげん》を有しているわけでもない。

## 国語としての言葉の働き

「内的過程」には、国語の営為《えいい》が決定的に干渉《かんしょう》、介入《かいにゅう》していて、その関係にあっては、他者も、「私の一員」でしかあり得ないのである。特定の他者が、単に「他者」であるというだけの理由で、「私」に優越した決定権を有するわけではない。他方、「私」のほうも、立場のいかんにかかわらず、「何かを『意味している』という」いわば言葉の自然権を、そのまま享受《きょうじゅ》、判断に取り込んでも、理由なく否定されるわけではない。すなわち、「私が何かを意味しているとしたら、他者がそう認める何かであるほかなく、それに対して私は原理的に否定できない」わけではない。なぜかというと、「私自身のなかに『意味している』

という内的過程」が、たとえ初めは厳密《げんみつ》な正確さを有さなかったとしても、反省や批判的吟味《ぎんみ》、他者との対話、あるいは実証実験等によって、必要な軌道《きどう》修正がなされて、客観的、科学的或いは社会的な『意味している』という内的過程」に到達《とうたつ》することは、十分に可能だからである。そこに、言葉とその照応《しょうおう》する「内的過程」が、社会的なコミュニケーションを日常的に成り立たせている根拠があり、その批判的に洗練《せんれん》された形態としての科学や芸術、文学が存在し得る理由がある。

実際、自閉《じへい》的なケースはともかく、そのような内外からの批判にさらされ得る「内的過程」に対しては、他者が〝王様〟といえども、これを一方的に否定し、変更し、自由にできるわけではない。これはそもそもが、その否定のためには、自らその「内的過程」に参加して、その是非《ぜひ》を合理的、理性的に判断する必要があるからである。前提として、外形《がいけい》的な存在とは異なり、「内的過程」を、中身《なかみ》を確《たし》かめもせずに、問答無用《もんどうむよう》式に、強制的に変更《へんこう》したり、破壊し、否定することはできないのである。仮にそれを行ったとしても、それは、「『意味している』という内的過程」とは全然別のことを相手にしているのである。例えば、宗教弾圧《だんあつ》が、信仰の自由を、「内的過程」にまで踏《ふ》み込んで損壊《そんかい》したり、剥奪《はくだつ》できなかったゆえんでもある。

それに対し、その「内的過程」に参加するということは、それが何を意味しているかを、まずは認識、理解することであり、あるいはそのことに努めることなのである。それが結果として、否定的な評価をもたらしたとしても、そのために費《つい》やされた認識や評価の行為は、当該「内的過程」との間に、それなりの意思疎通《いしそつう》、コミュニケーションをもたらしたのである。

かくして、「他者」も、「私」もともどもに、国語という伝統の巨大な無意識的営《いとな》みのうちに、等しく参加して、いわば言霊の支配下に、是々非々《ぜぜひひ》の言語経験に両刃《りょうば》の剣のように浴《よく》するのである。そうであれば、「私自身のなかに『意味している』という内的過程」で、「私が何かを意味しているとしたら、他者がそう認める何かであるほかない」という、「他者」に隷属《れいぞく》した一方的な関係は元来《がんらい》が成り立たないのである。

## 思考実験という名の恣意性

ところで、一見部分的に見えるにせよ、以上で批判、否定された柄谷の主張は、言語論におけるウィトゲンシュタインの「態度の変更」の〝画期性〟なるものの成立の大前提であり、出発点、土台となるべきものである。そうであれば、批判されたのは、それ自体に明らかな原理的なものであるから、その明証性《めいしょう》において柄谷の主張全体を崩壊《ほうかい》させるに十分なのである。

にもかかわらず、柄谷は、「思考実験」と称《しょう》して、母語《ぼご》経験の中心域から遠くかけ離れた、「日本語をまったく知らない外国人に、日本語を教える場合」を持ち出しているのである。それを検証例《けんしょうれい》としているのだが、実際には、問題の論点《ろんてん》をすり換えて、『「意味している」』という内的過程」に関して、核心《かくしん》的な議論や批判を回避《かいひ》しているにすぎない。「実証実験」の対象たり得るそれを、あえて「思考実験」という閉《と》ざされた抽象的な意識空間に押し込んで、第三者的検証を事実上不可能にしているのである。

だが、そもそも「思考実験」が必要とされるのは、本来の実験である「実証実験」が、不可能な場合に行われるものである。そして、日本語学習については、駅前《えきまえ》や国内外の教室等で、外国人を相手に「無数の実証実験」が日々行われているのである。それをあえて、「思考実験」に訴《うった》える理由は存在しないのである。それは、第三者的検証が困難ないし不可能なことといい、とかく主観的な曖昧《あいまい》さや恣意《しい》性、独善《どくぜん》に陥《おち》りやすいのである。そのこともあって、およそ「思考実験」が行われるのは、実験機材《きざい》が使えない環境下や、外部的な実験になじまない、反省作用の一環《いっかん》としての自己批判や自己吟味として、内々の確認を得るためなのである。それはそのまま、真理の検証結果として、第三者に普遍的に通用《つうよう》させるべく、積極的に開陳《かいちん》されるような性格のものではない。

だいたいが、言葉が通じないことを前提に、かつは、ほかならぬ〝言葉の不通〟という否定的、欠陥《けっかん》的事実やそのもたらす負《ふ》の状況に、言葉やそれを一般的な媒体《ばいたい》とする思考の営為《えいい》について、核心《かくしん》的、積極的な証言《しょうげん》を求めようとすること自体、無理があるのである。

なぜなら、第一に、自国語を十分に解《かい》しない外国人とのコミュニケーションにしても、単に片言《かたこと》だけでなく、表情や身振《みぶ》りも交えつつ、――牛馬やエイリアンを相手にするときとは違って、言語以前の段階ですでに大きく共有《きょうゆう》している――人間性という豊かな源泉《げんせん》に訴えてなされるからである。そうであれば、文字言葉においてはともかく、日本語を教えるという会話におけるコミュニケーションは、言語を主要《しゅよう》手段とするにせよ、必要に応じて、ほかの手段も動員《どういん》して全人《ぜんじん》的になされるのである。その意味で、言語は、それら互《たが》いに補完《ほかん》的な関係にある手段の一つなのである。このことは、「日本語をまったく知らない外国人に、日本語を教える場合」が、「思考実験」に取り込まれて、極端化《きょくたんか》ないし密室化《みっしつか》されたとしても、検証《けんしょう》の物差《ものさ》しの源泉は、いずれ自然や実在としての経験にしかないのだから、以上の基本的事情に変わりはないのである。

そうであれば、言語の不通《ふつう》状況が、その極端化された場合において「恐るべき懐疑論者」を現すとしても、それは、言語を異にするバルバロイ的無知の乱入《らんにゅう》を思わせるのである。それによって、言葉と思考の大規模《だいきぼ》な伝統的インフラが一種物理的に破壊され、麻痺《まひ》しているのである。その結果、いわば上部構造としての言葉のコミュニケーション機能が途絶《とだ》えたのである。それは、電話回線《かいせん》のインフラ故障《こしょう》のために、携帯電話が不通になった状況に似ているのである。柄谷の「恐るべき懐疑論者」とは、己《おのれ》の手で破壊《はかい》を実行して、そのもたらした言葉のハードウエア的惨状《さんじょう》を目《ま》の辺《あた》りにしている、〝バルバロイ的頑是《がんぜ》なさ〟なのである。

## バルバロイ的無知

実際、その「恐るべき」性格は、例えば、世界遺産《いさん》のバーミヤン石仏《せきぶつ》を爆破《ばくは》したタリバンの無知が、「恐るべき」であったのに似ているのである。それは、ソクラテスの〝明晰《めいせき》なる無知〟の懐疑が、「恐るべき」ゆえんとは無関係であり、その無知は、そもそも〝無知の自覚〟を持たないのである。それ自体が対象化、意識化されることのない、無明《むみょう》としての無知なのである。無知ゆえの無関心・無感覚・無分別《ふんべつ》が、あるいは逆の関係が、対他《たいた》的、対現実的に、傍若無人《ぼうじゃくぶじん》の暴力性となって現れたのである。

それゆえにこそ、その〝懐疑〟は、まさしく柄谷が先の引用で述べているように、「デカルト的な懐疑とは違っている」のである。その否定的な外見において一見似ているものの、ほかならぬその否定性をもたらした内省《ないせい》の有無《うむ》や無知の自覚《じかく》においてまったく異《こと》なるのである。かくして、その「恐るべき懐疑論者」は、その言動《げんどう》において「自らなす所を知らざる者」（マタイ書）であって、いわば真理や秩序への暴力性、破壊性として現れるしかないのである。

そのような「恐るべき懐疑論者＝他者」が、「デカルトとは逆向きであるが、一種の方法的懐疑の極限において現れる」のも、必要とされる反省的意識とは逆向《ぎゃくむ》きの、それゆえに、その無意識的言動において暴力的たらざるを得ない方法において現れるからである。その極限《きょくげん》にもたらされる一種の物理的損壊《そんかい》が、ほかならぬ暴力の破壊性、否定性において、「恐るべき」ことを白日《はくじつ》下に知らせるのである。そこに、「明晰なる無知」が、言葉や内省、対話をめぐって演《えん》じる、哲学本来のドラマの核心に踏《ふ》み込んだ証言は期待できないのである。

かくして、その「恐るべき懐疑論者」が「崩壊《ほうかい》させてしまう」のは、たかだか、言葉のハードウエア的側面《そくめん》にすぎない。その崩壊させる「私自身が思いこむ確実性」も、バルバロイ的無知の相補的《そうほてき》な概念として、もともと、思考実験内に勝手に擬制《ぎせい》されたものなのである。――それは、むしろ捏造《ねつぞう》されたもので、「内省」に濡《ぬ》れ衣《ぎぬ》を着《き》せて、モノローグの牢獄《ろうごく》に閉《と》じ込めることで辛《かろ》うじて成立する〝自閉的確実性〟なのである。

## 内省とモノローグの混同工作

柄谷は言う。

「デカルトはそこで終わったわけではない。しかし、デカルト主義においては、この内的な確実性が出発点となる。ある意味では、デカルト主義だけでなく、もっと一般的に哲学そのものが『内省』（モノローグ）にはじまっているといってよい。いいかえれば、それは『語る―聞く』立場に立っており、『内部』に閉じこめられている。」（同）

柄谷は、デカルト哲学をはじめとして、「一般的に哲学そのものが『内省』（モノローグ）にはじまっているといってよい」という。しかし、「『内省』（モノローグ）」として、「内省」と「モノローグ」を同一視して、事実上、等号《とうごう》で結び付けるのは、「内省」に濡れ衣を着せることであり、原理的に間違っているのである。柄谷一流の語義のトンネル掘りによる事実上の二股化なのである。さては、始祖《しそ》のデカルトとデカルト主義の用語の二股《ふたまた》利用といい、哲学の伝統とのいわば正面切った議論や関わりを避《さ》ける一方で、己の目論見《もくろみ》を押し通すべく、常識的な語義に、地下の抜け道を設《もう》けることで、新たな語義への〝二股渡り〟をつけて、批評の行為を次につないでいるのである。

実際、辞書を紐解《ひもと》いても、「内省」と「モノローグ」とは、まったく異なった意味合いを持つ言葉なのである。「内省」は、すでに検討した、「『意味している』という内的過程」に対しても、自他への批判の光を投げ掛けて、その奥行《おくゆ》き深くに照明を及ぼすのである。例えば、〝書く〟という一連の行為は、「内省」をはらんで、読者という〝内なる他者〟を前提としているのである。その目線《めせん》の予想裡《り》にもたらされる、内的対話との暗々《あんあん》の関わりにおいて、その行為はなされるのである。そして、その「他者」は、背《はい》後《ご》に地平線のように果《は》てしなく広がる、「内なる社会や歴史、自然」と連続し、互いに溶《と》け合い、一体的に混淆《こんこう》しているのである。これは、科学の〝自然との対話〟にしても同様で、その発見や発明に至る営為《えいい》は、むしろ「内省」の深みにこそ、人知れぬ創造の過程をはらんでいるのだろう。かくして、歴史や自然、実在を相手に、自問自答《じもんじとう》の形式を取るにせよ、内省は「対話」を前提とし、その他者との関わりにこそ、本質的な特徴《とくちょう》があるのである。そしてそれは、およそ考えるという行為と不可分一体《ふかぶんいったい》の関係にあるのである。

それゆえ、「内省」は、他者不在の「モノローグ＝独《ひと》り言《ごと》」とは、反対語に位置こそすれ、徹頭徹尾《てっとうてつび》異《こと》なるのである。

## 哲学的対話とモノローグの同一化工作

しかし、柄谷は、プラトン哲学の「対話」でさえも、「内省」から脱《ぬ》けきれぬがゆえに、モノローグであり、〝他者不在〟とするのである。しかしそれは、柄谷が、哲学の世界秩序をあえて逆立《さかだ》ちして見ることで仕掛《しか》けた、伝統的哲学への凄惨《せいさん》なハルマゲドンともいうべきなのである。「内省」―「対話」―「他者」の三点セットこそは、丁度、物理学の基礎概念である「エネルギー」や「質量」等のように、伝統哲学の価値観や認識の体系を支えているからである。柄谷は言う。

> 「外国人や子供に教えるということは、いいかえれば、共通の規則（コード）をもたない者に教えることである。中略。
> 『教える―学ぶ』という**非対称的な**関係が、コミュニケーションの基礎的事態である。これはけっしてアブノーマルではない。ノーマル（規範的）なケース、すなわち同一の規則をもつような対話の方が、例外的なのである。だが、それが例外的に見えないのは、そのような対話が、自分と同一の他者との対話、すなわち自己対話（モノローグ）を規範として考えられているからである。

しかし、私は、自己対話、あるいは自分と同じ規則を共有する者との対話を、対話とはよばないことにする。**対話**は、言語ゲームを共有しない者との間にのみある。そして、他者とは、自分と言語ゲームを共有しない者のことでなければならない。そのような他者との関係は**非対称的**である。『教える』立場にたつということは、いいかえれば、他者を、あるいは他者の他者性を前提することである。

『哲学』は『内省』からはじまる。ということは、自己対話からはじまるということである。それは、他者が自分と同質であることを前提することだ。このことは、プラトンの弁証法において典型的にみられる。そこでは、ソクラテスは、相手と『共同で真理を探求する』ように呼びかける。プラトンの弁証法は対話の体裁をとっているけれども、対話ではない。そこには**他者**がいない。

他者の他者性を捨象したところでは、他者との対話は自己対話となり、自己対話（内省）が他者との対話と同一視される。哲学が『内省』からはじまるということは、それが同一の言語ゲームの内部ではじまるというのと同義である。私が**独我論**とよぶのは、けっして私独りしかないという考えではない。私にいえることは万人にいえると考えるような考え方こそが、独我論なのである。独我論を批判するためには、他者を、あるいは異質な言語ゲームに属する他者とのコミュニケーションを導入するほかない。」（同）

哲学が、当たり前に言語ゲームとして理解されているのである。

しかし、周知《しゅうち》のように、「規則＝コード」を持つ人類の言語は、語族《ごぞく》をはじめ、多くの言語グループに分けられ、かつそれらの間には、ＤＮＡと類似《るいじ》した、ホモサピエンス誕生《たんじょう》以来の系統《けいとう》関係があるのだろう。そうであれば、それらの間には、文法の基礎形や「共通の規則（コード）」について、親疎《しんそ》さまざまな系統的関係があり、ホモサピエンスのＤＮＡや人間性の〝共通の源泉的規則（コード）〟があるといっても間違いではない。そうであればこそ、外国人であっても、エイリアンや犬猫に対する場合とは違って、言葉を教えることが可能であって、これは、言葉の「規則（コード）」が基礎的なレベルでは共通しているからなのである。

そもそも柄谷が言うように、外国人や子どもと「共通の規則（コード）をもたない」のは、母語の「規則（コード）」との限局《げんきょく》された、相対的な関係のレベルにおいてにすぎない。バルバロイ的な、皮相《ひそう》な関係性のうちに演じられるもので、語学教育に典型的な、言葉の不通をめぐる技術的・表面的・狭隘《きょうあい》な言語経験を出るわけではない。それは元来が、母乳や子守唄《こもりうた》と一緒に吸収されて、魂の内部深くに根付き、成長し、かくして生涯孜々として働き続ける、母語本来の営みやその内的過程とは、外的、破片的にはともかく、本質的な関係性を持たないのである。

実際、議論が公平で、開かれてあるためには、検証の光を、母語としての言葉の経験がはらむ、普遍的で豊かな内実《ないじつ》深くにまで投げ掛ける必要があるのである。言語グループの違いは、人類進化史の系統樹《けいとうじゅ》における、遺伝子集団の分岐《ぶんき》になぞらえるほうが、――種族と言語との自然発生的な密接度《みっせつど》との関係に照らしても――、よほど分かりやすく、かつ科学的で根拠のあることだからである。そうであれば、それは、「共通の規則（コード）をもたない」という断崖絶壁《だんがいぜっぺき》の表現ではなくて、分岐によるヴァリエーションとして位置づけるのが正しいのである。かくして、それらの根底を貫く汎地球的《はんちきゅうてき》な深みにおいて、共通の源泉的な言語コードを仮定することは、決して荒唐無稽《こうとうむけい》とはいえないのである。いずれにせよ、言語の種族集団的な相違は、共通の基層《きそう》の表面に生じた微視的《びしてき》な凸凹《おうとつ》として評価できるのである。

又、以上の仮定を前提しないとなると、外国人に言葉を教えることはなぜ可能か、という説明が、〝底なし沼《ぬま》のような〟困難に見舞《みま》われるのである。なぜなら、柄谷のように、「共通の規則（コード）をもたない」とあえて定義すること自体、では、それにもかかわらず、なぜ「教える」ことが可能なのか？　という強力な反問《はんもん》、それこそ「恐るべき懐疑論者」を、招《まね》き寄せることになるからである。

そもそも国語を教えることは、「教える側」の「規則（コード）」を、あたかも脳細胞か何かを移植手術するように、そっくり子供や外国人に移し替《か》えることではない。結局、先の振《ふ》り出しに戻《もど》って、身振《みぶ》り手振《てぶ》りといった言語以外ないし言語以前の手段も交えた、いわばホモサピエンスとしての共通の理解や了解性《りょうかいせい》、その他に訴えているのである。

そして、子どもにあっては、その訴えるべき「共通の規則（コード）をもたない」どころか、〝生得《せいとく》の共通の規則（コード）〟が、話し言葉の本能的機構のうちに織《お》り込《こ》まれているのであろう。それが、同一言語圏内《けんない》での自然発生的な、見よう見真似《みまね》の学習を世代間《せだいかん》に可能ならしめているのである。それに対して、子供が学校教育で教えられるのは、言葉そのものというよりは、文字言葉への変換《へんかん》関係なのである。言語の本家本元《ほんけほんもと》である「話し言葉」を、その合理化された技術的な特殊態《とくしゅたい》である「文字言葉」へとつないで、世界との新しい関係の地平を切り開くための〝知識〟ともども教えられるのである。

そして、外国人に言葉を教える場合にしても、教える側の「規則（コード）」を学習させるために、相手側の「規則（コード）」との対応関係が、会話やテキストによる通訳や翻訳のうちに明らかにされるのである。そして、その橋渡《はしわた》しされたバイリンガルな状況下で、コミュニケーションの多少なりの往来《おうらい》が実現される中で、『教える―学ぶ』が実践《じっせん》されるのである。それは、その過程でもたらされる、他言語の論理に投影された概念やそのはらむ記号的な体系性において、相互的な理解を可能ならしめるもので、ほかならぬ「共通の基礎的規則（コード）」の存在を窺《うかが》わせるのである。又そうであるがゆえに、例えば、今日の語学教材《きょうざい》の目覚《めざ》ましい進化は、もはや「教師」の教える古典的な立場を必要としないほどなのである。かくして、「共通の基礎的規則（コード）」こそは、先史時代以来の悠久《ゆうきゅう》の時間の目に見えない流れのうちに、自然及び種族の環境に適応しつつ、それぞれの時空《じくう》の白日下《はくじつか》に絶えず表流化して、新たなヴァリエーションを生み出してきたのである。それが、方言を含めたそれぞれの言語の規則（コード）なのである。その自他の違いも、ヴァリエーションとしての変異《へんい》の範囲で説明が可能なのであろう。

## コミュニケーションという根源的対称性

実際、「コミュニケーションの基礎的事態」は、ホモサピエンスとしての、身振り手振り等を含めたコミュニケーションの事態にこそあるのである。それを、例えば、教育の一つの在り方としての学校形式という、特殊な社会的関係へ適用したのが、「『教える―学ぶ』という関係」なのである。それに対し、自然発生的な一般的形態が、「話す―聞く」という関係なのである。前者は、後者を基礎としていることといい、その位置づけは、むしろ後者が、特殊な社会的局面との関係において、多少なりと専門的な枠組《わくぐ》みを与えられたヴァリエーションなのである。さもなくて、両者を互いに独立したものとして区別することは、それらの根源を一貫《いっかん》して流れる「コミュニケーションの基礎的事態」としての共通の本質的生命を失うことである。

　ましてや、柄谷のように、「教える—学ぶ」を更に、「非対称的な関係」とし、他方の「話す—聞く」の関係を、「対称的な関係」として、屋上屋《おくじょうおく》を重ねているのは、無用の混乱を招《まね》くことでしかない。それは、プラトンが、〝腕のよい料理人〟に譬《たと》えた哲学者が、いわば認識の包丁《ほうちょう》を、自然の関節《かんせつ》の切れ目に沿《そ》って入れるのとは大きく違って、筋《すじ》の悪い、誤導《ごどう》的な解釈づけであり、蛇足《だそく》なのである。

　実際、先に、「『意味している』という内的過程」に関して検討したように、そもそも本来のコミュニケーションが実現される限りは、「王様」といえども「対称的な関係」に参入《さんにゅう》するしかないのである。「『教える—学ぶ』という関係」が、「非対称的」なのは、やはりすでに見たように、言語のバルバロイ的不通という、その関係の初期段階における「非ないし半コミュニケーション」の事態においてなのである。その内実において相応《そうおう》の段階に進んで、本来のコミュニケーションが実現されると、「対称的な関係」が現れるのである。

　のみならず、「対称的な関係」こそは、「『教える—学ぶ』という関係」の究極の本質態《ほんしったい》なのである。なぜなら、「『教える—学ぶ』という関係」の役割は、結局の所、〝自己教育〟を媒介《ばいかい》することにあるからである。「教える」ことが可能なのは、「学ぶ」側に、その〝受け皿〟があるからなのである。ソクラテスが、究極の教育を「自己教育」に求めたのも、そのためなのである。さもなくて、「教える」ことが、「自己」に向かって、外部から〝一方的に投げ込まれる行為〟であれば、そもそも「自己教育」の概念自体が成り立たないのである。しかし、「教える」ことは、自己教育を媒介することであって、「学ぶ」側の意欲その他の〝受け皿〟を前提にするのである。そうであれば、その教える主体は、「他者」でも「自己」でも、あるいは「翻訳機」などでもよいのである。又、教える方法や気づきの在り方も、学校教育やソクラテスのいわゆる産婆術《さんばじゅつ》＝哲学的対話、あるいは〝神託《しんたく》〟や自然の啓示《けいじ》、はてはカラスの鳴《な》き声その他であってもよいのである。

かくして、「教える―学ぶ」という、〝自己教育の媒介過程〟において、「他者」が介入《かいにゅう》するにしても、いずれ最終的にバトンを渡《わた》されるのは、〝自己の自己との関係〟に対してなのである。そうであれば、その関係のうちに映ずる自己が何であれ、鏡像《きょうぞう》の対称性《たいしょう》のうちに規定されるのである。それは、文字通り「対称的な関係」であり、そう見えないのは、単に関係の入り口付近で〝バルバロイの罠〟に掛《か》かって、先に進めないからである。

いずれにせよ、コミュニケーションの事態を、「語る―聞く」と「教える―学ぶ」に二分したり、それらの関係を「対称的」「非対称的」としたりすることは本質的でなく、理由がないのである。

## ノーマルとアブノーマルの概念的転倒《てんとう》

同様の間違《まちが》いは、やはりコミュニケーションの事態を、ノーマルとアブノーマルに分《わ》けることにも見られるのである。

柄谷は、以上に引き続いて、「非対称的な関係」である「教える―学ぶ」を、一見アブノーマルに見えながら、それをこそコミュニケーションのノーマルな事態だという。そして逆に、「語る―聞く」という事態こそ、ノーマルに見えながら、実はアブノーマルだとするのである。

しかし、「ノーマル」とは、辞書的《じしょてき》意味においても、「正常なさま。普通なさま。標準的なさま。」（大辞林）なのである。そして、「語る―聞く」という日常的な会話世界が、広く一般的、普遍的に行われているコミュニケーションの事態として「普通なさま」なのは明らかなのであろう。それに対し、外国語を「教える―学ぶ」関係については、その核心とされる「外国語を教える立場」を、ほとんどの人間が一生を通じて、一度も経験することがない、コミュニケーションの例外中の例外的事態なのである。そうであれば、あえて比較すれば、「ノーマル」がいずれの側《がわ》にあるかは、本来自明でさえあるはずなのである。

しかし、ここでも柄谷は、一方では伝統的哲学との正面切った議論は回避しつつ、やはり語義の二股化に訴えているのである。「ノーマル（規範的）なケース」という、「ノーマル」と「規範的」を実質的に等号で結び付けた〝合成語〟を用いることで、議論に「規範的」という価値領域との連絡をつけて、以後の展開に〝渡り〟をつけているのである。これは、先に見た、「内省（モノローグ）」という合成語が、「内省」と「モノローグ」との間の往来《おうらい》を可能にすべく、かつ語義の地表には細工痕《さいくあと》を残さないように、こっそり穴掘《あなほ》りされた、地下トンネルによる抜け道的表現であったのと同じなのである。

ちなみに、「規範」とは、これも常識的な辞書的意味によれば、「単なる事実ではなく、判断、評価などの基準としてのっとるべきもの。準拠。標準。規格。」（大辞林）なのである。「単なる事実」とは異なった、価値的に方向づけられた、いわばベクトル的概念なのである。

かくして、〝ノーマル＝規範的〟の地下トンネルを、這《は》うようにでも抜けて、「規範的」の語義の地上に脱出できれば、後はしめたものなのである。堂々と開き直って、ノーマルか否かの基準を、ひとえに「規範的か否か」に求めることができるからである。かくして、「語る―聞く」という「母語による対話」が、いかに国境や民族、文明文化を超えてあまねく観察される、コミュニケーションの汎地球的事態であろうとも、〝規範的〟なる基準を持ち込むことで、状況をガラリと逆転させて、「アブノーマル＝病的、変態《へんたい》的」（大辞林）の烙印《らくいん》を押すことができるのである。

しかし、そのような議論が、〝自然〟や〝実在〟から遊離して、根本的に成り立たないのは、「母語による対話」こそが、コミュニケーションの自然発生的で、典型的かつ普遍的なケースであるからである。逆に、その言葉自体の語源、定義でさえあって、コミュニケーションという言葉の、人間的に意識化され得る、多岐多様で自体的あるいは派生的な語義ないし規範性の源泉であり、根本尺度《こんぽんしゃくど》なのである。

なぜなら、「母語による対話」こそが、人類が社会生活を営《いとな》んだり、互《たが》いに協力して労働を営むうえで不可欠なコミュニケーションの手段だからである。

このことは、そもそも言葉が何のためにあるのかという、自然の目的や意図《いと》をいささかでも思い描《えが》けば明らかなのだろう。それは、ハムレットのようにモノローグをつぶやくためにではなく、対話、つまり、社会生活や労働を営むための協力に不可欠な、意思疎通《いしそつう》を図《はか》ることにあるのである。それは、自然の要請《ようせい》であり、そうであるがゆえに、〝言葉による意志疎通、コミュニケーション〟の今日的在り方は、いわば自然淘汰《しぜんとうた》の産物であり、それなりの歳月《さいげつ》をかけた進化の形態を遂《と》げているのである。ちなみに、蟻《あり》の社会では、化学物質の分泌《ぶんぴつ》か何かで「対話が交《か》わされる」のであろう。母語によるコミュニケーションは、自然界のノーマルの根本尺度である「適者生存《てきしゃせいぞん》の法則」に照らして、自然淘汰の社会集団的産物であって、（いわば個体以前の、種や集団が自然環境に適応《てきおう》するうえで）適応的であり、ノーマルなのである。そして、個体は、社会集団を介《かい》して適応的であるほかはないのだから、対話的であることは、個体レベルでも適応的であり、ノーマルなのである。それに対し、例えば、自閉症《じへいしょう》は、対話を欠くがゆえに非適応的であり、それゆえに、アブノーマルなのである。「母語による対話」のノーマル性は、生物進化の巨大な謎や基礎そのものに根を下ろして、底知れぬ広がりと深みを湛《たた》えているのである。それは、膨大《ぼうだい》な歳月の経過のうちに、自然の模索《もさく》や試行《しこう》、工夫《くふう》を凝縮《ぎょうしゅく》した淘汰的・適応的概念として、人間の思惑《おもわく》を限りなく超えて、小賢《こざか》しい忖度《そんたく》を撥《は》ねつけるのである。

それゆえ、ノーマルという言葉には、歴史の手垢《てあか》があれこれこびり付いているにせよ、「母語による対話」は、自然自らが創《つく》り出した作品として、そのノーマル性は、自然界の生命の営みや星辰《せいしん》の運行《うんこう》に似ているのである。逆に、そこから、「ノーマル」の太初《たいしょ》の概念を、人間知の形式のうちにどれだけ摂取《せっしゅ》、還元《かんげん》できるかはともかく、いささかなりとも汲《く》み上げ、学ぶべき、自然の叡智《えいち》の無限の宝庫《ほうこ》なのである。

そうであれば、「母語による対話」のノーマル性を議論するのは、ちょうど、太陽が東から昇って西に沈《しず》む現象を、ノーマルかアブノーマルかと議論するのと似ているのである。

## 裸の王様の〝衣服が見えない〟詭弁

ところで、柄谷が以上のような、「母語による対話」への批判攻撃をする理由は、もともと、伝統哲学の生命線《せいめいせん》である「内省」―「対話」―「他者」という三点セットに一大痛棒《つうぼう》を与え、崩壊《ほうかい》させることで、柄谷を開祖とする〝新しい哲学〟を登場させることなのである。したがって、「母語による対話」をアブノーマルと規定するのであれば、そのまま「哲学的対話」もアブノーマルとすればよかったはずなのである。なぜなら、〝自然〟や〝実在〟の筋《すじ》からすれば、「哲学的対話」にしても特別なものではなく、単に「母語による対話」の上に乗《の》っかった、その哲学的バージョンにすぎないからである。そのノーマル性も、「親亀《おやがめ》がこければ子亀《こがめ》もこける」はずなのである。

現に、三点セットの「内省」については、柄谷は、先に見たように、「モノローグ」との同一性を、事実上宣言するだけでこと足《た》れりとしているのである。そうであれば、「対話」についても、「母語の対話」と「哲学的対話」を一緒《いっしょ》にして、「対話＝アブノーマル」と総括《そうかつ》、断罪《だんざい》してもよかったはずなのである。

――しかし、そこには、一緒くたに出来ない事情があったのである。

なぜかというと、「内省」の場合には、それ自体に明らかな内向性《ないこうせい》のイメージといい、印象操作《いんしょうそうさ》によって、モノローグの濡《ぬ》れ衣《ぎぬ》を着せて、中傷攻撃《ちゅうしょう》すればよかったのである。しかし、「対話」の場合には、実は、思わぬ〝伏兵《ふくへい》〟が潜んでいたのである。それが、「他者」であって、「対話」は独《ひと》りでは成り立たないからである。「対話」を否定することは、そのままだと、産湯《うぶゆ》を使って赤子《あかご》を流すように、「他者」も一緒に否定してしまうことなのである。そして、そのことは又、すでに見たように、「他者」と連続一体的な概念である「社会」や、「歴史」あるいは「自然」をも否定することなのである……。

かくして、「対話」の概念を、伝統的哲学のシンボル概念として掃討《そうとう》するにしても、「他者」の概念全部を巻《ま》き添《ぞ》えにしてはいけないのである。さもないと、自《みず》らモノローグに陥《おちい》って、元も子もなくなるのである。

それゆえ、「他者」概念全部までは犠牲にしない、選択的で精確なピンポイント攻撃が求められたのである。丁度、夜間戦《やかんせん》で暗視装置の誘導下に標的《ひょうてき》を爆撃《ばくげき》するように、「他者性」の〝聖域〟には触れることなく、かつ対話の範疇にある「他者性」については、これを精確に攻撃、殲滅《せんめつ》、捨象《しゃしょう》するという、ミッション・インポッシブルな使命が課されたのである。かくして、不可能な対話概念として登場したのが、モノローグ的クローンとしての「自己対話（モノローグ）」という合成語《ごうせいご》なのである。

注意すべきは、それは、言葉の自然のいわば遺伝子操作《いでんしそうさ》レベルでなされた、ある種のクローン化の産物だということなのである。すでに検討した、「内省（モノローグ）」「ノーマル（規範的）」と同様、柄谷言説の基礎をなす三大クローン語の一つなのである。それらはいずれも、「逆接《ぎゃくせつ》クローン」ともいうべく、逆立ちした関係において、「ノーマル」は「規範的」のクローンであり、「自己対話」や「内省」は、「モノローグ」のクローンなのである。そして、それらは、いわば自然出産《しぜんしゅっさん》に見せかけるために、クローン化ばかりでなく、「自己対話（モノローグ）」のように、括弧の胎を借りて〝代理母《だいりぼ》〟としても利用されたのである。

かくして、「哲学的対話」は、「自己対話（モノローグ）」として、「母語による対話」から区別されて、自閉的に位置づけられたのである。しかもそれは、哲学性のゆえにか、「母語による対話」に対し〝規範的な〟位置を占めるのである。そして、まさしくそのことが、「母語による対話」がアブノーマルでありながら、今日まで不覚千万《ふかくせんばん》にも、ソクラテス以来数千年の長きにもわたって、なぜ人類に気づかれずにきたのかということを、説明可能とするとされるのである。それは、あたかも、夜空の星に目を奪われて、うっかり溝《みぞ》に落ちた哲学者のように、「哲学的対話」としての規範性が、「母語による対話」に足元《あしもと》のアブノーマル性を見えなくしたというのである。そして、そこにこそ、一切の問題の本質があり、人類コミュニケーションの大問題があるというのである。

しかし、柄谷の言うことが仮に真実だとすれば、かえって本当の大問題は、「母語による対話」がアブノーマルであることにこそあるはずなのである。それは、「母語による対話」が、地球普遍的なコミュニケーションの基礎的事態でありながら、病的で変態的という〝例外的な〟事態に置かれていることだからである。それに対し、その事態が「例外的に見えない」こと自体は、どうでもよいのである。それはちょうど、「重病人《じゅうびょうにん》が、病人に見えない」ことは、本人や医師にとってはどうでもよいのと同じなのである。

そして、真実はといえば、以上で検討したように、「母語による対話」は、昆虫《こんちゅう》社会も含め、社会的な意思疎通の営みとして、自然にとって〝ノーマル〟そのものであったのである。そのために、それは当たり前に、「例外的に見えない」のである。その当たり前さ加減《かげん》は、「裸の王様」の衣服が、馬鹿者でなくても見えなかったのと同じなのである。

それを、「見えない」こと自体に、何か大問題があるかのように、ヤリ玉にあげて、何かの責任や原因をなすり付けることはできないのである。それは、マッチポンプ的な議論であって、火のない所に敢えて煙を立てて、煙幕《えんまく》を誘導的《ゆうどうてき》に張《は》っているのである。そして、その「煙幕」が、すでに触《ふ》れたように、「ノーマル（規範的）」といった類いの合成語なのである。それが、言葉の二股膏薬《ふたまたこうやく》的な利用を可能ならしめて、柄谷一流の議論を成り立たせているのである。

常識へのハルマゲドン

ノーマルという言葉は、その適応的意味といい、概念的に価値的・質的な評価を含んでいるのである。アブノーマルなケースが例外的なのは、たまたまそうだということではない。「病的、変態的《へんたい》」という、その不適応的な本質のゆえに、自然淘汰《しぜんとうた》のふるいに掛《か》けられて、結果として数が少ないのである。

しかし柄谷は、ノーマルの概念を、数量的《すうりょう》な概念として、つまり、単に数の上で多いか少ないか、一般的か例外的か、というほどの意味でも使用しているのである。それが、本来のノーマル概念と一緒くたにされることで、やはり、語義の二股化をもたらしているのである。それを可能ならしめているのが、以上の「ノーマル（規範的）」という合成語なのである。それは又、以下に再掲《さいけい》するように、本来連絡のつけようのない、いわば文脈《ぶんみゃく》のレール同士に渡《わた》りをつける、〝転轍機《てんてつき》〟の役割もしているのである。

「『教える―学ぶ』という**非対称的な**関係が、コミュニケーションの基礎的事態である。これはけっしてアブノーマルではない。ノーマル（規範的）なケース、すなわち同一の規則をもつような対話の方が、例外的なのである。中略。私は、自己対話、あるいは自分と同じ規則を共有する者との対話を、対話とはよばないことにする。対話は、言語ゲームを共有しない者との間にのみある。そして、他者とは、自分と言語ゲームを共有しない者の事でなければならない。そのような他者との関係は非対称的である。『教える』立場にたつということは、いいかえれば、他者を、あるいは他者の他者性を前提することである。」（同）

はじめに宣言されているのは、「教える―学ぶ」の関係が、決してアブノーマルでないことなのである。したがって、次に期待されるのは、当然、その理由だということなのだろう。しかし、すでに検討したように、ノーマル、アブノーマルの議論は、もともと適応的な概念をめぐる議論なのである。母語集団のように、対話が「同じ規則を共有する」か否かとは、全然別の議論なのである。したがって、両方の議論を一つにするのは、〝木に竹を接ぐ〟議論にしかならないのである。そこで登場したのが、「ノーマル（規範的）」という合成語なのである。それが、前者のノーマル議論を、後者の〝対話規則の共有〟議論へと直結させるための、文脈のレールを切り替える転轍機の役割をしているのである。

その文脈の謎のようなもつれを、常識的に理解可能なように添削《てんさく》、整理すると、以下の下線部等のように、その頓珍漢《とんちんかん》な意味が浮き彫りになって、それはそれで理解が可能になるのである。

「『教える―学ぶ』という**非対称的**な関係が、即ち外国人等との言葉によるコミュニケーションのカタコト的もしくは不通の関係が、コミュニケーションの（汎地球的な）基礎的事態である。これはけっしてアブノーマルではない。それどころか、初めて他者性を経験することでさえあって、それこそノーマルなのである。それに対して、いわゆるノーマル（規範的）なケース、すなわち母語による『語る―聞く』という同一の規則をもつ対話の方が、例外的なのである。」

## 思考の現実への記号的寄生

以上の検討からもはや明らかなように、柄谷の批評世界では、日常的な言語や論理への批判的意識のうちに、言葉以前の存在や事物への反省的、直観的な関わりが求められることはないのである。言葉ないしその記号性は、その自明性において、現実の〝自然〟や〝実在〟と同一視《どういつし》されているからで、逆に、思考の営為の客観性を担保するとされているのである。又、そのゆえに、その批評言語の表現が、事物や存在についての新たな発見や創造であり、その定着《ていちゃく》や受肉《じゅにく》化の媒体であることはないのである。その一見発明めいた合成語も、トートロジー（同語反復）の弛緩した必然性に支配された日常論理の世界で、批評の行為を次につなぐ〝言葉の抜け道〟でしかないのである。それはあるいは、〝ミクロの引用〟を思わせるもので、思考がテーマの重みに耐え得ないために、引用に訴えて、逃げ込むのに似ているのである。

しかし、それはすでに検討したように、言葉にアブノーマルな記号処理のメスを入れることであって、血も肉もある言葉の身にしてみれば、一種の生体解剖《かいぼう》を意味したのである。又、その処理過程は、その目に見えない深みにおいて、言語的自然のDNAを直接にいじる〝禁じ手〟を意味したのである。しかし、それが、当事者的に自覚されることなく、いわば〝言霊倫理《ことだまりんり》〟による抵抗の意識や自己抑制が働かなかったとしても、もともと、言語ゲームとしての記号以上の言語意識が抱懐《ほうかい》されない状況にあっては、何ら驚くべきことではなかったのである。

柄谷批評に欠けているのは、言葉を媒介《ばいかい》とした、自然や実在との結び付きであり、そこに源泉を発する〝常識〟なのである。裏返していえば、言葉の記号性への極端な依存関係なのである。ちょうど、寄生植物が宿主との癒着《ゆちゃく》一体化の余り、光合成まで依存して、その機能が麻痺《まひ》、退化《たいか》するようなものである。そのため、地球上の食物連鎖の出発点である澱粉《でんぷん》の生成が出来なくなるように、その思考の実存の深みにおいて、思考本来の常識の光の利用や、自由の生産が不可能になっているのである。

## 独我論批判の独善性

それゆえ、柄谷批評の奇妙さは、〝常識の学〟としての哲学本来の、日常的な反省知に立ち帰れば、自ずと気づかれるのである。

例えば、そのバルバロイ的〝他者〟にしても、その「盲窓《めくらまど》」にも似た〝開《あ》かずの対話〟こそが、かえってそのバルバロイ的、暴力的な闖入《ちんにゅう》を誘い込んで、その非ないし半コミュニケーションのうちに、逆に〝本物の他者性〟を表すとされるのである。そして又、そうであるがゆえに、その〝他者性〟は、英語やエスペラントといった同一言語の地球的普及や、自動通訳技術等の発達によって、地上から早晩姿を消す運命にあるのである。〝言葉の壁〟が地球規模で消滅して、汎《はん》地球的なコミュニケーションがもたらされるからである。

しかし、注意すべきは、他方の「母語による対話」集団も、すでに見たように、「他者」としてはとっくに地上から絶滅しているということなのである。

そうであれば、身体的には存在するにせよ、すでに丸ごと絶滅した同国人といい、その後を追うように早晩《そうばん》消滅するはずの諸外国人たちといい、柄谷の主張を、徹底させた果てには、地球規模での〝無人の光景〟が出現するのである。人類一般は、一人ひとりが互いに、何か異次元の透明な壁に阻まれて、共通言語の普及のゆえに、かえって家族をはじめとした対話も、他者ないし他者性も、コミュニケーションも失うのである。一人、ハルマゲドン的廃墟に取り残されて、奇怪な孤独をかこち、モノローグを呟《つぶや》くしかないのである……。

## 概念の〝切絵細工〟としての柄谷批評

以上の、常識の反省的対応を欠いた、無稽な議論が、当事者的に成り立って見えるのも、結局、言葉が、言語ゲームの駒《こま》としての、事物や存在の単なる記号にまで堕落、形骸化しているからなのである。

なるほど、そこには、日常的な言語経験である〝理解する〟という行為自体に、すでにその傾向的な、根強い素地《そじ》がなかったわけではない。言葉は、理解の行為を前にしては、その場限りで廃棄《はいき》される一過的《いっかてき》な消耗品《しょうもうひん》として存在するからである。そのことを、詩人のポール・ヴァレリーは、およそ次のような比喩《ひゆ》で批判的に言及している。——言葉を理解することは、溝《みぞ》に渡《わた》した薄板《うすいた》を大急ぎで渡るようなものである、立ち止まると、板は折れて、溝に落下してしまう、と。

落下するのは、詩人なのである。詩人とは、言葉の薄板の上で、飛んだり跳《は》ねたり、ぐずぐず立ち止まる類の人間なのである。しかし、問題が、詩人の酔狂《すいきょう》で済《す》まされないのは、その中に落下してしまう溝こそは、実は、その深淵《しんえん》の口を開いて無限の広袤《こうぼう》を湛《たた》えた、〝自然〟や〝実在〟だからである。それこそは、考えるという行為が、空想や記号の形骸性《けいがいせい》に流されないために、そこに多少なりと軸足《じくあし》を置いて、お手本《てほん》とし、省《かえり》みるべき実物なのである。そうだとすれば、〝理解〟という文明社会の了解性や意思疎通《いしそつう》で満足すればともかく、〝自然〟や〝実在〟に即《そく》して、いささかでも深く考えるためには、我々は多少なりと詩人である必要があるのである。

ちなみに、単なる知性が及ぼす作用は、しょせんは事後的な処理であって、思考の地平にすでに獲得され、ないしは与えられた、意識の所与としての事物や存在を、互いに比較し、結び付け、既存の体系のうちに位置づけることなのである。その出自《しゅつじ》を確かめる術《すべ》もないままに、所与性を自明の前提とし、出発点として、相互の関係性だけを問題にするのである。

柄谷のクローン語の誕生にしても、ヴァレリー流に言えば、自然や実在の表面を掠《かす》っただけの理解が、思考の習《なら》い性《しょう》と化して、その延長線の極端で、言葉を単なる知的記号にまで貧困化、堕落させたあげくなのである。

かくして、柄谷言説は、すでに見た、「自己対話（モノローグ）」や「内省（モノローグ）」「ノーマル（規範的）」の三大合成語といい、〝自然〟や〝実在〟から切り離されて、言語平面に〝切り絵的に〟設けられた人工的な言語空間なのである。その作為的《さくいてき》な仕切りや道具立てといい、何か催眠的な仕掛けに似ていないわけではない。

実際、その空間に踏み入ると、思考が選択し、参照可能な情報自体が、すでに言語ゲームの中で、著《いちじる》しく制約され、遮断《しゃだん》され、囲《かこ》い込まれているのである。かくして、暗くされ、狭窄化《きょうさくか》された意識の視野のなかで、思考は、自らはそれと気づかぬうちに、人為的《じんいてき》に仕切られ、按排《あんばい》された語句や概念の情報の中を、あたかも柵《さく》に囲《かこ》われた通路を、羊たちが追い立てられるように、あちこちに引っ張り回されて、マインドコントロールされるのである……。

## 柄谷の自己嫌悪——詩と実在

柄谷の言説世界は、そこに生起する事象が、いかに当事者的には画期的で、その目に大層《たいそう》なことに映ろうとも、その実相は、言語平面上での影絵遊《かげえあそ》びに似ていて、批評の〝芸《げい》〟なのである。それは、ちょうど、二次元空間に閉じ込められた生き物にとっては、その平面に貼《は》り付いた線や点をほじくったり、いじくり回すことが、三次元空間で橋梁《きょうりょう》を架《か》けたり、鉄道やビルディング、ドームを建設したり、爆破《ばくは》し、壊《こわ》したりするのと同様に、それなりの全的なリアリティを以て経験されるのを思わせるのである。問題は、閉ざされた意識にとってはともかく、リアリティには、言語ゲーム上でのヴァーチャル・リアリティもあれば、実在のリアリティもあることであり、ピンからキリまでの客観的な段階があることである。かくして、小林秀雄は、ランボー論で言ったのである。

「進歩的と自称する政治思想、人間的と自称する小説形式、歴史や認識の運動の解明者と自称する講壇哲学、そういうものが寄ってたかって、真正な詩人の追放の為に協力している。言語表現は、あたかも搾木にかけられた憐れな生物のように吐血し、無味平版な符牒と化する。言葉というものが、元来、自然の存在や人間の生存の最も深い謎めいた所に根を下ろし、其処から栄養を吸って生きているという事実への信頼を失っては、凡そ詩人というものはあり得ない。」（『ランボオⅢ』小林秀雄全集第二巻『ランボオ・Xへの手紙』新潮社）

しかし、それが柄谷にあっては、詩人・小林の境域への、はるか及び得ぬ憧憬が絶望をもたらし、それが反発となり、自己嫌悪ともなったのである。その告白めいた述懐が、初期評論『交通について』の締めくくりであったのである。

「inter-courseが本当は欠けている。小林秀雄に対する嫌悪は、いつも自己嫌悪に似ている。」（『差異としての場所』「交通について」講談社学術文庫）

しかし、「本当は欠けている」「inter-cours（交通）」が、いかなる世界との間で欠けているのか、柄谷は、まったく知らなかったわけではない。しかし、その問い質《ただ》しを、自らに正面きってすることのないままに、その欠落をもたらした距離を、安易に〝嫌悪〟という反発の光のうちに片付けて、それ以上に踏み込むことなく、不問に付したのである。しかし、それこそ正しくは、本来「inter-cours（交通）」を必要とした、詩人や自然、実在に対する柄谷自身の隔《へだ》たりであったのであり、本論の初めで触れたように、思考の在り方のもう一方の極との距離であったのである。

――了

# 付録

## 新しいコンピュータ幾何学について

### ――「地図データ作成方法及びその装置」（特願平4―48706）の原理

我々の日常空間では、面を作成するのは容易でしょう。それは例えば、紙の上にボールペンで線を引いて、四角形なりに線をつないでいけばよいのです。

したがって、従来技術がこのような日常的な経験から類推して、コンピュータ空間内で線データの接続すべき方向を考えながら、線データ同士を選択的につないでいけば、その延長線上に面データは当然作成されるはずだと考えたのは、極めて自然な成り行きであったというべきでしょう。

しかし、このような理論上の期待に反して、コンピュータによる面データの作成は、底なし沼のように難題が次から次へと浮上してきたのでした。

例えば、面データが網目状に隣接面データからできていたり、家形や道路などが相互に接触していたり、あるいは線データにかすれや切れがある場合のように、線データ相互が複雑な関係にあったりすると、その追跡や検索そのものが論理的迷宮に入り込んで、中途で不能に陥るのでした。これは、結局、そのようなすべてのケースに対応して、正しい追跡や検索が可能なプログラムを事前に組むことは、線データの無限の組み合せを論理的に同定するにも等しく、元来が不可能であったからでした。

このように、小学生でも簡単に作れるはずの面データが、コンピュータにさせるとなると途方もない論理的難題を伴う処理を必要としたのでした……。

このため、従来技術は、一方では、例えばスキャナー読み込み時に、家形と道路をあらかじめ色で区別したり、分版処理したり、あるいは線の太さで区別することによって対応しようとしました。また、論理的判断の難しい分岐点などではオペレーターの判断が介入して、半自動認識による方法で対応しようとしたりしたのでした。

しかしそれらはいずれも、根本的な問題を回避した部分的な解決策でしかなく、それだけ前処理や後処理にツケが回ってきて、ベクトル面データの作成の全工程の2～3割程度を自動化できたにすぎず、結局、全体として評価すると、手動式のデジタイザーと大して変わらない状況にありました。

このようなことから、ベクトル地図データの作成は「人件費の塊り」といわれるまでに、理想的な技術水準からはほど遠い状況にあったのでした。

しかし、従来技術の以上の問題の悉くは、実は、コンピュータ世界でのデータ処理において、二次元の観念が未発見であったために、二次元データを一次元的に処理しようとしたことにあったということなのです。

実際、我々が日常的空間で面を描く行為を改めて注視し直すと、実は、我々が例えば紙の上に面を描くのは、単に線をつないでいるのでもなければ、そのことによってはじめて面が誕生するということでもないということなのです。

そうではなくて、二次元の面そのものは既に存在していて、われわれがそこで行っているのは、線をつないでいるというよりも、無限定の面データに限定を与えているのです。つまり、人為的な必要に応じて、たまたま（一番便利な抽象的手段である）線分をもって必要な面を限定し、特定しているにすぎないということなのです。それゆえ、その仕方は、線分による限定ではなくて、色彩による塗り潰しでもよいのです。

従って、面データの作成には、次の二つの条件が必要とされることがわかります。

第一は、面データを限定し、特定する行為であり、そして第二は、そのような行為の媒体としての二次元の（固体の）平面が必要だという事なのです。

ところで、第一の条件については、単に線データをつなぐ行為は、それと本質的に異なったものであって、たかだか、その充足の「必要条件」でしかあり得ないということなのです。「たかだか」とは、その行為が有効に成立するためには、第二の条件である「二次元の（固体の）平面」が必要とされるばかりでなく、たとえ後者の第二の条件が仮に充足していても、単に線分を接続する行為は、それだけではまさしく従来技術がそうであったように、線分同士の一次元的関係を追跡し、検索する方法に必然的に陥らざるを得ないのである。そしてそれだけでもすでに、自ら難題を招き寄せるからなのです。それがいかに煩雑な処理をもたらすことになるかは、次の身近な比較に照らして明らかでしょう。

例えば、地面に杭を打ち、縄を格子状に張って、面をそれぞれの部分に限定することは困難なことではないでしょう。また、それを紙の上に投影して、その縮尺図を描くことによってそれぞれに面を特定するのも容易でしょう。しかし、それを現地での杭打ちや図面に頼らずに、もっぱら文章題として表現したり、あるいは縄を格子状に張った直線相互の関係のみを頼りにして、例えば、始めの直線からスタートして次に右に何度曲がって直線を引くなり選択なりして……というように行為を分析的に記述し、言葉や数値のみで再現しようとすると、それがいかに困難を極めたものとなるかは容易に明らかでしょう。

従来技術が行っていたのも、まさしくこのことであったのでした。

しかしそれは、それとは気づかれない、ある無意識の理由に迫られてのことでした。そもそもが、そのようなやり方では、いずれ技術の袋小路に入り込むことになることは、日常経験的にも容易に気づかれそうなものだからです。しかし実際はそうでなかったというところに、面データ作成における第二の条件に深く関わる問題があったのでした。

それは、コンピュータの内部空間は、実際にはいわゆる非ユークリッド的な空間であり、したがって従来技術が、たとえ面データの作成処理において何らかの図式的方法に訴えることを思いついたとしても、それはにわかにはできない相談であったということなのです。コンピュータの仮想空間では、石壁や木材、紙、あるいは地面のように、手軽にその二次元的表面を利用して、ベクトル面データを特定、作成できるような媒体及び方法は知られていなかったからです。

注意すべきは、従来技術の生産物としての面データは、その直接的生産物としては、構造化、つまり二次元化されていない面データであったということです。

それは例えば、ゼロ次元の座標点列からできた、つまり一本の線データがドーナツ状に閉じただけの、一次元の擬似面データでしかなかったのでした。

あるいは、線データのファイルを、丁度、易占いに用いる算木を、グループごとにそれぞれ縦方向に並べていくように、面を形成する線データを検索して、それぞれに一列に並べて、グループ化するとともに、グループの変わり目にはゼロを識別子として挿入したのでした。そしてそれが、コンピュータの画面表示の上では、例えば六角形などの面データに見えるということであったのでした。

しかし大切なことは、後者についても、単に線データがグループごとに一次元的に寄せ集められて、コンピュータ画面の上で「面データに見えるように」一列に並べられているだけのことで、線データ同士の関係が、例えば時計回りなりに面を限定し、定義し合うように、二次元の「組み合せの関係」にはなかったということなのです。

ちなみに、等高線追跡に関わる従来の自動認識技術についても、あくまでも線データの一種としての等高線の抽出技術以外のものではなく、その方法も線データを直線的方向に接続していくもので、その産物も線データの一次元的寄せ集め以上のものではなかったということなのです。

いずれにしても、従来技術のデータ構造は一次元でしかなく、固有の面データは存在しないために、面の位相情報を与えるためには、改めて別の工程で付加的な作業を必用とするか、さもなければデータ入力の初期の段階から「木に竹を接ぐ」ような煩雑な作業を併行して必要としたのでした。

そしてこれは、従来技術が複雑な線データの関係を処理できないということもその表面的な現象でしかない、そもそもが構造化面データを直接に作成する方法及びその産物を定着させるべき二次元の媒体が知られていなかったということでもあるのです。

ちなみに、従来技術においては二次元の観念が如何に未発達であったかは、ベクトルデータがXYの二次元の座標で表されることから、それを二次元データと通称していたということからも、おおよそ察することができるのでしょう。

しかし従来技術は、自らの抱える問題が、次元のギャップに由来する、根の深い、原理的なものとは、なかなか認識し得ないのでした。

それは、我々の思考そのものが、日常的なユークリッド空間、つまり固体を中心とした経験世界に深く根差しているので、それをコンピュータ世界にも無意識に投影するとともに、コンピュータ画面の表示も二次元的で、それに符合していることから、画面の印象にも引っ張られる形で、コンピュータ内部が二次元的か否かを厳密に問うことなく、その存在を無意識に前提してきたということなのでしょう（注1）。

すなわち、コンピュータ画面においては、線データそのものはスキャナー読み込みなり、デジタイザーによる入力なりによって、家形や道路などの形状をとってコンピュータの二次元の画面上にすでに与えられているので、それらの形状データやその構成要素である線データについても、当然に二次元の場に置かれていると錯覚したこと。

また、線データの追跡や検索も、二次元画面に表示された家形や道路などの形状データの二次元的関係についてなされるはずであることから、それに伴って生起する諸々の問題についても、半ば無意識に次のように考えられたこと。すなわち、それらの処理は二次元的であるにもかかわらず、たまたまその細部的な実施において効率的な処理のアルゴリズムが発見されていないことによるものであると。

しかし、コンピュータの画面に表示されたデータが、二次元的に見え、また、その面的な輪郭や関係の外見を目視や思考の指でなぞり、追跡し、たどることができるということと、コンピュータの内部空間がそもそもそのような動作を可能ならしめる構造や、処理の受け皿を有しているということは全然別のことなのです。

さらに、次の事情も、従来技術の抱える問題の原理的性格を認識する上で、妨害的に作用したと考えられます。

それは、ユーザーの利用目的との関係で、データ間の関係付けの必要な領域では、人為的な構築概念としての「構造化」によって、曲がりなりにもその用が満たされた事です。そのため、「構造化」の概念は、本来は少なくともその基礎的な関係についてはは、幾何学的な自然に根ざしていながら、二次元の観念の未発達の従来技術にあっては、ルーチンワークのうちに逆にその人為的、微視的な関係付けの側面のみが強調されて、一種の設計概念にまでその理解を陳腐化、矮小化させたのでした。その結果、構造化の概念そのものが、人為的構造物の堆積に覆われ、その厚みに埋もれて、二次元のアプリオリな幾何学的本質を見失われたのでした。

例えば、「設計図なしで家を建てることは有り得ない。犬小屋を日曜大工で作る場合であっても、構造化を行って作業に入るのである」という理屈がそうでした。

なるほど、日曜大工で犬小屋を作る場合には、設計書や頭の中で構造化を行って初めて、建築材料を合目的的に結び付けて、組み立てることが可能となるのでしょう。しかしそれは、犬小屋の構造が、シェパードかチワワかといった犬種や飼い主の趣向・美意識などに大きく左右される人為的、人工的な産物であるからにほかなりません。それに対して、鉱物の結晶作用や巻貝の構造のように、自然の規則に根差した構造化は、自然が己を存在へと生成するためにそれを利用する必然的な手段として、存在自身と同時発生的であり得るのです。

そうであれば、「構造化」の概念も、その本質の何がしかが、自然の幾何学的法則性に根差しているのであれば、その利用によって、面データの構造的な作成が直接的かつ自動的に可能になるのでしょう。ちょうど、遠心力を利用して、生乳の原液からチーズやバターを分離するように、所与の線データの関係に潜在する回転的な構造的関係を利用すれば、線データのどのように複雑な集合や論理的関係をも「閉じ

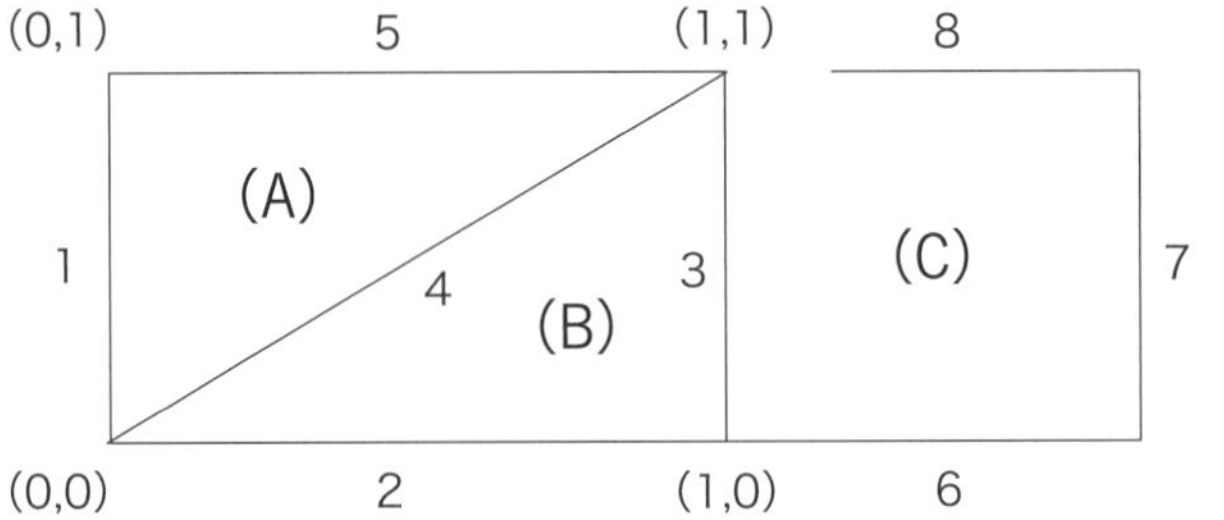


**Dファイル（一部例示）**

| 面番号 | 構成線データ番号 | 注 |
|---|---|---|
| A | 1、4、5 | 閉じた面データ |
| B | 2、3、4 | 閉じた面データ |
| C | 3，6，7，8 | 開いた面データ |

**た面データ」と「開いた面データ」のいずれかに体系的・自動的に分離、作成できるということなのです。**

かくして、この「地図データ作成方法及びその装置」の発明では、線データの関係の認識処理を、人間にとっての二次元的要素である「延長と幅」ではなくて、「延長と回転的方向」にその根本的な還元形式を求めたのでした。と同時に、われわれが日常空間において面データを限定して、その成果を定着するために、紙のような二次元的媒体を必要とするように、面データの定着ファイルとして「Dファイル」を活用したのでした。

ここでは特に示していませんが、それぞれに座標や始終点などで定義された線データによって、Dファイルの面データはそれぞれに定義されているのです。そして、Aの「1，4，5」の意味は、面データAが単にこれらの線データによって囲まれているというばかりでなく、まさしくその並びの順序（反時計回り）において面データA

を構成しているということをも表しているのです。このように、延長と回転的方向との組み合わせによって、それらは、抽象的な二次元的表記法による「記号化された図形」になっているのです。

このように本件発明では、Dファイルを活用するとともに、その活用が「線分を所定方向に接続する」手段と一体となることによって、コンピュータ空間内に二次元的な関係の利用を可能ならしめて、構造化面データの直接的な作成に大幅な自動化をもって成功したのでした（注2）。これは、コンピュータ空間の内部に一種のユークリッド空間を創設することによって、我々が日常的な空間で面データを作成する容易さをもって、コンピュータ空間における面データの作成や線データ処理が容易になったということなのです。

このことによって、本件発明では、従来技術ではできなかった次の原理的な処理が可能になったのでした。

**まず第一は、これまでは非ユークリッド的な空間を相手にしていたために、あたかも空気や水に面を描くに等しく、従来技術では不可能であった二次元の面データの作成が、有効に成立して、その直接的な作成が可能になったこと。**

**次は、従来技術では、ユークリッド的な二次元媒体が知られていなかったために不可能であった、面を限定し、特定する簡単な図形的方法が、面データの作成に利用可能となったことから、線データの処理や面データの作成に革命的な効率化と大幅な自動化をもたらしたこと。**

そしてこのことによって、ＧＩＳ（地理情報システム）やベクトル地図データの作成分野にとどまらず、CAD／CAMやコンピュータグラフィックスなどの分野においても、ベクトル線データの関係の認識処理において、方法の劇的な単純化をもたらして、その飛躍的な自動化や処理能力の向上を可能にしたのでした。

ここに、本件発明がパイオニア的な原理発明であるゆえんがあります。（注3）（注4）

（注1）参照「計算幾何学と地理情報処理」伊理正夫監修・腰塚武志編集 共立出版

（注2）追試による確認は、（財）日本測量調査技術協会「APA №82－10『4色問題の数値地図への適用』」2002年9月発行に事例

（注3）特許登録国及び番号：米国（№5377102９）、英国（№2266024）、EPC（指定国：ドイツ、フランス №0559294）、オーストラリア（№663566）、シンガポール（№9592299－3）、韓国（№156270）号

（注4）外部評価としては、例えば2004年2月2日付け東京新聞（夕刊）他、全国33地方紙の一面記事。又、㈳日本工業技術振興協会のCTA（技術評価表：登録№2006－F0044）

# 引用文献一覧


## 小林秀雄論――方法としての常識

小林秀雄全集第八巻『無常といふ事・モオツァルト』新潮社 昭和四十七年
世界の名著第六十六巻 現代の科学Ⅱ 中央公論社 昭和四十五年
小林秀雄全集第九巻『私の人生観』新潮社 昭和四十七年
小林秀雄全集第十巻『ゴッホ』新潮社 昭和四十七年
小林秀雄全集第一巻『様々なる意匠』新潮社 昭和四十七年
トーマス・ペイン『コモンセンス』小松春雄訳 岩波文庫 昭和五十一年
『大学・中庸』金谷治 訳注 岩波文庫 平成十年
小林秀雄『本居宣長』新潮社 昭和五十三年
小林秀雄『本居宣長補記』新潮社 昭和五十九年
クロード・レヴィ・ストロース『野生の思考』大橋保夫訳 みすず書房 昭和五十一年
ジャック・リヴィエール『ランボオ』山本功・橋本一明訳 人文書院 昭和二十九年

## ベルグソンと本居宣長――小林秀雄が取り結ぶもの

小林秀雄全作品〈別巻一〉感想（上）新潮社 平成十七年
小林秀雄全作品〈別巻二〉感想（下）新潮社 平成十七年
ベルグソン『道徳と宗教の二源泉』中村雄二郎訳 白水社 昭和五十三年
小林秀雄『本居宣長』新潮社 昭和五十三年

小林秀雄『本居宣長補記』新潮社 昭和五十九年
世界の名著第六十六巻 現代の科学Ⅱ 中央公論社 昭和四十五年
村岡典嗣『本居宣長』岩波書店 昭和五十七年
小林秀雄全集第二巻『ランボオ・Xへの手紙』新潮社 昭和四十七年
ドストエーフスキイ全集第七巻『白痴（上）』米川正夫訳 河出書房新社 昭和四十四年
プラトン『パイドロス』藤沢令夫訳 岩波文庫 平成十五年
C.G.ユング／A.ヤッフェ『ユング自伝 思い出・夢・思想Ⅱ』河合隼雄、藤縄昭、出井淑子 共訳
みすず書房 昭和四十七年

**菊池寛対夏目漱石——小林秀雄の見立て**

小林秀雄全集第八巻『無常と言ふ事・モオツァルト』新潮社 昭和四十七年
ヴァレリー全集第七巻『マラルメ論叢』渡辺一夫・佐々木明訳 筑摩書房 昭和五十三年
小林秀雄全集第一巻『様々なる意匠』新潮社 昭和四十七年
小林秀雄全集第九巻『私の人生観』新潮社 昭和四十七年
『ザ・漱石』第三書館 平成十八年
漱石全集 第十九巻 日記・断片（上）岩波書店 平成三十年
小林秀雄全集第四巻『作家の顔』新潮社 昭和四十七年
菊池寛全集第二十二巻『評論集』文芸春秋 平成七年
ゲーテ全集第九巻『詩と真実』山崎章甫・河原忠彦訳 潮出版 昭和五十五年

## 絶筆の正宗白鳥論について――「自己」とは何か


小林秀雄全作品〈別巻二〉新潮社 平成十七年
正宗白鳥「自然主義文学盛衰史」角川文庫 昭和二十九年
小林秀雄全集第五巻『ドストエフスキイの生活』新潮社 昭和四十七年
小林秀雄全作品〈十六〉『人間の進歩について』新潮社 平成十六年
現代日本文学館〈十二〉「正宗白鳥」文芸春秋 昭和四十四年
小林秀雄全集第四巻『作家の顔』新潮社 昭和四十七年
正宗白鳥全集 第二十三巻 評論五 文芸時評 福武書店 昭和五十九年
トルストイ全集第十八巻「日記・書簡」中村白葉・中村融訳 河出書房新社 昭和四十八年
アインシュタイン『自伝ノート』中村誠太郎・五十嵐正敬訳 東京図書 昭和五十三年
パスカル全集第一巻『パンセ』松浪信三郎訳 人文書院 昭和五十三年


## 柄谷行人論――批評のデカダンス


エッカーマン『ゲーテとの対話（上）』山下肇訳 岩波文庫 平成十三年
ヴァレリー全集第十巻『芸術論集』「刻々」佐藤正彰訳 筑摩書房 昭和四十二年
丸山真男『日本の思想』岩波新書 昭和三十六年
柄谷行人『探究（一）』講談社学術文庫 平成四年
小林秀雄全集第二巻『ランボオ・Xへの手紙』新潮社 昭和四十七年
柄谷行人『差異としての場所』講談社学術文庫 平成八年

**西石垣見治**（にしいしがき　けんじ）
昭和二十五年生まれ。京都大学法学部卒業。

# 小林秀雄《こばやしひでお》の思想《しそう》
## ―より自由《じゆう》な人生《じんせい》のために―

2021年11月18日　第1刷発行

著　者　　西石垣見治
発行人　　久保田貴幸

発行元　　株式会社 幻冬舎メディアコンサルティング
〒151-0051　東京都渋谷区千駄ヶ谷4-9-7
電話　03-5411-6440（編集）

発売元　　株式会社 幻冬舎
〒151-0051　東京都渋谷区千駄ヶ谷4-9-7
電話　03-5411-6222（営業）

印刷・製本　シナジーコミュニケーションズ株式会社
装丁　　都築 陽

検印廃止

Printed in Japan
ISBN 978-4-344-93511-2 C0095
幻冬舎メディアコンサルティングHP
http://www.gentosha-mc.com/